# 더없이 어렴풋한 일요일

# 더없이 어렴풋한 일요일

정영문 소설집

문학동네

## | 차 례 |

# 끝

오늘밤 이렇게 창가에 앉아, 바깥의 저 단단한 어둠을 응시하고 있자니, 끝이 내게 이르렀다는 나의 이 느낌에 좀더 확신이 심어지고 있는 것 같아. 이 느낌에 나의 흐느낌을 실을 필요까지는 없겠지. 단지 나의 차례가 된 것일 뿐이야. 고맙게도. 이제 곧 그렇게 되겠지만, 나로서는 저절로 나의 눈이 감겨지기만을 기다리면 되는 거야. 그런데 조금은 근사한 끝이기를, 아니, 조금도 근사하지 않은 끝이기를 바랐던 나로서는 이것이 어느 쪽에 해당되는지를 잘 모르겠어.

다 끝났어, 모든 게, 깨끗하게. 끝이 나는 일이 없으면 어떻게 하지, 라는 우려가 없진 않았지만 크진 않았어, 이렇게 끝이 나리라는 걸 모르지 않았으니까. 그래, 정확히는 아직 완전히 끝이 난 건 아냐. 하지만 끝이 난 거나 마찬가지야. 끝이 나게 되는 데 무리가 따르거나 하는 일은 없을 거야. 이렇게 끝이 보이는걸. 내가 나로부터 가장 먼 곳에 있다고 생각한 어떤 것이 이제는 내 가장 가까운 곳에 와 있어. 그 끝이 손끝에 잡힐 정도야, 손끝에 닿은 끝의 느낌을 느낄 수 있어. 이렇게 되리란 걸 알고 있었지. 시작이 있었던 것도 아닌데도, 그런데도 이렇게 끝이 있다니. 아니, 처음부터 끝이었지, 긴 끝이었어. 내가 원했던 끝이라고 할 수는 없지만, 그럼에도 이만하면 순조로운 끝이야. 그렇게 말해도 되겠어. 그리고 이렇게 끝이 나게 된 건 천만다행이야. 이제 더이상 나아갈 힘이 없으니까. 항상 그랬지. 그렇지 않았던 적이 없었어. 어떻게 그러한 상태로 여기까지 올 수 있었을까? 하지만 그런 건 중요하지 않아. 이제는 마치 모든 준비가 다 되어 있다는 듯 이렇게 두 손을 포개고 마지막 순간을 기다리기만 하면 되는 거야.

오늘밤 이렇게 창가에 앉아, 바깥의 저 단단한 어둠을 응시하고 있자니, 나의 이 느낌에 좀더 확신이 심어지고 있는 것 같아. 이제 나의 차례가 된 거야. 내게는 주어질 것 같지 않던 차례가 내게도 주어진 거야. 고맙게도.

먼지 낀 창가의 둥근 받침대 위에 놓여 있는 저 화분 속의 화초의 이름을 떠올리고 싶은데 기억이 안 나. 언젠가 살아 있는 것이라곤 찾아볼 수 없는 이 집 안에 살아 있는 뭔가를 두고 싶어 집 근처의 화초가게에서 사왔지. 화초가게의 주인이 뭐라고, 내가 이름을 외우지 못해 세 번씩이나 반복해 주었지만 집에 오는 동안 그 이름을 잊어버린, 지금 이 순간에도 그 이름이 떠오르지 않는 이 화초를 나는 꽤나 정성을 들여 돌보았는데도, 이 집에 온 이후로 계속해서 시들어 갔지. 마치 자신을 위해서는 그것이 최선이라는 듯이, 그것으로 자신에게 할 바를 다하고 있다는 듯이. 처음에는 파랗던, 작은 주머니 같이 생긴 특이한 모양의 잎사귀는 갈수록 오그라들며 누레졌고, 덩굴은 더이상 뻗어나가지 않았어. 수시로 꽃을 피운다는 화초가게 주인의 말과는 달리 한 번도 꽃을 피운 적이 없어. 그럼에도 화초는 완전히 죽지도 않았어. 항상 시들시들한 상태로 이렇게 살아 있었지. 그래서 나는 화초를 보며 가끔, 이럴 거면 차라리 죽어버리라고, 화초가 들을 수 있게, 심한 말을 하기도 했지만 끝내 죽지 않고 지금까지 이렇게 살아 있는 거야. 그러다가 그녀가 죽은 뒤 그녀의 유골가루를 가져온 나는 화초에게 좋을 수도 있다는 생각에 그것을 거름처럼 화분에 뿌려주었어. 나머지는 화초가 알아서 하겠지, 나는 생각했지. 하지만 그것은 그 나머지를 스스로 알아서 하지 못했어. 이렇게 지그시 시들어버린 화초를 보고 있자니, 그것을 다시 살아나게 하지 못한 유골가루의 주인인, 나의 그녀라고는 끝내 말하지 않을 작정인 그녀와의 일이 문득 생각나는군. 그 일이 언제였던가? 모든 시간이 얼룩처럼 엉겨 붙어 있는 나의 시간의 좌표 위에서 그 정확한 위치를 찾기란 어려워. 하지만 그녀와의 일화들, 일화라고도 할 수 있는 몇 가지 것들, 그리고 결코 사랑에 이르지 못한, 처음부터 사랑에 이를 가능성을 상실한 것이었던 우리의 만남은 또렷이 기억이 나. 오래 전 일도 아니었으니까. 그 일이 시작된 것이라고 해봐야 지난봄이었을 뿐이니까. 그리고 아직도 봄은 끝나지 않았어, 봄의 끝 무렵이긴 하지만.

그날 나는 집 뒤쪽에 있는 야산의 오솔길을 산책하고 있었지. 내가 수도 없이 걸어다닌, 눈을 감고도 걸을 수 있을 정도로 잘 아는 오솔길이었어. 사람들의 발길이 만들어낸, 자칫하다가는 길을 잃게 되지만, 곧 어디서나 그 잘못 들어서게 된 길을 벗어날 수 있는 길을 찾게 되는, 여러 갈래의 작은 길들로 엉켜 있는 오솔길이야. 나는 그 오솔길을 그날만도 여러 바퀴를 돌았지.

그날은 그런 비는 봄에나 내리는 가랑비가 내리고 있었어. 너무도 가늘어 거의 느껴지지 않는 가랑비가. 소리도 없이, 그래, 소리라곤 없이. 나는 몸이 젖는 줄을 알면서도 젖는 줄을 모르는 것처럼, 하지만 젖고 있는 것을 너무도 분명하게 느끼며 계속해서 산책을 했지. 사람들의 모습은 눈에 띄지 않았어. 산책을 나서려 했던 사람들도, 창밖을 내다보며, 비가 내리고 있으니 오늘 산책은 포기를 해야겠군, 오랜만에 산책이나 해볼까 했는데 하필 이렇게 비가 올 게 뭐람, 하는 생각을 하며 집에들 틀어박혀 있는 게 분명했어. 숲속에는 혼자 산책을 하고 있는 나의 모습만 눈에 띄었지. 거기 누군가가 있었다면 나를 이상하게 보았을지도 몰라. 마치 길을 잃은 사람처럼, 자신의 걸음을 흐트려놓으며 왔다갔다했으니까. 하지만 나로서는 나의 그 모습이 조금도 이상하지 않았어.

그런데 한참을 그렇게 걷자 오줌이 마려웠어. 이상하게도 숲에서는 오줌이 자주 마려워져. 마치 유전자의 희미한 기억 속에 남아 있는, 포유동물의, 영역표시를 하고 싶어하는 본능에 의한 것처럼. 그래서 나는 오솔길에서 조금 벗어난 덤불 숲속에 들어가 오줌을 누기 시작했지. 이건 숲에게도 좋은 일이라는 생각을 하며. 땅을 기름지게 할 테니까.

그런데 그때 갑자기 뭔가가 내 바짓가랑이를 잡아당겨 내가 오줌을 누는 것을 방해하는 거였어. 나는 뒤를 돌아보았지. 웬 갈색 강아지 한 마리가 내 바짓가랑이를 문 채로 놓아주지 않고 있었어. 나는,

그만 놓으라고, 놓는 게 좋을 거라고, 그렇게 하지 않았을 때 따르는 결과는 나로서는 책임을 못 진다고, 강아지가 알아들을 수 있는 말로 말했지. 하지만 강아지는 내 말을 알아듣지 못하는 것 같았어, 충분히 알아들을 수 있는 말로 했는데도. 다른 방법이 없겠군, 걷어차 쫓는 수밖에, 나는 생각했지. 하지만 한쪽 가랑이를 물린 상태에서 그것을 걷어차기란 기술적으로 어려운 일이었어. 나는 누던 오줌을 멈추고, 몸을 숙여 주먹으로 강아지를 내리치려고 했지.

그런데 그 순간 내 앞에 강아지의 주인으로 보이는 여자가 모습을 나타냈어. 어떤 늙은 여자였지, 묘한 느낌을 주는. 더욱 묘하게도 그 순간 그녀는 강아지를 향해, 후추, 후추, 하고 소리쳤어. 후추라니? 나는 그게 무슨 말인가 했어. 그녀의 머리가 어떻게 된 건 아닌가 하는 생각도 했지. 그런데 신통하게도 강아지는 물고 있던 내 바짓가랑이를 놓은 다음 그녀에게로 달려가는 것이었어. 나는 그녀가 보는 앞에서 엉거주춤 바지 지퍼를 올린 다음 덤불숲을 나왔어. 혹시 다치거나 하지는 않은 거죠, 그녀가 물었어. 나는 아무 말도 하지 않았어. 나는 화가 나면 입을 잘 열지 않으니까. 내가 아무 말도 없자 그녀는 그것을 내가 괜찮은 것으로 받아들이는 것 같았어. 죄송해요, 그녀가 말했어. 다시금 나는 아무 말도 하지 않았어. 기분이 나빴거든, 누다 만, 방광에 고인 오줌이 영 찜찜하게 느껴졌으니까.

나의 그러한 상태를 알 턱이 없는 그녀는 강아지를 야단친 후 강아지를 대신해 내게 사과를 한 다음 나를 대신해 다시 한번 강아지를 야단치는 것으로, 그녀의 잘못을 강아지에게로 돌리는 동시에 그녀의 사과를 마무리 지었는데, 그 사과가 너무도 정중한 것이어서 그것을 받아들이지 않는 것은 무례로 여겨질 정도였지.

강아지는 풀이 죽은 모습을 하고 있었어. 그만하면 됐소, 내가 말했어. 나는 그녀가 강아지를 일부러 내게 보내 나를 난처하게 만든 것은 아닌가 하는 생각이 들었지만 그 말은 입 밖에 내지 않았어. 그녀는 몸을 숙여 풀이 죽어 있는 강아지의 머리를 쓰다듬어주었고, 그러자 강아지는 조금 전의 일은 까마득하게 잊어버리고 다시 쾌활해졌어. 나는 그런 강아지의 모습이 싫었지만 아무 말도 하지 않았어. 강아지라는 게 다 그 모양이니까.

나는 그만 가려다가 문득 한 가지 궁금한 것이 떠올랐어. 방금, 후추라고 말하는 것을 들은 것 같은데 내가 제대로 들은 거요, 내가 말했어. 그게 무슨 말이죠? 후추가 이 강아지 이름이에요, 그녀가 말했어. 강아지 이름이라고요, 내가 말했어. 그녀는 고개를 끄덕였어. 강아지의 이름으로는 이상한 이름이군, 강아지를 그렇게도 부를 수 있다는 게 놀랍군, 나는 생각했지. 나의 그 생각을 읽기라도 한 듯 그녀는, 예쁜 이름이죠, 하도 후추를 좋아해 붙여준 이름이죠, 후추를 뿌려주지 않으면 음식을 입에 댈 생각도 안 할 정도니까요, 하고 말했어. 이상한 식성을 가진 이상한 강아지군요, 내가 말했어. 예쁜 강아지죠, 그녀가 말했어. 하지만 내가 보기에는 이상하긴 하지만 전혀 예뻐 보이지 않았어. 어떤 강아지도 내게 예쁘게 보인 적이 없었지만 그 강아지는 특별히 못난 데가 있었어. 마치 얼굴을 눌러놓은 듯 찌부러진 게 예쁜 구석이라곤 찾아볼 수가 없었지. 그 강아지는 품종 자체가 그 모양이었어. 이 강아지가 아무나 물거나 하지는 않는데, 왜 그랬는지 모르겠군요, 그녀가 말했어. 아무나 물지 않는다고, 그럼 내가 뭐길래 문 거지, 하고 생각하자 나는 약간 화가 났어.

나는 고개를 들어 내 앞에 있는 여자의 얼굴을 빤히 쳐다보았지. 그녀는 미소를 짓고 있었어. 젊었을 때는 제법 예뻤을, 하지만 이제는 젊어서 예뻤던 것이 아무 소용이 없게 된 나이에 이른, 그럼에도 젊었을 때의 예뻤던 모습이 흔적으로나마 남아 있는 노파였어. 나이가 나만큼은 들어 보였어.

그것까지는 좋았어. 별스럽게 보인 건 그녀의 차림이었어. 그녀의 머리에는 뜨개질로 짠 듯한, 꼭 끼는 노란 털실모자가 거의 남아 있지 않은 눈썹 바로 위에까지 눌려 씌어 있었어. 나중에 안 것이었지만 그녀는 머리칼이 다 빠진 상태였어. 그리고 그녀는 마치 나들이를 나온 사람처럼 곱게 차려입고 있더군. 화사한 느낌의 원피스를 입고 있었어. 그다지 볼썽사나운 모습으로 보이진 않았어, 어떻게든 그렇게 보려고 했는데도.

그녀는 나를 빤히 쳐다보았어. 나는 눈길을 떨구고 강아지를 내려다보았지. 강아지는 나를 쳐다보고 있는 그녀를 올려다보고 있었어. 내가 다시 그녀를 쳐다보자 그녀는 강아지를 내려다보았고, 강아지는 나를 올려다보았어. 우리 셋은 그렇게 잠시, 저마다 다른 각도로 서로를 쳐다보고 있었어, 서로에게서 눈을 떼지 않고. 그런데 그 순간 나는 그 강아지에게 이상한 습성이 있다는 것을 발견했지. 그것은 사람을 쳐다볼 때면 머리를 약간 갸우뚱 기울인 채로 바라보는 거였어. 그것이 강아지건 사람이건 상대가 나를 그렇게 쳐다보는 것을 좋아하지 않는 나는, 강아지 일행과의 우연한 만남은 그것으로 끝이라는 생각에 다시 고개를 들고 몸을 돌리며, 그럼 이만, 하고 말했어. 그녀는 아쉬운 듯, 좀더 붙들고 싶은 듯 나를 쳐다보았어. 나는 그녀 앞에서 요술처럼 사라지고 싶었고, 그래서 그녀가 잠시 눈을 감아주기를 바랐어. 하지만 그녀는 눈을 뜬 채로 나를 바라보고 있었지.

나는 걸음을 옮겼어. 나는 그녀에게서 멀어져갔고, 그녀에게서 멀어지면서 내가 간 곳은 그 가까이 있는 약수터였어. 그런데 약수를 한 모금 마신 후 다시 고개를 들었을 때, 어떻게 된 일인지 내 앞에는 마치 요술처럼 그녀가 서 있었어. 이 여자가 왜 나를 졸졸 따라다니는 거지, 나는 생각했어. 나는 약수를 마저 마신 다음 조롱박을 내려놓으려다 말고 다시 약수를 떠 그녀에게 권했어. 그것을 받아 마신 그녀는 내게 정중하게 고맙다는 말을 하더군.

그런 다음 그녀는 약수터 옆에 있는 벤치를 가리키며, 잠시 앉아 쉬는 게 어떻겠냐는 말을 한 후 그쪽으로 가더군. 마치 우리가 친구 사이라도 되는 듯이. 그녀가 다리를 저는 건 아니었지만 약간 불편하게 걸음을 뗀다는 것을 그때 처음 알았지. 나는 가만히 서 있었어. 그녀가 하자는 대로 할 이유가 없었으니까. 그녀는 먼저 벤치에 앉아, 그녀의 옆으로 오라는 몸짓을 했어. 어쩔 수 없다는 듯 나는 천천히 그녀의 옆으로 갔지. 하지만 벤치에 앉지는 않았어. 벤치가 가랑비에 젖어 있었거든.

나는 계속해서, 내가 느끼기에도 엉거주춤한 자세로 서 있었어.

남자가 바지가 좀 젖는 게 어떻다고 그렇게 서 있는 거예요, 그녀가 말했어. 그녀의 그 말은 기분이 나쁠 수도 있는 것이었지만 생각을 달리하니까, 꼭 기분이 나쁜 것만은 아니었어. 결국 나는 그녀의 옆에 앉고 말았지.

강아지는 우리의 다리 사이, 젖은 땅 위에 자리를 잡고 앉았어. 강아지는 그것을 꺼려하는 나의 마음을 아는지 모르는지 나를 쳐다보며 꼬리를 쳤어. 나는 그 꼬리를 밟아 꼼짝 못 하게 하고 싶은 충동을 간신히 눌렀어. 당신을 좋아하는 것 같군요, 아무한테나 이러지 않는데, 그녀가 말했어. 나는 그 강아지가 싫었을 뿐만 아니라 그것이 나를 좋아하는 것도 싫었어. 내가 싫어하는 누군가가 나를 좋아하는 일은 꺼려지는 법이니까. 나는 인간과 가장 가까운 동물인 개를 가까이 한 적이 없었어. 내 쪽에서 노력을 해보지 않은 것은 아니었지만 끝내 되지 않았어. 여기 강아지가 이렇게 있으니까, 그리고 고양이가 없으니까 하는 얘기지만, 그래도 함께 할 수 있는 걸로는 강아지보다는 고양이가 낫죠, 라는, 그 순간 떠오른 말을, 나는 그녀에게 꺼내지 않았어. 강아지는 가랑비가 내리는 것이, 우리와 함께 있는 것이 몹시도 즐거운 듯한 표정이었어.

가랑비는 더 굵어지지도 가늘어지지도 않고, 변함없는 굵기로 꾸준히 내렸어. 이제 옷 속으로 스며든 가랑비에 몸이 조금씩 젖어가고 있는 것이 느껴졌어. 목을 타고 내려간 빗줄기가 가슴을 간질였어. 그리고 따뜻한 습기로 인해 몸이 부풀어오르는 것 같았어. 날씨가 좋은 날이면 들리는, 운동을 하는 사람들이 내지르는 고함 소리와 그들의 가쁜 숨소리가 들리지 않아서 좋았어. 비가 내리는데도 굳이 그날 산책을 나선 이유가 거기에 있었지. 5월의 온화한 날씨였고, 아카시아 향기가 코를 찔렀어. 우리 주위로는, 다른 나무들이 함께 자라는 걸 싫어하는 아카시아나무들이 다른 나무들이 발을 붙이지 못하게 산을 뒤덮고 있었거든.

당신을 본 적이 있어요, 그녀가 말했어. 설마 내가 아무 이유 없이 나무막대로 개나리꽃을 후려치며 다니는 것을 본 건 아니겠지, 나는 생각했어. 당신이 벤치에 앉은 채로 곤히 잠들어 있는 것을 훔쳐본 적이 있어요, 그녀가 말했어. 잠든 아이처럼 평화로운 모습이었어요. 그냥 보기만 한 거요, 내가 말했어. 아뇨, 그녀가 말했어. 그렇다면……, 내가 말했어. 그 모습을 보면서, 보기가 좋다는 생각도 했어요, 그녀가 말했어. 젊었을 때 여자들에게 인기가 많았을 것 같아요, 나를 쳐다보며 그녀가 말했어. 이 여자가 사람 보는 눈은 있군, 나는 생각했어. 사람들이 생각하는 만큼 바람둥이는 아니었소, 내가 지금 무슨 말을 하고 있는 거지, 하는 생각을 하면서 내가 말했어. 젊었을 때는 체구가 좋았을 것 같아요, 그녀가 말했어. 그랬다고 볼 수도 있죠, 나는 미소를 지으며, 불량한 학생처럼 어깨에 힘을 주며 말했어. 나쁜 짓을 곧잘 저지르는 못된 아이 같아요, 나를 쳐다보며 웃음을 지으며 그녀가 말했어. 어떻게 알았소, 실제로 못된 짓을 저지른 적도 있소, 내가 말했지. 무슨 못된 짓을 했죠, 그녀가 말했어. 말하기가 좀 그런데……, 내가 말했어. 듣고 싶어요, 그녀가 말했어. 이상하게도 그녀에게는 무슨 얘기든 해도 좋을 것 같았어.

오래 전에 감옥엘 갔다 온 적이 있소, 사람을 해친 죄로. 내가 왜 그런 말을 하는지 알 수가 없었어. 그냥 그런 말을 해도 좋을 것 같았어. 그녀에게는 상대를 무방비 상태로 만드는 어떤 힘이 있는 것 같았어. 항상 굳게 다물고 있던 내 입 안에 고여 있던 말들이 한꺼번에 쏟아져 나오기 시작했어.

당시 나는 어떤 동네의 정육점에서 일을 하고 있었는데, 그건 내 동생이 마련해준 일자리였소. 나는 그곳에서 일하는 것을 좋아했소. 더이상 생명이 깃들여 있지 않은, 부위별로 절단된 고기들이 진열되어 있는 그곳에 있으면 마음이 그렇게 편할 수가 없었소. 그런데 어느 날 그 동네에 사는 한 노파가 고기를 사러 내 가게에 왔소. 내가 아주 싫어하는 노파였소. 아주 성가시고 까다로운 여자였소. 내가 그녀가 주문한 고기를 봉지에 담아 건네주자 그녀는 봉지를 들어보더니 그녀가 주문한 무게에 못 미친다는 말을 했소. 나는 다시 봉지를 받아 저울에 올려놓고 무게를 확인시켜준 후 다시 건네주었소. 그러자 그녀는 봉지 안의 고기를 보더니 색깔이 좋지 않은 게 상한 것 같다고 했소. 나는, 그 고기는 오늘 가져온 것이오, 라고 말했소. 그러자 그녀는 나를 똑바로 쳐다보며, 혹시 병으로 죽은 소를 잡은 고기는 아니겠지, 당신의 얼굴을 보면 그럴 수도 있다는 생각이 들어, 하고 말했소. 나는 내가 아는 한 나 자신을 속이며 동시에 누군가를 속이거나 하지는 않았소. 나는 사고 싶지 않으면 그냥 가버리라고 했소. 그러자 그녀는 손님에게 무슨 말버릇이냐고 했소. 그러면서 고기가 든 봉지를 바닥에 내동댕이쳤소. 그 순간 카운터 뒤에 있던 나는 나도 모르게 그녀를 내 옆에 놓여 있던 식칼로 내리쳤소. 그녀의 어깨에 칼이 박혔고, 그녀는 피를 흘리며 쓰러졌소. 놀란 나머지 그녀는 정신을 잃은 것처럼 보였소. 나는 경찰서에 전화를 한 후 의자에 가만히 앉아 경찰이 오기를 기다렸소. 경찰은 생각보다 늦게 도착했고, 그 사이 나는 지루한 시간을 보내야 했소. 나는 쓰러져 있는 그녀를 내버려둔 채로, 냉장고에서 고기를 꺼내 도마 위에 올려놓고 일정한 두께로 계속해서 썰고 있었소. 손가락에 닿는 고기의 살의 느낌이 나를 진정시켜 주었소. 나는 내가 한 짓이 전혀 후회되지 않았소. 또한 그것이 내가 할 수 있으리라고 생각지도 못한 어떤 짓이라고는 생각되지 않았소.

내 옆에 앉아 있던 그녀는 차분하게 내 말을 듣고 있었어. 마음을 털어놓는, 진지한 대화에 익숙지 않은 나는 약간은 어색하기도 했고, 쑥스럽기도 했어. 하지만 그런 말을 그렇게 하고 있는 내가 마음에 안 들거나 하지는 않았어.

그후 상해죄로 재판을 받게 되었을 때에도 나는 나를 변론하지 않았소. 내가 한 짓에 후회하지 않는다는 진술이 내게 불리하게 작용했고, 그로 인해 나의 형량은 그만큼 더 늘어났소. 나는 내게 주어진 유리한 기회를 일부러 놓치고 싶었소.

내 옆의 그녀는 담담한 얼굴이었어. 당신이 가엾다거나 하는 생각을 하지 않으려 하고 있어요, 마침내 그녀가 말했어. 나는 그녀의 말을 가만히 들었어, 온순한 학생처럼. 그러한 사실들을 솔직하게 말해줘서가 아니라, 그러한 일들을 당신이 겪게 되어서 당신이 마음에 들어요, 그녀가 말했어. 나는 민망한 마음에 우리 앞에 앉아 있는 그녀의 강아지 머리를 쓰다듬어주었어. 강아지는 다시 꼬리를 치기 시작하더군. 내가 강아지의 머리를 쓰다듬고 있다는 사실에 새삼스럽게 민망해졌고 그래서 나는 손을 거두었어. 그녀는 나를 쳐다보며 안색이 좋지 않은 게 병이 있어 보인다는 말을 했어. 그걸 어떻게 아느냐고, 내가 물었지. 이전에 간호사로 일을 한 적이 있거든요, 다치거나 병이 든 사람들을 돌봐주었죠, 지금은 내가 그런 사람들 중 한 사람이 되었지만, 그녀가 말했어. 그날 그녀가 자신의 과거에 대해 한 말은 그게 전부였어. 나는 그녀가 자신의 과거에 대해 다른 얘기를 더 해주기를 기다렸는데도. 대신 그녀는 자신의 앞날에 대해 말했지, 이제 얼마 남지 않았어요, 거의 끝나가고 있어요, 라고 힘없는 목소리로. 나는 그녀의 얼굴을 바라보았어. 그녀의 모습은 그녀의 말이 사실임을 역력하게 보여주고 있었어. 그렇지만 나는 그 이유는 묻지 않았어. 초면에 그런 것을 묻는 것이 예의에 어긋나는 것으로 여겨져서라기보다는 그런 것은 상대가 먼저 말해줄 때까지 기다리는 것이 옳다는 생각에서였지.

우리는 잠시 아무 말 없이 앉아 있었어. 무슨 생각을 하고 있어요, 그녀가 물었어. 땅속으로, 이 산을 뒤덮은 채로, 뒤엉켜 뻗어 있을 아카시아나무의 뿌리들을 생각하고 있다고, 나는 말했지. 그 악착같은 느낌을 느끼고 있다고, 그것은 무서운 느낌이라고. 실제로 나는 무서운 느낌이 들었어. 상상할 수 있는 그 뒤엉킨 형태가 무서운 것도, 그 왕성한 생명력이 무서운 것도 아닌데도 그냥 무서웠어. 그 이유를 알 수 없는 어떤 것이, 이유를 알 수 없어서인 듯. 그래서 나는 그 무서운 느낌을 떨쳐버리기 위해 그보다 더한, 좀더 극진한 무서움을 안겨주는 어떤 것을 상상하려고 했지만 그 이상의 것은 떠오르지 않았어. 그녀는 아무 말이 없었어. 나는 가만히, 발을 땅 위에 올려놓은 채로 조용히 앉아 있는 그녀의 옆모습을 바라보았어. 이상하게도 그녀는 내가 느끼는 그 느낌을 함께 느끼고 있는 것 같았어. 이상하게도 우리가 어떤 이상한 힘에 의해 함께 묶여 있는 것처럼, 그래서 서로에게 다가서는 데 필요한 어떤 접점이 찾아진 것처럼 느껴졌어. 그러한 느낌에 넘어가지 않으려고 했지만 잘 되지 않았어.

저녁이 되어서야 우리는 함께 산을 내려왔지. 헤어지면서 그녀는 그녀의 집이 있는 곳을 알려주면서 내 집은 어디에 있냐고 묻더군. 아니, 먼저, 집은 있냐고 물었고, 내가 있다고 하자 어디에 있냐고 물었어. 내 집은 그녀의 집에서 멀지 않은 곳에 있었지만, 나는 우회로를 이용해 멀리 있는 것처럼 설명했어. 그녀를 다시는 만나고 싶지 않은 것은 아니었지만, 다시 만나지 않는 게 좋겠다는 생각을, 막연하게 했지. 내 집에서 가까운 곳에 있군요, 어느 집인지 알겠어요, 그녀가 말했어. 그런 다음 우리는 작별을 고했어. 그녀는 그대로 선 채로 내가 먼저 내 집을 향해 가는 것을 가만히 지켜보고 있더군, 그녀의 옆에 선 강아지와 함께. 몇 발짝을 옮긴 내가 다시 뒤를 돌아보았을 때 그녀는 나를 향해 손을 흔들고 있더군, 내가 몸을 돌려 걷기 시작한 때부터 줄곧 그러고 있었던 듯.

나는 나의 초라한 집으로, 그리고 그보다도 더 초라한 나의 생활로 돌아왔지. 당시의 나의 삶은 내가 손쓸 수 있는 곳 너머에 있었지. 절망적인, 아니 절망을 넘어선 곳에 있는 삶이었지. 나는 깨어 있는 것을 견딜 수가 없었고, 그래서 거의 필사적으로 잠을 잤어. 하루의 거의 대부분을. 거의 아무것도 먹지 않았지. 거의 아무것도 먹지 않아 거의 기운이 없었고, 거의 기운이 없어 거의 잠만 잤고, 거의 잠만 자 거의 기운이 없었고, 거의 기운이 없어 거의 아무것도 먹지 않았지. 아무런 의욕이 없었던 거야. 하긴 언제나 그랬지. 하지만 며칠을 그렇게 보내는 동안 나는 그녀를 다시 만나고 싶어졌어. 생각지도 못한 일이었지. 그래서 일부러, 며칠 후 우리가 만났던 곳으로 갔고 그곳에서 그녀를 다시 만나게 되었지. 그 사이 그녀는 좀더 수척해져 있었어, 몰라볼 정도로, 그래서 그녀의 수척함을 통해 그녀를 알아볼 수 있을 정도로.

우리가 만나게 되었을 때 먼저 그녀의 강아지가 나를 알아보고 내게 달려왔어. 강아지는 여전히 못생기긴 했지만 전에 보았던 것만큼 못생겨 보이지는 않았어. 그리고 그날 나는 그 강아지가 머리가 거의 몸통에 붙어 있어, 구조적으로, 머리를 갸우뚱 기울이지 않고는 뭔가를 쳐다보기가 어려울 수밖에 없다는 것을 이해했지. 그 강아지는 모습뿐만 아니라 기능적으로도 불리한 방향으로 진화한 게 틀림없었어. 그 생각을 하자 강아지가 내가 도저히 가까이할 수 없는 것으로는 보이지 않더군.

그녀는 나보다 몇 살 아래였어. 그녀가 그렇게 나이가 들어 보인 건 병 때문이었어. 자궁암이에요, 그녀는 마치 자신이 입고 있는 옷의 상표를 말하듯 자신의 병명을 얘기했어. 손을 쓰기에 늦은 것은 아니지만 아무런 손을 쓰지 않고 있어요. 손을 웃옷 호주머니에 넣은 채로 그녀가 말했어.

단 한 번 만났을 뿐인데도 이미 그녀는 나의 가장 가까운 사람이 되어 있었어. 마치 오래 전부터 알고 지내온 사람처럼 여겨졌어. 그날 우리는 함께 시간을 보낸 후 저녁이 되어서야 내려왔어. 그리고 그 전번과 마찬가지로, 작별의 시간이 되었을 때, 그녀와 그녀의 강아지가 지켜보는 가운데 내가 먼저 떠났지.

그후로 우리는 산에서 자주 만났어. 서로 약속을 한 것도 아니었는데도 산에 가면 그녀를 만날 수 있었지. 그녀는 늘 같은 장소에 있었으니까. 우리는 지나가는 사람들의 눈총을 받으며 함께 나란히 누워 있길 좋아했어. 때로는 덤불 숲속에 들어가, 멀리서 누군가가 뒤처진 누군가를 재촉하자, 그 뒤처진 누군가가 더이상은 못 가겠다고 말하는 것 등을 들으며. 종종 나는 그녀의 무릎 위에 머리를 기댄 채로 누워 잠이 들곤 했어. 내가 잠을 잔 후 눈을 뜨면 그녀가 나를 내려다보며 미소를 짓고 있는 게 보였어. 그건 내게 낯선, 하지만 거북하지는 않은 안도감을 주었어.

그리고 때로 그녀는 내가 지금은 기억할 수 없는, 분명한 줄거리가 없는 어떤 긴 이야기들을 들려주곤 했어. 나는 그녀가 하는 이야기를 그다지 집중해서 듣지는 않았는데, 그건 그 이야기들이 그다지 집중을 요구하는 이야기들이 아니었기 때문이었어. 그녀가 하는 이야기들은 대체로 두서없는 이야기들이었으니까. 그럼에도 그녀는 이야기를 마친 후면 번번이, 내가 하는 얘기 들었어요, 하고 묻곤 했어. 그러면 나는, 그래, 처음부터 끝까지 빠뜨리지 않고 들었어, 하고 말했지. 그러면 그녀는, 어땠어요, 하고 말했어. 그러면 나는, 당신이 하는, 당신의 얘기 같았어, 그래, 조금은 이상한 이야기기도 했어, 아니, 조금도 이상할 게 없는 이야기였어, 내게는, 하고 말했어. 그러면 그녀는, 내가 무슨 얘기를 한 거죠, 이렇게 얘기를 끝낸 후면 무슨 얘기를 했는지 기억이 안 나요, 내가 무슨 얘긴가를 했다는 건 알겠는데, 하고 말했어. 그러면 나는, 그냥 두서없는 얘기였어, 하고 말했어. 그러면 그녀는, 두서가 없었다고요, 하고 말했어. 그러면 나는, 그래, 두서가 없었어, 두서도, 두서라곤 없었지, 하고 말했어. 그러면 그녀는, 그래서 내가 그런 얘기를 할 수 있었을 거예요, 하고 말했어. 그러면 나는, 그렇지만 어쨌든 좋았어, 하고 말했어. 그러면 그녀는, 내가 왜 그런 얘기를 했는지 모르겠군요, 어쨌든 내 얘기를 끝까지 들어줘서 고마워요, 하고 말했어. 그러면 나는, 당신이 내게 이런 얘기를 해줘서 고마워, 하고 말했지. 그렇게, 그녀의 이야기가 끝나면 우리 사이에는 항상 그런 얘기들이 오갔지.

어쩌면 우리는 그렇게 서로를 고맙게 생각하는, 그 이상도 이하도 아닌 관계였는지도 몰라. 그 이상도 이하도 아니었다는 것으로 우리의 관계를 요약할 수도 있을 것 같아. 나는 우리의 관계가 어떤 성격의 것인지를, 또한 그것이 부질없는 것이라는 것까지도 알고 있었어. 분명한 건 그것은 사랑은 아니었다는 거야. 사랑에 대한 나의 생각을 말하면, 사랑 같은 건 없다고, 단지 사랑이라는 것이 있다고 믿고 있는 사람들이 있을 뿐이라는 거지. 이 세상의 모든 관념들이 그런 것처럼.

어쨌든 그녀는 내게 거부감을 일으키지 않았어. 그녀는 세상을 조금만 더 따스한 눈으로 바라보도록 노력해 봐요, 와 같은 말은 하지 않았어. 나를 좀더 나은 길로 들어서게 하려고 애를 쓰지도 않았어. 그녀의 그러한 점 때문에 내가 그녀를 견딜 수 있었던 것 같아. 나를 있는 그대로의, 좋지 않은 상태로 내버려두었어. 나 또한 그녀를 마찬가지로 대했지. 그리고 마지막 시간을 보내고 있는 그녀의 처지 또한 나와 별로 다르지 않았어. 그래서 우리는 서로가 보기에 끝내 안타까운 모습으로 만날 수 있었고, 그것을 견딜 수 있었어. 그래서 그전에, 나의 다른 어떤 여자들과의 관계에서 있었던 것과 같은 마찰은 없었어. 그 다른 여자들을 견딜 수 있게 된 것은 더이상 그녀들이 나와 아무런 관계도 아닌 관계가 되고 난 후였지. 그전에 만난 대부분의 여자들이 내게 쏟은 것은 무엇보다도 연민의 정이었어. 그녀들이 다른 마음으로, 좀더 불순한 의도로 내게 다가섰다면 좀더 그녀들을 견딜 수 있었을 텐데.

하루는 여느 때처럼 우리가 사람들이 다니지 않는, 덤불 숲 안쪽의, 우리가 우리의 자리로 지정한 곳에 앉아 있는데, 그녀가, 갖고 싶은 게 있으면 뭐든 말해봐요, 뭐든 주고 싶으니까요, 하고 말하더군. 나는 잠시 생각을 했지. 그녀가 줄 수 없는, 그녀로서는 그것을 내게 주는 것이 무리인 어떤 것을 갖고 싶었어. 당신의 뼈가 갖고 싶군, 내가 말했어. 왜 불쑥 그런 말을 했는지는 모르겠어. 그녀는 잠시 생각에 잠기더니, 갖게 될 거예요, 지금 당장은 아니지만, 하고 말했어. 나는 그것이 무엇을 의미하는지 알았어. 지금으로서는, 이건 어때요, 하고 말하며 그녀는 자신의 입술을 내 쪽으로 내밀었어. 그녀의 입술이, 거짓말처럼, 내 입술에 포개졌어. 그렇게 해서, 다소 엉뚱한, 엉성한 입맞춤이 엉겁결에 이루어졌어. 그녀의 입술은 아무런 맛도 전해주지 않았어. 좋지도 나쁘지도 않았어. 정말로 아무렇지 않았어, 어떻게 이렇게까지 아무렇지 않을 수 있지, 하는 생각이 들 정도로. 그녀 또한 마찬가지인 것 같았어. 그렇게 서로의 입술이 닿은 상태에서, 우리는 눈을 뜬 채로 아주 가까이서, 너무 가까워 상대의 모습이 흐릿하게 보일 정도로 가까운 거리에서 서로를 바라보았어. 그 사이 영원처럼 느껴지는 순간이 지나가거나 하지는 않았어. 그런데 혀를 내밀거나 하는, 흥분을 교환하는 방식으로 이루어지지 않은 그 담담한 입맞춤은 자극을 이끌어내지 않는, 어떤 반응도 거역하는, 멈춰진 입맞춤이었어. 입맞춤의 흔적에 입을 맞추는 것 같았어. 그녀의 희미한 숨결이 코끝에 느껴졌어. 그리고 느꼈지, 우리의 닿아 있는 입술이 만든 그 경계 너머로 서로에게 다가갈 수 없다는 것을, 그렇게 하는 것은 우리의 열망에 위배된다는 것을.

조금 후 입술을 뗀 우리는 모든 것이 끝나고 지나간 후의 느낌을 그 입맞춤의 여운에서 느꼈어. 그리고 우리는 서로의 얼굴에서 아무런 치장 없는 슬픔을 보았어. 그렇게 아무런 격렬함을 동반하지 않은 슬픔은 잠시 우리의 얼굴 위에 떠올랐다가 우리의 미소 뒤로 사라져버렸어. 그 슬픔은 전이는 되지만 전염은 되지 않는 것이었지.

우리는 서로의 손에 의해, 혹은 서로의 품속에서 죽고 싶다는 식의 엉뚱한 얘기를, 다행히도 하지 않을 줄 알았어. 그후로도, 그 단 한 차례의 막연한 포개짐 또는 놓임 같은 입맞춤 외에 우리는 손도 잡은 적이 없었어.

우리는 잠시 아무 말도 하지 못하고 가만히 있었지. 주위는 고요했어. 우리는 그 고요 속에 말없이 앉아 있었어. 격정이 지나간 후의 고요가 아닌데도 격정이 지나간 후의 고요 같은 놀라운 고요가 우리를 에워싸고 있었어. 그리고 우리는 그 고요에 스스로를 내맡겼어. 한참 후에야 그녀가, 나 자신이 이렇게 희박한 존재로 느껴진 적이 없어요, 하고 중얼거리듯 말했어. 나는 그녀의 그 말에 비로소 내가 그곳에 있다는 것을 깨달았지.

산은 철쭉으로 붉게 물들어 있었어. 바야흐로 봄은 절정에 달해 있었어. 그 시기를 기다려온 초목들은 난리가 아니었어. 문득, 봄에 피어나는 것들은 자신들의 시간을, 기쁨을 너무 우기는 것 같다는 생각이, 나는 들었어. 불이 나 이 산의 모든 나무들이 다 불타버리면 좋겠어, 뿌리까지, 내가 말했어. 그녀는 아무 말이 없었어. 자신의 생각 속에 깊이 빠져 있는 것처럼 보였어. 무슨 생각을 하고 있어요, 한참이 지난 다음 그녀가 나를 쳐다보며 말했어. 당신의 자궁을, 그 안에서 일어나고 있을 일들을, 혹은 일어나지 않고 있을 일들을 생각하고 있었어, 내가 말했어. 하지만 실제로 그것은 내가 그 순간 생각하고 있던 것이 아닌, 그 순간 지어낸 것이었어. 그녀는 아무 말이 없었어. 조금 후 그녀는 가만히 자리에 눕더군. 나 또한 그녀의 옆에 누웠어. 그녀의 작은 체구에 나의 커다란 몸을 밀착시키며.

조금 후 그녀가 어떤 노래를, 내가 들어본 적은 없지만 이상하게도 귀에 낯설지 않은 어떤 노래를, 라 라 라 라, 하며 부르기 시작했어. 무슨 노래야, 내가 물었어. 없는 노래예요, 내가 지어낸 노래거든요, 그녀가 말했어. 굳이 가사를 붙이자면 이런 노래가 될 거예요, 어느 날 저녁 내가 창가에 앉아 있는데 열어놓은 창문으로 어떤 새 한 마리가 날아들어와 내 자궁 속으로 들어갔네, 새는 내 자궁 속에서 둥지를 짓고 알을 낳아 부화시켰고, 새끼들이 태어났네, 새는 내 살을 쪼아 새끼들을 먹였네, 어미새는 죽었지만 새끼들은 지금도 내 자궁속을 날아다니고 있네, 와 같은. 슬픈 노래 같은데 그렇게 슬프게 들리지는 않는군, 내가 말했어. 하지만 그녀는 아무 대답도 하지 않았어. 딴 생각에 잠겨 있는 것처럼 보였어. 어쩐지 내가 누워 있는 그 숲이 그녀의 자궁처럼 느껴졌어. 나무들이 빼곡하게 늘어서 있는 이 숲은 어쩐지 울창한 질서처럼 느껴져서 답답해요, 그녀가 말했어.

그런 다음 우리는 다시 아무 말 없이, 이미 죽은 사람들처럼 누워 있었어. 모든 것이 끝나고 지워진 느낌 속에서, 그 느낌마저도 더이상 남아 있지 않은 듯한 느낌 속에서, 모든 것이 바닥이 난 듯한 느낌 속에서, 그 느낌 속에서 스스로가 바닥을 이루고 있는 듯한 느낌 속에서. 그런데 아무런 가망이 없는, 그것이 너무도 분명해 그것을 굳이 확인할 필요도 없는 그 상태가 내게 순수한 만족감을 주었어. 그날 우리는 밤이 이슥해져, 산 위로 보름달이 떠오른 후에야 산을 내려왔어. 어쩐지 그날 밤의 보름달은 평소 자신의 행로와는 다른 행로를 지나가고 있는 것처럼 보였어.

그리고 그날 밤 나는 처음으로 그녀의 집에 그녀와 함께 갔어. 그녀의 집에서 놀라웠던 건 부엌 찬장에 가득 쌓여 있는 엄청난 분량의 진통제 앰풀들과 피하주사기였어. 저것들을 보고 있으면 어떤 섭리 같은 게 느껴져요, 거역해서는 안 될 것만 같은, 우리가 부엌 탁자에 앉아 커피를 마시고 있을 때 그녀가 말했어. 하지만 진통제는 최소한만 사용하죠. 바보 같은 질문이지만, 통증이 심하지는 않아, 내가 물었어. 견딜 만해요, 그리고 통증을 고스란히 느끼는 것도 괜찮아요, 그 통증을 통해 나 자신을 온전하게 느끼기도 하니까요, 그녀가 말했어.

며칠 후 우리가 산에서 다시 만났을 때 그녀는 상태가 아주 좋지 않아 보였어. 내가 그녀의 얼굴을 쳐다보았을 때 그녀는, 내 모습이 어때 보여요, 하고 물었어. 우스워 보여, 내가 말했어. 그 말을 하면서 나는 목이 메는 걸 느꼈어.

우리가 자리를 잡고 앉았을 때 그녀는 옆에 있는 어떤 풀을 오른손 두번째 손가락을 이용해 코일처럼 말았다가 풀어주기를 반복하며, 더이상 버틸 힘이 없어요, 그 어디에서도 살아 있는 데 필요한 힘을 찾을 수가 없어요, 하고 말했어. 그녀는 말을 하는 것조차 힘들어하는 것처럼 보였어. 끝내는 게 쉽지는 않겠죠, 하지만 나는 할 수 있을 거예요, 그녀가 말했어. 나는 수긍과 지지의 의미로 두 번 고개를 끄덕였어. 아무런 도움이 되지 않을게, 나의 어떤 도움도 아무런 소용이 없을 테니까, 내가 말했어. 고마워요, 나를 있는 그대로 이해해주고 받아들여줘서, 그녀가 말했어.

그날이 살아 있는 그녀의 모습을 본 마지막 날이었지. 그로부터 며칠이 지났어. 나는 그 며칠을 꼼짝 않고 누워 있었지. 몸살을 심하게 앓았으니까. 그리고 어느 저녁 겨우 기운을 차려 자리에서 일어나 그녀의 집으로 갔어. 타율의 힘이 나를 억지로 움직이게 하지 않는 한 움직이지 않던 나였는데. 그러한 내가 자발적으로 그녀의 집을 찾아간 거야.

내가 그녀의 집에 갔을 때 죽어 있는 그녀의 옆에는 주사기와 염화칼륨 앰풀이 놓여 있었어. 그녀는 내가 그녀를 처음 만났을 때의 차림 그대로였어. 처음 그녀를 만났을 때 그녀가 쓰고 있던 노란 털실모자까지 쓰고 있었어. 놀랍도록 단정한 모습이었어. 그리고 평화로워 보였어. 그녀의 강아지 또한 사지를 벌린 채로 뻗어 있었어. 그때 처음으로 그 강아지가 예쁘게 보인 것도 사실이야. 나는 잠시 그 강아지 옆에 앉아 그것의 머리를 쓰다듬어주기까지 했어. 털이 손에 묻었지만 일부러 그것을 털어내지 않았어.

그녀의 말대로 그녀의 마지막 순간의 고통은 오래 가지 않았을 걸로 믿어져. 염화칼륨의 좋은 점이 거기에 있지. 그것은 흔히 하는 말로 신속하고도 정확하지. 그리고 그 고마운 염화칼륨은 지금 이렇게 나의 손에 쥐어진 채로 나의 몸 속으로 녹아들기를 기다리고 있지.

나는 그녀의 사후를 처리하는 수고를 기꺼이 치렀고, 그녀의, 아니 그녀와 함께 태워진 강아지의 뼈까지 섞인 유골가루를 집으로 가지고 왔지. 나머지는 화장터 근처의 숲에 뿌린 후 한줌가량을 가지고 왔어. 맛을 보았지만, 거무튀튀한 가루는 텁텁한 맛밖에 주지 않았어. 나는 그것을 빈 커피병에 담아 찬장 안에 넣어두었지. 커피를 마시면서 그것을 조금 타 마시기도 해보았지만 별맛은 나지 않았어. 그러다가 문득 생각이 미쳐 화분에 뿌려준 거야. 하지만 이 화초는 다시 살아나지 않았어. 그리고 다시 살아나는 일도 없을 거야. 내가 그것의 뿌리까지 완전히 뽑아버렸으니까. 이것이 그녀와의, 결코 사랑에 이르지 못한, 처음부터 사랑에 이를 가능성을 상실한 것이었던 우리의 만남에 대한 나의 기억이야.

지금 나는 나의 이 모든 기억이 사실일까, 라는 생각도 들지만, 이것이 사실이라는 것을 알고 있어. 그리고 다 끝났어, 다행히도, 모든 게, 깨끗하게. 끝이 나는 일이 없으면 어떻게 하지, 라는 우려가 없진 않았지만 크진 않았어, 이렇게 끝이 나리라는 걸 모르지 않았으니까. 그래, 정확히는 아직 완전히 끝이 난 건 아냐. 하지만 끝이 난 거나 마찬가지야. 끝이 나게 되는 데 무리가 따르거나 하는 일은 없을 거야. 이렇게 끝이 보여. 내가 나로부터 가장 먼 곳에 있다고 생각한 어떤 것이 이제는 내 가장 가까운 곳에 와 있어. 그 끝이 손끝에 잡힐 정도야, 손끝에 닿은 끝의 느낌을 느낄 수 있어. 이렇게 되리란 걸 알고 있었지. 시작이 있었던 것도 아닌데도, 그런데도 이렇게 끝이 있다니. 아니, 처음부터 끝이었지, 긴 끝이었어. 내가 원했던 끝이라고 할 수는 없지만, 그럼에도 이만하면 순조로운 끝이야. 그렇게 말해도 되겠어. 그리고 이렇게 끝이 나게 된 건 천만다행이야. 이제 더이상 나아갈 힘이 없어. 항상 그랬지. 어떻게 그러한 상태로 여기까지

올 수 있었을까? 하지만 그런 건 중요하지 않아. 이제는 마치 모든 준비가 다 되어 있다는 듯 이렇게 두 손을 포개고 마지막 순간을 기다리기만 하면 되는 거야. 이건 내가 오랫동안 수도 없이 되뇌었고, 그래서 이제는 외울 수도 있게 된 문장이지.

오늘밤 이렇게 창가에 앉아, 바깥의 저 단단한 어둠을 응시하고 있자니, 끝이 내게 이르렀다는 나의 이 느낌에 좀더 확신이 심어지고 있는 것 같아. 이 느낌에 나의 흐느낌을 실을 필요까지는 없겠지. 단지 나의 차례가 된 것일 뿐이야. 고맙게도. 이제 곧 그렇게 되겠지만, 나로서는 저절로 나의 눈이 감겨지기만을 기다리면 되는 거야. 그런데 조금은 근사한 끝이기를, 아니, 조금도 근사하지 않은 끝이기를 바랐던 나로서는 이것이 어느 쪽에 해당되는지를 잘 모르겠어.

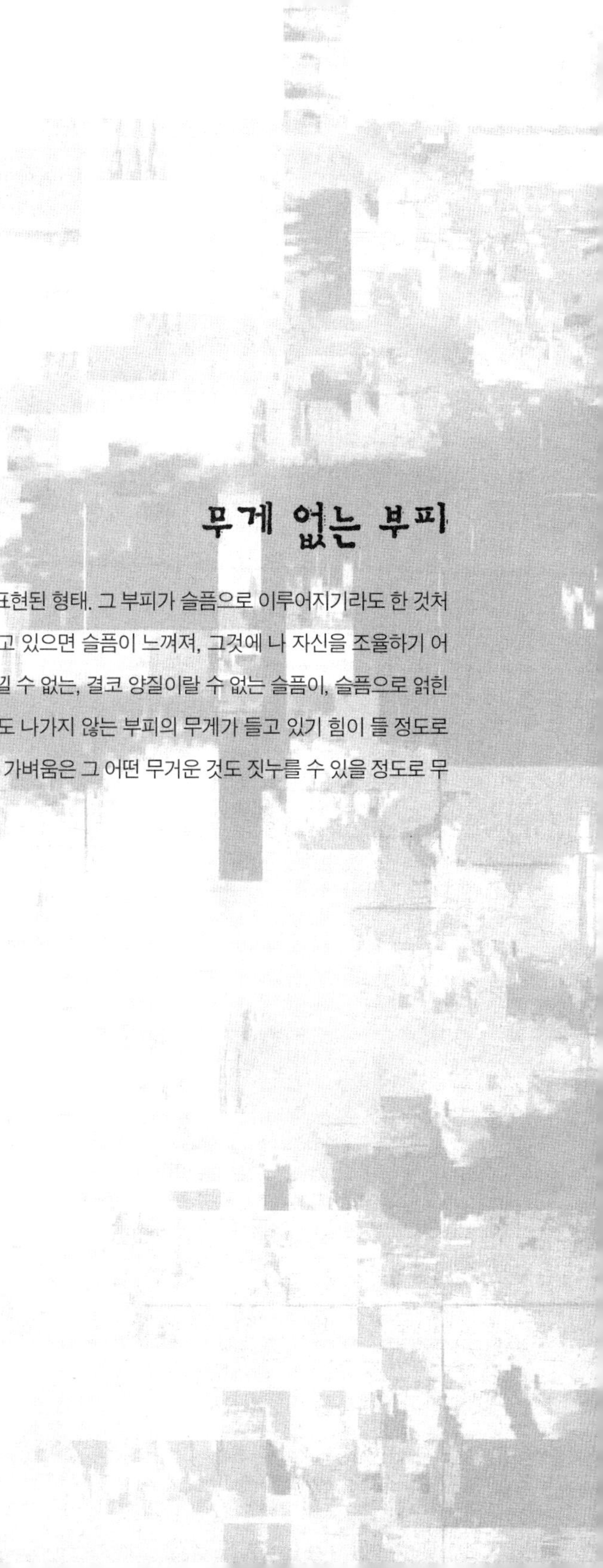

## 무게 없는 부피

자신의 무게를 잊은, 부피로만 표현된 형태. 그 부피가 슬픔으로 이루어지기라도 한 것처럼 이 풍선을 이렇게 가만히 쥐고 있으면 슬픔이 느껴져, 그것에 나 자신을 조율하기 어려운, 거북한 마음이 없이는 느낄 수 없는, 결코 양질이랄 수 없는 슬픔이, 슬픔으로 얽힌 난맥상이. 한데 이 아무런 무게도 나가지 않는 부피의 무게가 들고 있기 힘이 들 정도로 무겁기도 해. 내가 들고 있는 이 가벼움은 그 어떤 무거운 것도 짓누를 수 있을 정도로 무거워.

그는 꽃무늬가 그려진, 여자의 것처럼 보이는, 화사한 색상의 잠옷을 입은 채로, 어떤 전원주택의 이층 창가에 있는 낡은 휠체어 위에 앉아 있다. 꼼짝 않고 있는 그는 잠이 든 것처럼 보이는데, 실제로 잠이 들어 있다. 그는 좋지 않은 꿈이라도 꾸는 듯 이따금 발작적으로 몸을 뒤척거리기도 한다. 가지런하지 않은 백발이 그의 머리를 뒤덮고 있고, 열어놓은 창문 사이로 들어온 바람에 머리칼이 조금씩 흩날리고 있다. 잠시 후 그가 천천히 눈을 뜬다. 멍한 얼굴로 그는 한참 동안 허공을 바라본다.

깜빡 졸았던 모양이군. 갈수록 이렇게, 나도 모르게 잠이 드는 일이 잦아지는 거 있지. 아마 이건 오래지 않아 들게 될, 죽음이라는 영원한 잠에 적응하기 위한 내 나름의 노력의 한 과정인지도 모르겠어. 이미 나는 죽음이 매 순간 기다려지는 나이에 이르렀으니까, 죽음이라는 게 그럴 만한 가치라도 있는 것인지는 알 수 없지만. 그가 중얼거린다.

잠시 후 그는 손을 들어 입가를 훔친다. 다행히 침까지 흘리며 잔 건 아닌 모양이군, 곧잘 그러기도 하는데. 평소에도 완전히 다물어지는 법이 없는 이 입은 자면서도 주로 벌어져 있단 말야. 아니면, 자던 중 흘린 침은 자는 사이에 모두 말라버렸는지도 모르지. 하지만 그건 상관이 없지. 내가 모르게 일어난 일에 대해서는, 설사 그것이 내게 일어난, 그래서 나와 상관있는 일이라 하더라도 나는 상관하지 않는 편이니까, 물론 그것이 상관하지 않을 수 있는 것이거나, 상관한다 해도 달라지는 것이 없을 때에 한해서지만.

그는 목 언저리가 뻐근하기라도 한 듯 몇 차례 목을 주무른 후 생각에 잠긴다. 자고 나면 꼭 이렇게 목을 주무르게 된단 말야, 마치 내가 자는 동안 뭔가가 내 목덜미를 거머쥐고 있기라도 했던 것처럼. 하지만 내가 이렇게 목을 주무르는 건 목이 뻐근해서라기보다는, 그런 이유가 전혀 없는 것은 아니지만, 자고 난 후면 늘 습관처럼 이렇게 목을 주무르는 게 당연한 것처럼 여겨져서일 거야. 그는 빙긋이 웃음을 짓는다. 이처럼 나는 내가 하는 모든 행동에 이유가 있다는 생각을 하기를 좋아하지. 그래, 중요한 건 자신이 하는 무슨 일에서도 그럴듯한 이유를 찾아내는 거야, 마치 이유가 없어서는 안 되는 것처럼, 그런 건 허락할 수 없다는 듯. 뭔가를 하지 않을 때만큼이나 뭔가를 할 때에도 그 이유란 중요한 거니까.

그는 천천히 얼굴을 들어 천장을 올려다본다. 그런데 다행히도 천장에 박쥐들이 매달려 있거나 하지는 않군. 최근 들어, 가끔 잠에서 깨어 천장을 올려다보면 동굴 속에서나 볼 수 있는 시커먼 박쥐들이 날개를 접은 채로 무리를 지어 거꾸로 매달려 있는 게 보이곤 해, 박쥐뿐만이 아니라 박쥐까지도. 그것들은 아주 조용히, 마치 나를 노리기라도 하듯, 아무 소리도 내지 않고 천장에 붙어 있어, 최소한 내게 들리는 소리는 내지 않아. 나는 박쥐들이 내게 해를 끼치거나 하지는 않는다는 것을 알고 있고, 그래서 그것들을 그대로 내버려두는데, 처음에는 몇 마리 되지 않던 것이 내가 보는 앞에서 삽시간에 무수히 불어나지. 그것들의 모습이 끔찍하다거나 하는 느낌은 들지 않아. 끔찍한 건 어느 순간 그것들이 마치 더이상 매달려 있을 힘을 잃은 것처럼 아래로, 내 몸 위로 떨어져 내리는 거야. 그럴 때면 나는 그것들을 털어내기 위해 몸을 쥐어뜯는 시늉이라도 해야 하지. 한데 왜 내 앞에 있지도 않은 박쥐들이 마치 내 앞에 있기라도 한 것처럼 눈에 선하게 보이는지 모르겠어. 실제로 내 앞에 있는 것들은 잘 보이지도 않으면서.

그는 방 안을, 마치 처음 그곳에 있게 된 사람처럼 한번 둘러본다. 모든 건 여전히 그대로군, 아무것도 달라진 게 없어, 달라질 이유도 없지만, 달라져서는 안 될 이유도 없는데도. 한데 아무것도 달라진 게 없다는 걸 어떻게 알지? 내가 이렇게 자신 있게 말할 수 있는 건, 잠이 들기 전, 이 방 안에 있는 모든 것들을 면밀하게 점검을 했기 때문이지. 이 방에 있는 사물 중 나의 보호와, 그 보호와 다르지 않은 나의 감시를 벗어나는 것은 아무것도 없지. 이 방의 사물들로 말할 것 같으면, 내가 없으면 아무것도 아니지, 나로 인해 책상은 책상일 수 있고, 휠체어는 휠체어일 수 있지. 이렇게 사물들에 대한 우위를 나는 나의 생각으로나마 확보하고 있지, 그리고 그러한 우월함은 생각 속에서만 유지될 수 있다는 것을 알고 있는 나로서는 나의 생각을 다해 그것을 유지하려 들지.

한데 그 사이 모든 게 조금 더 낡고 닳은 것이 틀림없어, 비록 내가 알아차릴 수는 없지만. 그런데 내 눈앞에 있는 모든 것들이 터무니없게 과장되어 있는 듯한 느낌을 주는 것은 무슨 이유에서일까, 그 크기에 있어서도 작기에 있어서도, 단단함에 있어서도 푸석함에 있어서도 물렁함에 있어서도, 또한 밝기에 있어서도 어둡기에 있어서도. 실제로 그런 건 아니겠지, 그건 나의 느낌에 지나지 않는 거겠지. 나의 느낌이 그러한 차이를 만들어내는 것일 뿐이겠지. 차라리 그렇게 믿는 편이 낫겠지, 나 자신보다는 이 세계를, 나 자신의 감각의 허술함보다는 이 세계의 물성의 견고함을 믿는 편이 낫겠지?

그는 잠시 생각에 잠긴다. 아마도 나의 생각이 맞을 거야. 그런데 그 사이 누구도 이 방에 들어오거나 하지는 않은 모양이야, 들어온 사람이 없으니 나간 사람도 없겠지? 아니, 어쩌면 아들놈이 나 몰래 들어와, 조용히 내가 자는 모습을 훔쳐본 후 나갔는지도 몰라. 그는 집에 있을 때면 가끔 그렇게 내 방에 들러 내가 죽지는 않았는지 확인을 한 후 돌아가곤 하니까. 아직은 죽으려면 시간이 좀더 필요하겠군, 그렇다면 좀더 시간을 줘야지, 모든 일에는 시간이 필요한 법이니까, 하고 그는 생각하며 나를 내려다본 후 조용히 밖으로 나갔을 거야. 하지만 요즘 들어서는 그가 나를 찾는 경우가 드물어. 아마 내가 그의 뜻대로 쉽게 죽지 않을 거라는 것을 알게 되면서인 것 같아. 실망이 크겠지. 나로서도 빨리 가버렸으면 좋겠는데. 아직까지는 내가 빠른 시일 내에 가게 되리라는 그 어떤 조짐도 보이지 않아. 하지만 그러한 조짐이 보이지 않는다고 해서 빠른 시일 내에 내가 가게 되는 일이 불가능한 것만은 아니겠지?

그는 귀를 기울인다. 주위는 조용하군. 아들놈은 집에 없는 것 같아. 요즘은 집에 붙어 있는 경우가 드물어. 여러 가지 일로 바쁜 척을 하는데 실제로 바쁜 모양이야. 바쁜 척을 하다보면 실제로 바빠지기도 하겠지. 며느리는 안방에서 낮잠을 즐기고 있겠지? 그녀는 잠을 자는데 내가 소리를 내 방해하면 몹시 싫어하지. 그런다고 내가 조심하는 건 아냐. 나는 누구의 눈치를 보며 뭘 하거나 하지 않거나 하지는 않아. 뭘 하거나 하지 않으면서 누구의 눈치를 보는 일이 없다고는 할 수 없지만. 어쨌든 나는 집 안에 있을 때면 될 수 있는 한 조용히 하려고 하지. 물론 가끔은 조용히 하려다보면, 그러한 노력의 결과로 나도 모르게 소리를 지르게 되는 일이 있긴 해. 목청을 다해, 목청이 부서질 것만 같은, 하지만 실제로는 아무 소리도 만들어내지 못하는 소리를 내지르기도 하지.

아니면 며느리는 무료해져 쇼핑을 하기 위해 외출을 했는지도 몰라. 시간을 보내기에는 쇼핑만한 게 없지. 나로서는 시간을 보내기 위해 쇼핑을 해본 적은 없지만 다들 그렇게 얘기하니까 그런 것 같기도 해. 며느리는 아직 철이 없고 씀씀이가 헤픈데다가 게을러 빠졌어. 하지만 며느리에게는 귀여운 구석이 있는데, 그것은 아들놈에게서는 결코 찾아볼 수 없는 거야. 내가 둘 중에 어느 한쪽을 편애하는 것은 아니지만, 굳이 말하라면 며느리에게 좀더 애정이 가는 것이 사실이야. 물론 이것이 내가 아들놈을 좀더 미워한다는 의미는 아냐. 다만 그를 참는 게 좀더 어렵다는 것뿐이야. 그리고 며느리에게는 착한 구석도 있지. 굳이 그럴 이유가 없는데도 내게 잘하려고 애를 쓰는 편이야. 그것이 내게는 별로 소용없는 것이긴 하지만.

그는 아무 소리도 나지 않는 게 확실한지 다시 한번 귀를 기울인다. 여전히 아무 소리도 들리지 않는군. 그리고 누구도 내가 혼자 하는 말을 엿듣고 있는 것 같지도 않고. 누구도 귀를 기울일 만한 말을 내가 하는 일은 없으니까. 나야 항상, 혼자, 해도 좋지만 하지 않아도 좋은 말을 할 뿐이니까. 나밖에는, 내가 하는 말을 엿듣고 있는 사람은 없어. 그런데 최근 들어 잠이 들려고 하면, 또는 잠에서 깰 때면 들리는, 조용히 내 이름을 부르며 나를 다그치는, 나를 약간은 부끄럽게 만들기도 하는, 정체를 알 수 없는 어떤 목소리가 지금 이 순간에는 들리지 않는군, 다행히도, 그리고 아쉽게도. 한데 그 목소리의 정체는 도대체 무엇일까? 그렇지만 그 정체를 알 수 없는 목소리의 정체는 끝내 모르는 게 낫다는 생각 또한 들어.

그는 두 손으로 귀를 틀어막는다. 그런데 이렇게 귀를 막으면 온갖 소리들이 들려온단 말야, 귀를 막기 전에는 들리지 않던 소리들이, 귀에서 손을 떼면 사라지는, 또는 그런 다음에도 사라지지 않는 소리들이, 하나도 알아들을 수 없는 소리들이, 내 안에서 들려오는 것 같은 소리들이, 그 소리들이 시끄러울 뿐이라고 말하는 것 같은 소리까지. 그 모든 소리들이 한꺼번에 몰려오고 있어. 하지만 이 소리들이 뭐가 어떻다는 얘기는 아냐. 결국 그것들은 소리에 지나지 않는 것들이니까. 그 소리들은 나를 위협할 수는 있지만 실제로 내게 해를 끼치지는 못하니까. 그리고 나로서는 그 소리들에 어느 정도는 익숙해졌으니까. 아니, 그 소리들뿐만 아니라 이 세계의 모든 소리들에, 결국 잡음에 지나지 않는 소리들에 익숙해졌지.

그는 방문 쪽을 흘낏 쳐다본다. 방문은 살짝 열려 있다. 저렇게 문을 열어놓은 것은 아들놈이야. 그는 자신이 나를 방 안에 가둬놓은 게 아니라는 것을 알게 하기 위해 항상 저렇게 문을 열어두지. 물론 그가 나를 이 방에 가둬놓은 건 아냐, 나로서는 그렇게 생각하기를 좋아하지만, 그가 한 어떤 짓 때문에 내가 괴로움을 당하고 있다는 생각을 하면 마음이 누그러지기도 하니까. 그래, 실제로 나는 내가 원하면 언제든, 문 밖으로 나갈 수 있어. 나간다고? 그래, 나갈 수는 있지. 하지만 문 밖으로 나간다 하더라도 멀리는 갈 수 없어. 아래층으로 나 있는 계단이 버티고 있어 굴러 떨어지거나 하는 식이 아니고는 계단을 내려갈 수 없으니까. 때로는 그러고 싶은 충동도 들지만, 그래서 완전히 뻗어버리고 싶기도 하지만…… 이성의 고삐를 완전히 늦추는 건 생각 이상으로 힘든 일이야. 이건 이상할 게 없지. 문제는 이성을 잃을 때조차도 이성의 도움을 받지 않으면 안 된다는 거야. 이상한 건 이거야. 이성이라는 놈은 정말이지 거머리같이 질긴 놈이야. 이성만큼 자신에게 필사적으로 매달리는 것도 없지. 내가 생각하는 이성이라는 놈은 깍지 낀 두 손으로 자신을 부둥켜안은 채로 완고하게 앉아 있지, 끝내 그 자세를 풀기를 마다하며, 자신의 소리에만 귀를 기울이며…….

하긴 정말로 계단을 내려가고 싶을 때는 아들놈에게 부탁해, 물론 그가 집에 있을 때 얘기지만, 계단을 내려갈 수는 있어. 내가 부탁을 할 때면 그는 뼈밖에 남지 않아 별로 무겁지도 않은 나를 안고서는 마치 무거운 것을 든 것처럼 힘든 시늉을 하며 나를 계단 아래로 옮겨놓지. 그렇지만 그러한 일은 아주 드물게 일어나. 그리고 그러한 일이 있을 때에도 곧 나는 무슨 이유에선지, 아들놈을 다그쳐 나를 다시 데리고 올라가게 하지. 나로서는 알 수 없는 어떤 변덕이 나로서도 어떻게 할 수 없게 내 안에서 심심찮게 일어나는 거야.

무슨 이유에선지 나는 나의 이 좁은 반경을 벗어나는 것을 두려워하는 것 같아. 내가 있어야 할 곳은 이 방뿐이라는 생각이 드는 거야. 이 방을 조금이라도 벗어나면 마치 어항 밖으로 나온 물고기 같단 말야, 어항 밖으로 뛰쳐나온 물고기가 이 방을 벗어난 나처럼 느낄지는 모르겠지만. 나의 마음은 나의 몸이 누군가의 도움을 받지 않고는 갈 수 없는 곳에까지 가고 싶어하는 경우가 드문데, 그 점은 나로서는 다행스런 거야. 나를 다시 내 방에 데려다주어라, 나는 아들놈에게 소리치지. 그러면 그는 대놓고 불평은 하지 않지만, 불만이 가득한 얼굴을 하고서는, 전혀 불만이라곤 없지는 않은 표정으로, 다소간 불만스런 표정으로, 불만스런 표정은 찾아볼 수 없는 얼굴로 내 지시를 따르지. 그는 내가 그를 골탕 먹이기 위해 일부러 그런다고 생각하는 것 같은데, 실제로 그런 경우는 드물어. 아주 가끔, 괜히, 그럴 만한 이유라곤 없이 그가 말할 수 없이 얄밉게 느껴질 때가 있는데, 그럴 때면, 그를 위한 좋지 않은 일을 꾸미기는 하지, 그것을 실행에 옮기는 일은 드물지만. 생각을 실행에 옮기는 일은 어쩐지 싱겁게 여겨지니까. 생각은 생각으로 머물 때에 만족스럽지.

한데 그렇다고 내가 아들놈을 각별히 미워하는 것은 아냐, 아무리 해도 그런 생각은 들지 않아. 세상의 모든 자식들에 비해서도, 내 아들놈이 각별히 못된 놈이라고도 할 수 없고…… 좀더 몰인정한 아들놈을 두었다면, 벌써 나는 이 집에서 쫓겨났을지도 몰라. 차라리 그편이 나았을 텐데. 왜 아들놈은 나를 그냥 자동차에 실어가 어디든 갖다 버리거나 하지 않는 걸까, 그런 것쯤은 용서를 할 수도 있는데. 그런 것은 패륜에 해당되는 짓이라는 판에 박은 생각이 그가 그렇게 하는 것을 막고 있는 게 틀림없어. 아들놈은 도리를, 의리를 중요시하니까. 생각하면 생각할수록 웃기는 놈이야.

어쨌든 아들놈은 나를 부양하고 있고, 지금도 가족을 위해 무슨 사업인가를 하느라고 여념이 없어, 수상쩍은 어떤 일을, 범죄의 구린 냄새가 나는. 아들놈은 그러고도 남을 놈이지. 하지만 아들놈은 그가 하는 떳떳하지 못한 일을 내게는 철저하게 감추지, 내게 얘기를 하고 나의 조언을 구할 수도 있을 텐데. 나를 완전한 무용지물로 생각하는 것 같아. 하긴 그건 사실이지. 나야말로 이대로 그냥 사라져버린다 해도 이 세상에 아무런 지장도 주지 않을 인간이니까. 오히려 이 세상을 위해서도 그 편이 낫겠지. 하지만 이 세상을 위해서라면 그러고 싶지 않아…….

그러면서도 아들놈은 나에 대한 다분히 형식적인 공경의 태도는 잃지 않아, 가당찮게도. 구역질이 나. 가끔 내가 괜히 짜증이 나 역정을 내면 아들놈은 내게, 내가 그에게 어떻게 해도, 무슨 말을 해도, 내가 그의 아버지라는 사실에는 변함이 없다는 사실을 알아주기를 바란다는 말을, 그런 취지의 얘기를 하곤 하지, 뻔뻔스런 얼굴로. 지금부터라도 자신을 나의 아들로 생각해주었으면 좋겠다는 말도 해. 아무리 노력해도 되지 않는 게 있다는 걸 모르고…… 나 또한 아버지로서의 도리를 다하기 위해 노력을 하는 건 아니지만, 항상 그 점에 대해 생각은 하고 있지…… 아니, 그건 사실이 아냐. 나는 도리 같은 것 따위와는 담을 쌓은 지 오래됐어…….

그런데 아들놈은 항상 힘과 자신감이 넘쳐 보여, 마치 그 자신감을 자신할 수 있다는 듯. 그래서인지 언제 보아도 믿음직하기는커녕 조금도 믿음직스럽지가 않아. 자신의 힘을 확신하는 것만큼 어리석은 것도 없는데도. 어떤 점에서 모든 힘은 무모함을 자신의 힘으로 취할 뿐이지. 아들놈은 아직 그런 것까지는 알지 못해. 그런데 그놈은 뭐든 노력하면 이룰 수 있다는 식이지, 일에 따라서는 아무리 노력해도 안 되는 일이, 사람에 따라서는 아무리 노력해도 안 되는 사람이 있다는 걸 모르고. 그런데 그 점이, 아들놈이 항상 자신감에 차 있는 것이 나로서는 마음에 들지 않아, 마음에 걸려. 내가, 오늘따라 힘이 넘쳐 보이는구나, 하고 말하면 아들놈은 기쁜 듯 웃음을 짓지.

내가 좋지 않은 뜻으로, 빈정거리며 말한 것도 모르고. 단순한 놈이야, 아니, 그렇게 단순한 놈이 아냐, 머리가 비상한 데가 있어. 누굴 닮아서인지 모르겠어, 내 쪽은 아닌 것 같은데. 그러니까 그렇게 잘나가는 거야, 그렇게 잘나가는 게 언제까지 계속될지는 알 수 없지만. 가령, 이 집만 해도 웬만큼 돈이 많지 않고서는 살 수 없는 집이지. 으리으리한 집이야. 이렇게 방 안에만 있어서는 그 사실을 충분히 실감할 수는 없지만. 내부 역시 화려한 이 집은 외관에 좀더 신경을 쓴 것 같아. 아들놈은 수완이 여간 좋은 게 아냐…….

그에게는 그를 돕는 하수인이 여럿 있지. 모두, 완력으로 인생을 헤쳐나가는 듯한, 건장한 체구의, 건달처럼 보이는 작자들이지. 그들은 아들놈에게 충성을 다하는 것 같아. 그들에게는 아들놈이 무서운 존재인 것 같아. 왜 아들놈 주위의 모두가 그를 그렇게 무서워하는지 모르겠어, 하긴 나 또한 무서워하긴 마찬가지지, 그의 얼굴만 봐도 무서운 게 사실이야. 내가 무서워하는 것도 무리는 아냐. 하지만 아들놈이 나를 때리거나 한 적은 없어, 겁을 준 적은 있지만, 아니, 겁을 준 것도 아닌데, 내 쪽에서 지레 겁을 먹었지, 나로서는 때리면 맞을 준비가 되어 있는데, 말로 해서 안 될 때는 매질을 하는 게 상책일 텐데…….

하지만 우리의 원한관계가 내가 생각하는 만큼 깊은 것은 아닌지도 몰라, 우리 사이의 반목의 골은 내가 기대하는 만큼 깊어지지 않고 있어…… 그런데 아들놈 주위의 사람들이 아들놈을 무서워하는 건 이해가 가. 한번은 그의 하수인 중 한 놈이 그를 배신했을 때, 아들놈이 이 집 거실에서, 배신의 대가가 어떤 건지 모르는 모양인데 그걸 알게 해주지, 하며 그의 손가락을 하나 부러뜨린 후 태연하게, 이번에는 손가락이지만 다음번에는 모가지야, 하고 말하는 걸 들은 적도 있지. 그 하수인 놈이 겁에 질려 벌벌 떠는 꼴은 볼 만했지. 그리고 또 언젠가는 거실에서 여러 명이 둘러앉아 무슨 작당을 하는 동안, 아들놈이 며느리가 내온 사과를 거실 벽에 걸려 있던, 일본의 사무라이들이 사용했을 법한 긴 칼을 꺼내 깎아 먹은 적도 있어. 그 긴 칼로 사과를 깎아 먹다니, 재주도 좋아. 아마 그 칼은 누군가의 배를 갈랐던 기억을 갖고 있는 칼인 게 틀림없어, 할복을 하기에 안성맞춤인 것처럼 보이는 칼이야. 그래서인지 내가 그 칼을 한번 만져보면 안되겠냐고 하면 아들놈은 그것만은 안 된다고 하지. 누군가의 배를 갈랐을 칼로 사과를 깎아먹는 것도 재미있을 텐데…….

아들놈은 세상을 헤쳐나가려면 힘을 가져야 한다고 생각하지. 그는 강한 것이야말로 아름답다고 생각해. 그 점에 있어 그는 그의 할아버지인 내 아버지를 닮기도 했지. 내 아버지만큼 내가 싫어하는 점을 그토록 골고루 갖춘 사람도 없었지. 그에게 바람직한 것이 내게도 바람직한 경우는 드물었어. 그는 항상 강해야 한다고 말했지, 강한 것만이 살아남는다고. 그에게 타자는 목적이 아닌 수단일 뿐인 존재였지, 그가 오르고자 하는 곳에 이르게 되는 데 있어 발판 같은. 그가 주장한 것은, 한마디로 강자의, 더 나아가, 가해자의 입장에 서보라는 것이었어. 강자의 논리, 그것만큼 우습기 짝이 없는 것도 없지. 하긴 인간이 서로를 이용해먹는 것만큼 자연스런 일도 없긴 하지. 한데 약자의 논리 또한 우습긴 마찬가지야. 약자의 논리란 미래에 기대는 데 있을 뿐이지. 언젠가는 약자의 정의가 실현될 거라고, 그런 일은 없는데도…… 한데 한편으로는 내가 나의 아버지에 대해 이렇게 배은망덕한, 좋지 않은 얘기를 할 수 있는 건 그 덕분이기도 해. 그리고 어떤 점에서는 배은망덕 또한 은혜에 보답하는 한 가지 방법이기도 하지.

그는 잠시 다리를 만져본다. 여전히 아무런 감각도 없군. 감각이라는 게 있다고 할 수가 없어. 그럼에도 그것이 있는 것처럼 할 수는 있어, 마치 그것이 있지 않은 채로 있는 것처럼. 오래 전부터 이랬지. 그런데 지금의 이 자세로 여러 시간을 있은 탓에 허리가 몹시 뻐근하기는 하군. 하지만 이제 막 시작된, 뱃속을 후벼파는 통증에 비하면 그것은 아무것도 아냐. 그놈의 위염 때문이야. 신음 소리를 내는 것도 자연스럽겠지만 참아야지. 옆에 아무도 없는데 혼자 신음 소리를 내는 것은 김빠지는 일이니까. 아들놈이 찾아오면 그때 가서 나 혼자서 듣기에는 아까운 나의 멋진 신음 소리를 그에게도 들려줘야지. 그런데 신음 소리를 내는 것은 경우에 따라 기운이 나게 하기도 하지만 경우에 따라서는 기운이 빠지게도 한단 말야. 대체로 누군가가 옆에 있을 때 내는 신음 소리는 기운을 나게, 그 반대인 경우에는 효과 또한 반대인 것 같아. 그리고 나로 말하면 그 사실을 누구보다도 잘 활용하고 있지. 엄살을 부리는 데는 저력이 있다고 할 수 있을 정도지. 그래서 말인데 지금으로서는 신음 소리 같은 건 낼 생각을 말아야지.

한데 저 아래쪽에 있는 것, 나의 다리 끝에 달려 있는 발이 갑갑해지기 시작하는군. 양말을 신겨놓아서야, 그럴 필요가 없는데도. 파출부 여자의 짓이지. 나는 발이 다소 찬 편이니까, 양말을 신지 않고 있으면 시리니까, 발이 시린 것을 내가 참지 못하니까. 그런데 한 쪽 양말은 제대로 신겨 있지도 않아. 처음에는 제대로 신겨 있던 것이 어느 사이에 저렇게 되었어, 내가 알지 못하는 사이에 나에 의해서. 양말 두 짝이 제대로 신겨 있지 않다는 사실이 거북한 느낌을 더해주고 있어. 하지만 나로서는 어쩔 수가 없어. 몸을 굽힐 수는 있지만 손이 발에 닿게끔 굽힐 수는 없으니까. 발을 손이 있는 곳으로 가져올 수도 없고. 내 발은 내 손길이 닿을 수 없는 곳에, 나로부터 너무도 먼 곳에, 안타까운 곳에 있어. 그럼에도 지금은 그것이 느끼는 갑갑함 때문에 내 가장 가까운 곳에 있지. 파출부 여자가 빨리 좀 와줬으면 좋겠는데. 다시는 보고 싶지 않은 여자지만, 지금은 누구보다도 기다려지는군.

그는 독백을 멈추고 잠시 가만히, 마치 무슨 할 일을 생각하는 사람처럼, 앉아 있다. 이 방 안에서 내가 할 수 있는 것은 거의 없어, 물론 이렇게 가만히 앉아 있는 것을 제외하고는. 그럼에도 나는 이 방 안에 있는 동안 거의 쉬지 않고 내가 할 수 있는 것들에는 뭐가 있을까를 생각하며 시간을 보내지. 내가 하게끔 되어 있는 것으로 내가 생각하는 것들 중에 내가 할 수 있는 것은 무엇이 있을까, 또는 꼭 해야 하는 건 아니지만 선심을 쓰듯 해볼 수는 있는 일에는 무엇이 있을까, 하고 나는 소리를 내어 말하지. 그리고 잠시 후면, 할 수 없는 것들을 하지 않는 것을 할 수는 있다라는 자연스런 결론에 이르게 되고, 그때부터 마음껏 아무것도 하지 않지. 아무것도 하지 않는 것을 할 수 있는 능력에서 나를 따를 사람은 없을 거야. 나는 그만큼 오래도록, 아무것도 하지 않는 데 익숙해져왔어. 아니, 설사 할 수 있는 것이 남아 있다 해도 아무것도 하지 않을 거야. 아니, 아무것도 하지 못하게 할 거야. 그냥 가만히 있게 할 거야. 설사 내가 뭔가를 한다 하더라도, 내가 한 것으로 치지 않을 거야. 그럼에도 내가 할 수 있는 것이 전혀 없진 않으며, 실제로도, 내가 아무것도 하지 않는 경우는 드물지. 하지만 문제는 내가 하는 얼마 되지 않는 일들이 대체로 뭔가를 훼손하는 방향으로 일어난다는 거야. 가령 나는 나의 손길이 뻗치는 범위 안의 모든 것들을 다스릴 수도 있다는 것을 뭔가를 넘어뜨리거나 부수거나 하는 식으로 보여주는 거야. 그래서 되도록 모든 것을 내 손길이 닿지 않는 곳에 두려 하지. 하지만 어느새 내 손길을 기다리는 것들에 손길이 가게 되는 것을 일일이 막지는 못하지. 그리고 가끔은 그것이 필요하다는 생각이 들 경우 나 자신을 상대로 하는 행패를 일삼기도 해, 제대로 된 자학이라고도 할 수 없는, 단지 행패에 지나지 않는. 그렇게 해서 나는 나의 정신이 나의 육체에 가하는 짓을 똑똑히 보게 되지. 그리고 나의 온전치 않은 육체가 나의 온전치 못한 정신에 가하는 짓까지도…….

때로는 나의 얼마 남지 않은 머리카락을 손가락으로 잡아당기기도 하는데 그건 정말 우스운 짓이야. 하지만 나의 머리가 나의 손 쪽으로 한없이 기울고 있다는 느낌은 어떤 만족감을 주기도 해. 이 모든 점에 비추어 나의 사지 중에 나의 의지대로 사용할 수 있는 것이

상체에 국한되어 있다는 건 다행스런 일이야. 몸 아래쪽은 오래 전에 마비가 되어, 위쪽의 상체를 떠받치고 있는 역할 외에 다른 것은 해내지 못하고 있어, 아니, 그 상체 아래에 힘껏 짓눌려 있는 역할은 해내고 있지. 그런데 하반신의 무감각 때문인지 상반신은 거의 항상 일종의 활기에 차 있는 것처럼 느껴지기도 해. 두 개의 반신이 너무도 상반된 느낌을 주는 거야. 그런데 이렇게 있으나 마나한 다리는 잘라버리는 것이 나을지도 모르겠어. 하지만 이런 식으로, 내게 쓸모없는 것들을 잘라내게 되면 남아 있게 될 것이 거의 없을 거야. 어쩌면 내가 가장 먼저 없애야 하는 것은, 나라는 인간의 쓸모없음의 한가운데 자리하고 있는 나의 머리통인지도 모르지…… 이 모든 점을 종합해보면 지금의 나의 상태는 한마디로 절망적이야. 하지만 절망이야말로 어쩌면 가장 인간적인 능력인지도 몰라, 절망이야말로 신으로서는 누릴 수 없는 능력일 테니까. 하지만 지금껏 나를 유지하는 데 익숙하게 사용해왔던, 하나의 힘이라고 할 수도 있는 그 절망에 더이상 의존하고 싶지는 않아. 절망은, 그리고 절망에 의존하는 것은 나를 짜증나게 할 뿐이니까.

그는 잠시 아무 말이 없다. 어느새 위염으로 인한 통증은 거짓말처럼 가라앉았군. 하지만 또다시 찾아올 거야, 어김없이, 내가 그것이 찾아오기를 기다리는 순간에, 또는 기다리지도 않은 순간에, 다른 모습으로, 하지만 크게 다르지는 않은 모습으로. 그런데 나는 왜 항상 이렇게 혼자 있을 때에도 생각을 머릿속으로 하는 대신 소리를 내어 말하는 걸까, 마치 소화되지 않는 생각들을 입으로 토해내기라도 하듯. 어쩌면 내가 이렇게 혼잣말을 하는 것은, 나의 마음의 진실이 하는 말을 곧이듣지 않기 위해서인지도 모르겠어, 그것에 귀를 기울이게 되는 일이 없도록 하기 위해서. 진실이라는 게 내게 있는지는 모르겠지만.

그는 잠시 아무 말도 하지 않고서 한참 동안 꼼짝 않고 앉아 있다. 신의 자비로운 손길이 미치는 곳에, 그의 따스한 숨결이 닿는 곳에 인간의 고통이 자리하고 있다. 그는 어떤 문장을 읽듯 천천히 말한다. 왜 내가 이런 말을 하는 거지? 모르겠어, 무슨 의미인지. 마찬가지로 그 의미를, 나로서도 채 모를 테지만 다음과 같은 말을 하고 싶어, 신이란 존재하는 모든 것에 대해 완벽하게 무관하고 무감각할 수 있는 어떤 절대적인 능력을 두고 일컫는 것이라고.

그는 다시 침묵에 잠긴다. 그런데 이렇게 아무 말도 없이 꼼짝 않고 앉아 있으면 괜히 조바심이 난단 말야. 하지만 이런 경우에도 방법은 있지, 나의 조바심이 생각하게 하는 것, 또는 하게 하는 것들을 생각하거나 하는 거야. 그는 안절부절 못하며 방 안을 이리저리 둘러본다. 그러다가 책상 쪽을 흘낏 바라본 뒤, 마치 무슨 할 일이라도 생각난 듯 눈을 번쩍 뜬다. 아참, 하려던 일을 해야지, 유언을 남기는 일을 마쳐야지, 그렇게 하기로 했으니까. 웬일로 그렇게 하기로 한 것을 잊지 않고 있었군. 그래, 이렇게, 마땅한 좋은 일이 갑자기 생각나기라도 한 척을 하는 거야.

그는 책상이 있는 곳으로 휠체어를 밀고 가기 시작하는데, 휠체어를 앞으로가 아닌, 뒤로 밀고 간다. 이 휠체어는 뒤로만 움직일 수 있다는 특징이 있지, 물론 뒤로도 원활하게 나아가는 것은 아니지만 앞으로 나아가는 것에 비해서는 원활한 편이지. 이 휠체어가 어떻게 하다가 이런 이상한 습성을 갖게 되었는지 모르겠어. 내가 오래도록 의지해온 이 휠체어가 언젠가 고장이 나 아들놈에게 수리를 부탁한 후로 이렇게 되었어. 어쩌면 그는 일부러 이렇게 만들어버렸는지도 몰라. 하지만 휠체어가 앞으로 나아가기를 꺼려한다는 것을 알게 되었을 때, 그것을 그대로 내버려두게 한 것은 나였지. 오히려 그 편이 나의 의도를 더 존중하는 것 같아서였어. 어쨌든 자신에게 달린 바퀴를 굴려가며 주로 뒤쪽으로 이동하는 이 휠체어는 나의 상태의 어떤 국면을 충실하게 보여주고 있기도 해.

책상 앞에 이른 그는 서랍 안에서 녹화 테이프를 꺼낸다. 그는 책상 옆에, 그의 얼굴을 측면에서 비추는, 삼각대 위에 설치되어 있는 캠코더를 책상 위의 텔레비전에 연결한 뒤 녹화 테이프를 캠코더 안에 넣고 재생 버튼을 누른다. 하지만 아무 영상도 떠오르지 않는다. 다 지워져버렸군, 하긴 지난번에 녹화를 한 후 다 지워버렸으니까. 그리고 그렇게 한 건 녹화한 것 중 건질 것이 아무것도 없어서였어. 이 정도면 되었다고 생각될 정도의 유언을 하지 못했던 거야.

그는 테이프를 처음으로 되감는다. 이 캠코더는 지난번 내 생일 선물로 아들놈이 사준 거야. 그는 내가 원하는 거면 뭐든 사주지. 그 이상 그가 내게 할 수 있는 것은 없다는 듯. 그는 녹화 버튼에 손가락을 얹은 채로 잠시 생각에 잠긴다. 항상 시작은 어려워, 시작을 한 후도 어렵지만. 물론 그 뒤에는 끝을 내야 하는 더 어려운 일이 기다리고 있지만…… 끝내 끝을 낼 수 없는…….

그는 잠시 후 문득 어떤 생각이 떠오른 듯 천장을 바라본다. 천장에는 실에 묶인, 팽팽하게 부푼, 여러 가지 색상의 고무풍선 몇 개가 더이상 높이 날아가지 못하고 천장에 붙어 있다. 그는 그 풍선 중 하나의 실을 잡아당겨 아래로 내려 잠시 풍선을 들고 있다가 다시 놓아준다. 풍선은 다시 위로 날아올라가 천장에 가 닿는다. 이 풍선은 아들놈이, 내가 이런 것을 좋아할 줄 알고 사다준 거지…… 무슨 이유에서인지 풍선이 갖고 싶었어…… 아들놈이 내게 잘하는 건 아니지만 잘하려고 애를 쓰고 있다는 건 알고 있지. 그렇다고 감동을 받을 정도는 아냐. 그런 일에 감동을 받아서는 안 되겠지…….

그럼에도 내가 이 풍선을 좋아하는 건 사실이야, 이처럼 막연하기 짝이 없는 순간에 처하게 되면 뜬금없이 풍선을 끌어내렸다가 다시 올려보내주곤 하니까. 이 풍선을 갖고 할 수 있는 일은 없을까, 아니면 이 풍선에게 할 수 있는 일은 없을까, 또는 이 풍선과는 상관없이 할 수 있는 일은 없을까, 하는 생각을 하며. 지금 도대체 뭘 하고 있거지, 하는 생각을 하면서도 지칠 줄도 모르고 그 짓을 하기도 하지, 누군가가 그 짓을 말리거나 하면 그만 할 생각이지만 아무도 그렇게 하질 않으니까 계속하게 되지. 누가 내가 하는 일에 참견하는 걸 나로서는 참지도 않겠지만. 그런데 이상한 일이지만 그 짓을 하고 나면 마음이 가벼워져, 반드시 그런 건 아니지만. 그런데 때로 풍선을 두 손으로 가만히 쥐고 있으면 그 두 손 안에 이 세계 전체가 쥐어져 있는 것 같은 느낌이 들기도 해. 그리고 그런 순간이면 저절로 나의 손에 힘이 들어가기도 하지. 그런 다음 풍선을 놓으면 이 세계가 나를 떠나버려 나 홀로 이 세계가 사라진 곳에 남게 된 것 같기도 하지. 하지만 그 모든 것이 거짓된 느낌처럼 느껴지기도 해.

그는 풍선의 실을 놓은 후 천장에 가 닿아 있는 풍선을 가만히 바라본다. 마치 날아갈 곳을 잊은 듯이, 공중에 어중간하게 떠 있는 게 마치 물 속 깊은 곳에 고요하게 가라앉아 있는 것 같군…… 풍선 외에도 아들놈이 가끔 내게 사다주는 게 또 있어, 바로 사탕이지. 내게 당뇨가 있어 사탕을 먹으면 좋지 않다는 것을 알면서도 번번이 사다주지. 사탕이 떨어지면 내가 가만히 있지 않으니까. 처음에는 사달라고 조르다가 그래도 사주지 않으면 떼를 쓰고 그래도 안 사줄 때면 급기야는 화를 내며 야단을 치니까. 그는 웃음을 짓는다. 그래, 화를 내고 야단을 치는 건, 내 생각에도 약간은 적반하장 같기도 해. 한데 여기에도 교훈은 있지. 그건 구한다고 해서 뭔가가 얻어지는 것은 아니라는 거야, 뭔가를 얻기 위해서는 경우에 따라 떼를 쓰고 앙탈을 부릴 필요도 있다는 거야. 그런다고 별걸 얻게 되는 건 아니지만. 사탕 생각이 났으니까 사탕이나 하나 먹어볼까?

그는 책상 서랍에서 사탕 하나를 꺼내 입 안에 넣는다. 이 사탕과 관련해서 신기한 건 그것에 대한 생각이 미치기 전까지는 먹을 생각을 하지 않지만, 항상 무슨 생각을 하다보면 끝내는 그것에 대한 생각에 이르게 되고, 결국 그렇게 해서 먹지 않을 수 없게 된다는 거야. 이가 시원찮은 내가 먹을 만한 것으로는 사탕만한 게 없지. 나의 당뇨병을 생각한다면 그만큼 좋지 않은 것도 없지만. 이번에 내가 입 안에 넣은 건 멜론 사탕이군. 이 멜론 사탕을 먹고 난 후면 마치 멜론을 먹은 것 같단 말야, 그것도 가짜 멜론을…….

그는 사탕을 빨기 시작한다. 그런데 요즘 들어 사탕을 너무 많이 먹는 것 같아. 그래서 하루에 먹어도 좋은 사탕의 개수를 정해 그 이상은 못 먹게 하려 하지. 스스로에게 일종의 벌을 내리는 방법을 통해. 그 벌을 받게 될 생각을 하면 사탕 생각은 없어지게 될 벌을 주는 거야. 그런데 그 벌이라는 것이 별로 신통치 않아. 가령, 하루에 사탕을 세 개 이상 먹으면 그 벌로 몸에 좋지 않은 사탕 세 개를 더 먹게 하는 식이거든. 나한테 가할 수 있는 벌로는 그만한 것이 없기도 하지. 아냐, 아무래도 이건 좋은 벌이 못 되는 것 같아. 이건 마치 누군가에게 뭔가를 준 후 자신이 준 것보다 못한 것을 뺏으려는 수작 같아…… 이것이 적절한 비유인지는 잘 모르겠군. 다른 벌을 생각해내야겠어…… 아니 그보다도, 벌이 아닌 상을 주는 건 어떨까? 벌보다는 상이 나를 구슬리는 방법으로는 좀더 쉬운 것일 테니까. 하루에 먹은 사탕의 개수가 세 개를 넘지 않으면 그 상으로…… 사탕을 몇 개 더 먹게 해준다고? 기껏 생각해낸 게 이런 거라니까…… 여기에서 거의 나의 지력의 한계를, 그것의 궁극을 보게 되는 것 같군…… 이렇다니까. 아쉽게도 지금껏 나 자신을 탄복하게 만드는 생각을 해만 적은 결코 없어. 사탕에 대한 생각은 그만 하고 다시 아까 생각하번 걸 생각해봐야겠어…….

그는 잠시 생각에 잠긴다. 한데 사탕에 대한 생각밖에는 나지 않는군. 아무래도 사탕을 대신할, 사탕만큼 내가 저항하면서도 탐닉할 수 있는 다른 어떤 것을 찾아내야겠어…… 그런데 벌써 사탕 한 개가 내 입 안에서 다 녹아버렸어. 입 안에 넣고 부지런히, 열심히 빨아댔으니까 무리도 아니지, 사탕으로서도 배길 수가 없었겠지…… 그런데 사탕을 모두 녹여버린 것이 나의 수분과 체온이라는 게 약간은 놀랍군. 내가 느끼는 내 몸은 이렇게 바짝 말라 차갑게 굳어버린 것 같은데.

그는 좀더 골똘히 생각에 잠긴다. 아무 생각도 떠오르지 않는군, 사탕에 대한 생각을 가로막으니까, 사탕에 대한 생각에 가로막혀 아무 생각도 나지 않아. 이런 경우에는 한 가지 방법밖에는 없지. 그는 다시 사탕 하나를 입 안에 넣는다. 이제야 사탕에 대한 생각으로부터는 자유롭게 된 것 같아. 사탕을 내 입 속에 가두자 그것이 나를 놓아준 거야.

그는 다시 생각에 잠긴다. 이야기를 하는 방식, 더 나아가 생각을 하는 방식에 있어 문제가 있는 게 틀림없어, 이렇게 아무 이야기도 떠오르지 않게, 아무런 생각도 나지 않게 생각을 하는 걸 보면. 그럼에도 때로는 내가 나의 말에, 생각에 놀아나고 있다는 생각이 들 정도로 온갖 생각들이 난무하기도 하지, 서로를 부추기는 동시에 서로에게 제재를 가하는 것 같은 생각들이.

그는 잠시 자세를 고쳐 앉는다. 다행히 아직 소변이 마렵거나 하지는 않군, 오줌이 나올 때까지는 어떻게든 나오지 않게 참는 일이 보통 힘든 게 아닌데. 이따가 파출부 여자가 와 기저귀를 갈아줄 때까지는 아직 시간이 남아 있으니, 오줌을 눌지 말지에 대한 결정은 좀더 미룰 수도 있겠어. 이 나이에 기저귀라니. 창피한 일이지만 창피하다거나 하지는 않아. 기저귀를 차는 것에 대한 아이디어를 낸 건 나였지. 내게 기저귀를 채워달라고 했지. 어쨌든 기저귀를 차지 않은 상태에서 오랫동안 혼자 방치되어 있게 되면 바지를 흥건히 적실 수밖에 없으니까. 그런데 기저귀를 한 채로 오줌을 누는 건 기분 좋은 일이야. 따뜻한 오줌이 가랑이 사이로 흘러드는 순간은 말할 수 없이 좋지, 그 오줌이 이내 식어 축축하고, 차가운 느낌을 주는 것은 말할 수 없이 싫지만. 따뜻하고, 차갑고, 축축한 느낌을 가질 수 있는 걸 보면 아직까지는 하반신에 약간의 감각이 남아 있기도 한가 봐. 그런데 똑같은 오줌이 그렇게 다른 느낌을 줄 수 있다니, 그것도 동일한 한 사람에게, 놀라운 일이야.

그는 다시 녹화 버튼을 누르지만 잠시 아무 말도 않고서 테이프가 돌아가는 소리에 귀를 기울인다. 소리와 영상을 집적하는 이 자기 테이프가 부드럽게 감기는, 마치 내 머릿속의 생각을 착복하는 듯한, 가까스로 들을 수 있는 이 소리는 정말 듣기 좋아. 그렇다고 이만한 소리가 또 있을까, 하고 말할 수 있을 정도는 아냐.

그는 정지 버튼을 누른 후 되감기를 한 뒤 다시 녹화 버튼을 누른다. 하지만 아무 말도 시작하지 못하고, 캠코더를 노려볼 뿐이다. 그는 캠코더 리모컨의 정지 버튼을 누른 뒤 줌 인 버튼을 누른다. 그의 얼굴이 텔레비전 화면에 가득 찰 정도로 커진다. 나의 모습이 너무 커졌군. 별로 보기 좋은 모습이라고 할 수도 없는 모습이, 그래서 나의 모습이라고 치부할 수 있는 모습이.

그는 다시 줌 아웃 버튼을 누른다. 텔레비전 화면에는 방의 한쪽 면 전체가 나타나면서 그 한구석에 있는 그의 모습이 조그맣게 보인다. 이번에는 나의 모습이 너무 작아졌어. 그는 이리저리 리모컨을 조종하는데, 그의 손이 심하게 떨린다. 다리는 완전히 마비되었는데도 손은 그와는 반대로, 가만히 들고 있는데도 심하게 떨고 있는 꼴이라니, 마치 힘이 넘치기라도 하는 듯이. 한참 동안의 시도 끝에 결국 그는 그의 상반신이 텔레비전 화면에 가득 차게 하는 데 성공한다. 그는 화면 속의 그의 옆모습을 가만히 바라본다. 텔레비전 화면을 통해 보이는 나의 모습은 어쩐지 실제의 나에 비해 훨씬 더 순진해 보인단 말야. 사악하거나 교활한 구석은 찾아볼 수가 없어. 그래서 나 같지가 않아. 아니, 어쩌면 나의 이 순진함은 나의 교활함의 이면이기도 하지. 그는 녹화 버튼을 누른다.

너를 낳은 건 실수로 점철된 나의 인생에서도 가장 큰 실수였다. 나의 실수는, 조금의 실수도 용납되어서는 안 되었던 상황에서 이루어진 것이었고, 그래서 그만큼 더, 실수로는 돋보이는 것이었다. 너는 적어도 나의 계산에는 없던 존재였다…….

그는 정지 버튼을 누른 후 되감기를 한 뒤 재생 버튼을 누른 다음 조금 전 녹화된 화면을 본다. 아무런 할말이 없을 거라고 생각했는데, 이렇게 말을 하니까 말이 나오는군. 말이란 그것을 하게 됨에 따라 생겨나고 만들어지는 법이니까. 아무런 감정도 실리지 않은 목소리는 괜찮은 것 같은데, 표정이 별로야. 표정이 지나치게 풍부해. 잔뜩 일그러져 있어.

그는 정지 버튼을 누른 후 표정을 고친다. 하지만 그의 표정은 더 일그러진다. 아무런 표정 없는 표정을 만들기란 정말 힘든 일이야. 그는 잠시 생각에 잠긴다. 그는 활짝 웃음을 지은 후 조금씩 얼굴에서 웃음을 지워간다. 그의 표정은 거의 무표정한 상태에 이른다. 이제야 된 것 같군. 표정이 사라진 얼굴에는 보기 싫게 주름진 살갗만 남게 되었군. 그는 다시 줌 인 버튼을 끝까지 누른다. 이제 그의 입술이 텔레비전 화면 전체를 차지한다. 거친 입자가 화면을 뒤덮고 있다. 이렇게 하니 표정에는 신경 쓰지 않아도 되게 되었군. 그는 녹화 버튼을 누른다.

네가 알고 있는지 모르겠지만, 나와 네 어머니는 사랑하는 사이가 아니었다. 아니, 어쩌면 우리는 그 말의 가장 피폐한 의미에서 사랑하는 사이였는지도 모르겠다. 일종의, 이상한 친분관계 같은 것이었다. 어쨌든 우리는 우연히 알게 되었고, 쉽게 버리지 못하는 습관처럼 서로를 만났다. 만나면서도 우리는 서로를 안이하게 상대했고 부당하게 취급했지…… 그녀와의 사이에서 서로 심각한 학대가 있었던 것도 아니었는데도 일종의 모욕감이 느껴지는 것을, 나로서는 어쩔 수가 없었어.

그는 정지 버튼을 눌러 다시 녹화를 중단한다. 그의 얼굴에 언짢은 표정이 떠오른다. 내가 누군가를, 또는 뭔가를 아무런 사심 없이 사랑한 적이 있던가? 그는 고개를 젓는다. 항상 아무도, 아무것도 사랑하지 않을 준비는 되어 있었지. 사랑은 내게 너무 벅찬 어떤 것이었어. 그래서 뭔가를, 아무리 하찮은 무엇이라도 사랑하게 되는 일은 없도록 하려고 애를 썼어. 누군가를 사랑하는 일이야말로 나 자신에게 가할 수 있는 가장 끔찍한 일로 여겨졌거든. 그래, 이제는 나 자신으로 하여금 내게 사랑의 능력이 없다는 것을 인정하게 하고, 나 또한 그것을 인정할 수 있게 되었어. 그는 두 손으로, 마치 표정을 펴듯 얼굴을 쓰다듬은 후 다시 녹화 버튼을 누른다.

네가 잉태된 날의 기억. 네 어머니와 나는 그날 시내에 있는, 조국을 위해서라는 미명 아래, 아무런 보람도 없이 목숨을 바친 영혼들이 잠들어 있는 공동묘지의 안쪽 구석에 있는, 인적이 드문 무덤 사이에 누워 있었지. 그곳 공동묘지는 다른 많은 장소에서 내가 느끼는, 그 장소가 나를 받아들이지 못하고 어떻게든 나를 배척하려 하고 있는 것 같은 어떤 느낌도 주지 않는 곳이었어. 따뜻한 봄날 오후였지. 햇살은 가만히 눈을 감고 누워 있기에 딱 좋았고, 그래서 나는 가만히 눈을 감고 누워 있었어. 나는 눈을 감고 누운 채로 조국을 위해서라는 미명 아래 목숨을 잃은 영혼들을 생각하며, 애국심만큼 못난 감정도 없다는, 그리고 애국심에 호소하는 것만큼 못된 것도 없다는 생각을 하고 있었지. 그런데 그때, 꽃과 나무들이 새순을 틔우는 봄날의 정경이 너무도 정겨워 보여요, 하고 네 어머니가 뜬금없는 말을 꺼내더군. 나는 그녀에게로 얼굴을 돌리지 않았어. 그렇게 보이지 않아요, 그녀가 물었어. 그냥 그렇게 보일 뿐이야, 그렇게 보인다 하더라도 그건 믿을 게 못 돼, 내가 말했지. 그녀는 내 말에 약간 실망한 것 같았어. 그런 다음 그녀가 내게 무슨 얘긴가를 더 했지만, 나는 듣지 않고 있었어. 그렇게, 네 어머니는 내가 듣지 않고 있다는 걸 알면서도 무슨 말인가를 쉴새없이 주절거리곤 했어…….

그는 정지 버튼을 눌러 녹화를 중단한다. 그런데 이런 기억들이 떠오르는 이유는 뭘까? 떠올리려 하지도 않았는데. 항상, 지난 일을 떠올릴 때면 떠올리고 싶지 않은 기억들이 떠오른단 말야. 떠올리고 싶은 기억들은 떠오르지 않고. 하긴 떠올릴 만한 기억이라는 게 없기도 하지…… 지나간 시간들, 그리고 죽은 시간들, 아직 완전히 죽지는 않고 버둥대고 있는 시간들, 그 모두가 나의 것이 아니었던 시간들, 내가 멀리한 만큼 내게서 멀어진 시간들. 어쨌든 그 시간들로 다시 돌아갈 수 없다는 건 다행스런 일이야. 그는 다시 녹화 버튼을 누른다.

그때 나는 다른 어떤 소리를 듣고 있었거든. 멀리서, 그것을 사람까지도 마구, 얼마든지, 무방비로 애처로운 감정에 빠지게 만드는 뻐꾸기의 애처로운 울음소리가 들려오고 있었어. 나는 그 애처로운 소리에 마음이 쏠리지 않으려고 애를 썼지만 애를 쓰는 만큼 그 애처로움에 마음을 뺏기고 있었지. 나는 잠시 눈을 떠, 하늘 드높이 떠 있는, 자유자재로 모습을 달리하는 구름들을 보며, 그것들에서 어떤 형상을 찾으려고 노력했어. 하지만 구름은 아무런 형상도 빚어내지 못하며 그냥 흘러가더군. 나는 다시 눈을 감았고, 서서히 졸음을 느꼈고, 잠이 들고 싶었어. 그런데 잠을 잘 수가 없었지. 뭔가가 내가 잠이 드는 걸 방해했어. 나는 다시 눈을 떴고, 네 어머니가 내 옆에 나란히 누워 있는 것을 발견했지. 그 사이 나는 네 어머니가 내 옆에 누워 있다는 것도 잊어버리고 있었던 거야. 그런데 그 순간 그녀가 마치 뭔가 좋은 생각이라도 난 듯 눈을 반짝이며 내 몸에 손을 대기 시작하더군. 내 허락도 없이, 지시도 없이, 간청도 없이. 이러지 마, 우리가 그렇고 그런 사이라는 이유로 아무 때나 당신이 내게 이런 짓을 하는 것도 당연하다고 생각지는 마, 그럴 근거는, 내가 보기에는 어디에도 없으니까, 내가 말했어. 하지만 나의 그 말은 그녀의 귀에는 제대로 들리지 않는 모양이었어. 그녀의 손길에 좀더 거침이 없어졌으니까. 나는 내 앞에 있는 그녀가 그 어느 때보다도 멀게만 느껴졌어. 그런데 그때 잠시 그녀의 손길이, 무슨 이유에서인지 주춤했어. 근처에서 누군가의 인기척이 들렸고, 조금 후에는 조용해졌던 거야. 인기척이 완전히 없어진 것을 확인한 그녀는 다시금 그녀가 하던 일로 되돌아갔지. 나는 가만히 눈을 감고 누워 있었어, 우리가 누워 있는 주변의 무덤 속에 누워 있는 죽은 자들을 생각하며. 그 죽은 자들의 몸이 희미하게 뿜어내는 냄새를 들이켜며. 죽은 자들의 몸이 내쉬는 냄새로 자욱한 무덤가의 공기에는 사람을 아늑하게 감싸주는 어떤 게 있었어.

그는 다시 정지 버튼을 누른다. 그의 입가에 미소가 떠오르려다 만다. 그는 다시 녹화 버튼을 누른다.

조금 후 네 어머니가, 눈을 떠봐요, 내가 뭘 하고 있게요, 하고 말했어. 보나마나 쓸데없는 짓을 하고 있겠지, 눈을 감은 채로 내가 말했어. 과연 그럴까요, 그녀가 말했어. 그런데 조금 뒤 그녀에게 딸린 손 하나가 내 바지 속으로 들어오는 게 느껴지더군. 마치 그 안에서 뭔가 꺼낼 게 있는 것처럼, 그 안에 숨겨놓은 뭔가가 있기라도 한 것처럼 그녀의 손이 들어왔지. 그런데도 나는 가만히 있었어. 나는 봄날의 따스함을 즐기고 있었거든. 그 봄날의 따스함에는 사람의 얼을 빼놓는 어떤 게 있었어. 조금 후 나는 네 어머니가 내 바지의 지퍼를 내리려고 애를 쓰고 있는 걸 발견했어. 하지만 지퍼는 쉽게 내려가지 않았어. 나는 그녀를 도울 생각은 않고 가만히 있었어. 또한 방해도 하지 않았는데, 그건 그럴 만한 일도 못 된다는 생각에서였지. 아니, 사실을 말하면, 그날 점심시간에 뭔가를 잘못 먹어 배탈이 나 그 순간 속이 좋지 않았거든. 금방이라도 설사가 나려 하거나 하지는 않았지만, 약간 불안한 상태였고, 그래서 될 수 있는 대로 꼼짝 않고 있었어. 아니, 그보다도, 설사가 걱정이기도 했지만, 우선은 방귀가 자꾸 나오려 하고 있었고, 그것을 참느라 딴 데 신경을 쓸 겨를이 없었거든.

그는 리모컨의 정지 버튼을 누른다. 그의 입가에 미소가 떠오른다. 기억할 만한 게 있었던 것이 아닌데도 잊혀지지 않는 그날의 기억과 관련해 흐뭇한 부분은 바로 이것이었어. 그런데 이런 자질구레한 것들에 대한 기억이 나의 생각의 좀을 쑤시는군. 자, 나의 화자여, 너의 웃음을 내게도 분배해다오, 그것이 쓴웃음일지라도. 그의 미소는 웃음으로 바뀐다. 이렇게, 아무도 없는 가운데서 혼자서 짓는 웃음만이 진짜로 여겨져. 그런데, 지금 이 말들을 하고 있는 건 내가 아니라는 느낌이 들어. 항상 이렇게 나는 내가 어떤 말을 하면서도 그것이 내가 아닌, 내가 고용한 누군가의 입을 통해 말하게 하고 있는 것 같은 느낌을 갖길 좋아하지. 내가 그가 되어 그이기도 한 나를 말하는 기분으로. 그는 다시 녹화 버튼을 누른다.

하지만 그녀는 끝내 지퍼를 내리고 그 안에 든 것을 꺼내는 데 성공을 했지. 의도한 것을 이룬 그녀의 얼굴은 환하게 빛났어.

그는 리모컨의 정지 버튼을 누른 후 생각에 잠긴다. 지금까지의 말 중 유언의 내용으로 적당치 않은 부분이 있다는 생각은 들지 않는군. 유언이라는 것이 당연히 담아야 하는 것으로 무리가 있는 것으로 여겨지는 건, 내가 보기에는 없어. 그런데 이건 무슨 자기 검열 같은 건가? 검열 같은 건 필요 없어. 내가, 또는 내게 아주 가까이 있긴 하지만 내가 아닌 그가 하고 싶어하는 말을 마음껏 말하게 해주는 거야. 내가 시키지도 않은 것을 그가 하고 싶은 대로 하게 내버려두는 거야. 그는 다시 녹화 버튼을 누른 후 리모컨의 줌 아웃 버튼을 누른다. 텔레비전 화면에는 휠체어에 앉아 있는 그의 전신이 나타난다.

내가 이야기를 지어내고 있다고 네가 생각할지 몰라서 하는 얘긴데, 나는 지금 있는 그대로를 이야기하고 있다. 내가 생각하는 것이 있던 그대로인지는 모르겠지만.

그는 다시 리모컨의 줌 인 버튼을 누른다. 그의 얼굴이 텔레비전 화면을 가득 채운다.

조금 있자 그녀가 내 몸 위로 올라왔어. 피치 못할 사정이라도 있다는 듯. 나를 어떻게 할 셈이지, 내가 말했어. 그녀는 조금만 기다려보라는 말을 하며 그 사이 실없이 제법 단단해진 내 몸의 일부를 그녀의 몸속에 넣었어. 무거워, 내가 말했어. 그녀가 체중을 다해 나를 깔고 앉아 있었으니까 그렇게 말하는 것도 무리는 아니었지. 그러자 그녀는 이렇게 말했지, 헐거워요, 라고. 그녀는 꽉 찬 느낌을 갖고 싶었던 거야. 나는 웃었어. 그녀의 입에서 불쑥 튀어나온, 헐겁다는 말이 나를 웃겼어. 꽉 조여지지 않은 나사나, 단단히 매이지 않은 끈을 떠올리게 하는 그 말은 그 순간을 빌려 새로운 의미를 취할 수 있었던 거야. 나는 이왕 시작한 거니까 빨리 끝내기를 바라는 마음에서, 서둘러줬으면 좋겠다는 말을 하고는 그대로 가만히 있었지. 그 말에 그녀는 조금 서두르는 것 같았어. 그런데 그 순간 뭔가 벌레 같은 것이 내 다리 쪽을 지나가는 것 같았어. 나는 그냥 무시했지. 그런데 조금 후 모든 게 순식간에 이루어져버렸지, 그로부터 열 달 후 네가 태어나게 되는 데 한 원인이 된 일이 이루어져버린 거야. 내가 어떻게 손을 쓸 틈도 없이. 그리고 그 순간에 나는 그 일이 빚게 될 결과에 대해서는 생각할 수가 없었지. 마침 바로 그 순간 어떤 예상치 못한 일이, 그게 뭐였더라, 그래 맞아, 풀숲에 숨어 있던 쐐기에게 허벅지를 쏘인 거야. 나는 나를 쏜 쐐기를 잡으려 했지만 실패했어. 잡은 다음 죽일 생각은 없었고, 도대체 나를 쏜 녀석이 어떤 녀석인지 보기만 할 생각이었지. 아니, 잡은 다음 죽일 작정이었어, 죽인다는 생각은 없이. 아니, 그보다도 거의 죽음에 이르게 할 생각이었지. 나는 누군가가 내게 한 짓에 대해서는, 그게 좋지 않은 것일 경우에는 특히, 반드시 되돌려주니까. 쏘인 자국은 금세 빨갛게 부어오르더군. 따갑게 쓰라렸어. 나는 화를 냈어, 쐐기에게인지, 아니면 네 어머니에게인지 불확실한, 어쩌면 둘 모두를 향한 화를. 그러자 네 어머니는 그까짓 걸 가지고 뭘 화를 내냐고 하더군. 어떻게 이런 일로 화를 내지 않을 수 있지, 내가 말했지. 그러자 네 어머니는 손가락에 침을 묻혀

발라주면서, 쏘인 자국이 예쁘게 부어올랐다며 웃더군. 나 또한 같이 웃었지, 그럴 마음이 있었던 것은 아니지만. 이제 곧 나아질 거예요, 그녀가 말했어. 더 따가운데, 내가 말했어. 그러자 네 어머니는 자신을 안아달라고 하더군. 나는 싫다고 했어. 나를 안아주는 건 허락하지, 내가 말했어. 그녀는 나를 안아주는 대신, 다시 자신을 안아달라고 하더군. 나는, 하는 수 없군, 하고 말하며, 한 손을 내밀어 그녀를 가까이 오게 했고, 그녀가 가까이 다가왔을 때, 다른 한 손을 뻗어 더이상 가까이 다가오지 못하게 했지. 그런 다음, 우리 이제 그만 만나는 게 좋겠다고 말했지. 그러자 그녀는 나를 똑바로 쳐다보더군. 나는 그녀의 눈길을 피했어. 다른 여자가 생겼어요? 그녀가 물었어. 나는 고개를 저었어. 그런데 왜 그만 만나자는 거예요, 그녀가 물었어. 이유는 없어, 거기에 꼭 이유가 있어야 하는 건 아니잖아, 나의 생각에 따르면, 여기에 굳이 이유가 제시되어야 할 이유는 없는 것 같아, 나를 이해해주기 바래, 이해하지 못한다고 해도 할 수 없지만, 내가 말했어. 그녀는 바로 말을 잇지 못했어. 나는 나의 말에 그녀로서는 완전히 할말을 잃게 되는 어떤 말을 생각해내려고 애를 썼어. 그녀는 나를 이해할 수 없다는 듯 바라보았어. 그런 눈으로 나를 보지 마, 내가 말했지. 그럼 조금 전의 일은 뭐죠, 그녀가 말했어. 조금 전에 무슨 일이 있었지, 내가 말했어. 그녀는 나를 빤히 쳐다보았어. 아, 그거, 조금 전의 그 일은 없었던 일로 치지, 그냥 쐐기에게 쏘였다고 생각해, 쐐기에게 쏘인 건 나지만, 내가 말했어. 오늘은 나의 배란일이에요, 그녀가 말했어. 그렇다면…… 나는 말을 잇지 못했어.

맞아요, 그녀가 말했어. 나로 하여금 할말을 잃게 만드는군, 이 모든 게 다 의도적인 거였단 말야, 이게 무슨 고약한 속셈이지, 만약 아기가 생기게 되면 지우도록 해, 원하면 내가 병원에 같이 가줄 수는 있어, 아냐, 그냥 혼자 가도록 해, 어떤 이유로도 나는 병원에 가는 건 싫으니까, 내가 말했어. 진심으로 하는 말은 아니겠죠, 그녀가 말했어. 나의 진심은 조금 전 내가 한 말이 사실이었다고 말하라고 하는군, 내가 말했어. 우리는 사랑하는 사이가 아닌가요, 그녀가 말했어. 그 말에 나는 웃음을 터뜨렸어. 실소를 자아내고 있군, 내가 말했어. 우리는 어떤 관계죠, 그녀가 말했어. 우리의 관계에서 내가 생각해낼 수 있는 나의 역할은 아무것도 없어, 내가 말했어. 당신은 정말 나쁜 사람이에요, 아주 지독한 이기주의자예요, 당신은 항상, 좋지 않은 의미에서, 남을 먼저 생각하죠, 남에게 해가 될 일을, 자신에게 좋은 일이 못 된다 하더라도 남에게 좋지 않은 일이면 당신에겐 그만이죠, 그녀가 말했어. 맞아, 내가 말했어. 그러자 그녀는 울음을 터뜨리더군. 그러지 마, 그런다고 별 도리가 있는 것도 아닐 거야, 내가 말했어. 그런 다음 나는 자리에서 일어났어. 나는 누가 내 앞에서 우는 모습을 보이는 건 딱 질색이거든. 그것은 내가 싫어할 뿐만 아니라 아주 싫어하는 거지. 게다가 이제 설사가 나려는 걸 더이상 참을 수가 없었거든. 혹시 다음에 또 만나게 된다면 서로 한층 더 실망스런 모습으로 만나게 되길 바래. 그 말을 한 나는 울고 있는 그녀를 뒤로하고 그 자리를 떴지.

그는 녹화를 멈추고 조금 전 녹화한 내용을 다시 본 뒤 생각에 잠긴다. 마음에 안 들어. 이것을 보는 아들놈에게 좀더 감명을 주는, 그를 좀더 질리게 만드는 얘기를 할 필요가 있겠어. 그는 다시 녹화 버튼을 누른다.

그로부터 열 달 후 너는 세상에 나왔지. 네 어머니와 나는 묘지에서의 그 일이 있은 후에도 헤어지지 못했어. 우리의 인연은 구질구질하게도 끈질긴 것이었지. 네가 태어나는 순간 나는 네가 태어나는 일만은 없기를 바라는 간절한 마음으로 술집에서 술잔을 기울이고 있었지. 태어난다 하더라도 인간을 닮지 않은, 이 세상의 살아 있는 그 무엇과도 비슷하지 않은 어떤 것으로 태어난다면 봐줄 수도 있다는 생각을 했지. 하지만 너는 나의 그 소박한 기대를 송두리째 저버리고 지극히 정상적인 아기로 태어났어. 체중도 평균 이상이었고, 토실토실했지. 보기에 좋은 게 보기가 싫을 정도였지. 한순간의 방심이 낳은 결과로는 그다지 나쁘지 않았어. 핏덩어리의 그 기괴하면서도 느끼한 느낌. 하지만 눈앞에 보이는 그 믿기 어려운 엄연한 형태는 나로 하여금 어쩔 수 없이 그것을 믿게 만들었지.

그는 잠시 녹화를 멈춘 후 천장에 붙어 있는 고무풍선 하나를, 실을 당겨 아래로 내려 가만히 두 손에 쥔다. 자신의 무게를 잊은, 부피로만 표현된 형태. 그 부피가 슬픔으로 이루어지기라도 한 것처럼 이 풍선을 이렇게 가만히 쥐고 있으면 슬픔이 느껴져, 그것에 나 자신을 조율하기 어려운, 거북한 마음이 없이는 느낄 수 없는, 결코 양질이랄 수 없는 슬픔이, 슬픔으로 얽힌 난맥상이. 한데 이 아무런 무게도 나가지 않는 부피의 무게가 들고 있기 힘이 들 정도로 무겁기도 해. 내가 들고 있는 이 가벼움은 그 어떤 무거운 것도 짓누를 수 있을 정도로 무거워.

그가 알지 못하는 사이에 그의 손에 조금씩 힘이 들어간다. 끝내 그의 손 안에 든 풍선이 터지고, 풍선이 터지는 소리에 그는 깜짝 놀라며, 욕설을 퍼붓는다. 터뜨릴 생각이 아니었는데 왜 터진 거야! 그는 그의 무릎에 떨어진, 구멍이 난 쪼그라든 풍선을 집어 든다. 화가 나는 일이 있더라도 화가 나는 일이 없는 것처럼 해야지, 마음을 가라앉혀야지. 그는 다시 풍선 하나를 내려 가만히 들고 있다가 놓아주기를 반복한다. 그런 다음 그는 그 풍선을 향해, 이번에는 내가 너를 터뜨리는 일이 없도록 조심하길 바래, 하고 말하며 풍선을 쓰다듬는다. 조금 후 그는, 이제야 마음이 진정이 되는군, 풍선을 어루만지는 사이 내 마음 또한 어루만져졌군, 아무런 쓸모도 없으리라고 생각했던 풍선 또한 때로는 이렇게 쓸모가 있다니까, 하고 말하며 풍선을 놓아준 후 다시 녹화 버튼을 누른다.

너를 처음 본 순간 나는 네가 세상의 무엇과도 바꿀 수 없는 소중한 존재라는 생각을 할 수가 없었다. 당시 네 어머니와 나는 결혼도 하지 않은 상태였지. 나는 결혼을 할 마음이 없었지, 네 어머니의 생각은 달랐었지만. 그렇게, 너는 사생아로 태어난 거야. 네 어머니는 너를 볼모로 나를 붙잡으려 했지. 하지만 나는 도망을 쳤어, 너와 네 어머니로부터. 지긋지긋한 여자였거든. 아니, 그녀가 꼭 그랬다고는 할 수 없지만, 내가 느끼는 바는 그랬어.

그는 잠시 녹화를 멈추고 웃음을 짓는다. 어쩐지 이 웃음은 바보 같군. 바보가 아닌 다음에는 지을 수 없는, 나를 바보로 만드는 웃음이야. 그는 화를 내며 다시 녹화 버튼을 누른다.

네가 아기였을 때 네 몸에서 났던 젖비린내는 내게 구역질을 일으키기에 충분했다. 요람에 누워 있는 너를 바라보며 나는 너를 위한 일이라면 무엇이든 하지 않겠다는 결심을 했지. 그리고는 이왕 결심한 거니까 그 결심이 흔들리는 일은 없게 하리라는 결심 또한 했지.

그는 다시 녹화를 멈춘다. 그는 잠시 생각에 잠긴다. 기분이 더럽군. 아니 이렇게 기분이 더러울 때면 기분이 조금 나아지기도 하지. 그는 주먹을 쥐었다가 폈다가 한다. 기분이 좋지 않을 때면 이상하게도 이렇게 주먹을 쥐었다가 폈다가 하게 된단 말야. 마치 불쾌감이 손가락 사이로 빠져나갈 수 있게 틈을 열어주기라도 하는 것처럼…… 그런데 쓸데없는 짓이라는 것을 진작에 알고 있는 내가 이런 유언 같은 걸 왜 남기려 하는 거지. 그는 다시 생각에 잠긴다. 맞아, 시간을 보내고, 지우고, 덮어버리기 위해서야. 이렇게, 내가 뭘, 무슨 이유에서 하고 있는지 번번이 상기시켜주지 않으면 안 된다니까. 그는 다시 녹화 버튼을 누른다.

네가 세상에 나온 지 얼마 되지 않아 내가 너와 너의 어머니 되는 여자를 떠난 후, 오랜 시간이 지난 어느 날 너는 용케도 나를 찾아왔지. 당시 내가 살던 집의 방 안에 누워 있는데 누군가 대문을 두드리는 소리가 들리더군. 밖으로 나간 내가 대문을 열자 그 앞에 네가 서 있었어. 그때 대문을 두드린 사람이 너인 줄 알았으면 열어주지 않았을 텐데. 너는 대문 안으로 들어오려 했지만 나는 못 들어오게 했지.

너는 나를 가만히 쳐다보았어. 나는 용건이 뭐냐고 물었어. 그러자 너는 수첩에서 나의 젊은 시절의 빛 바랜 사진 한 장을 꺼내 내 앞에 들이밀어 내가 아무것도 부인하지 못하게 만들어버렸지. 나는 우리의 인연을 연장시킨 그 사진을 물끄러미 바라보다가 아무 말 없이 네게 돌려주었지. 내가 찾아온 이유를 묻자, 너는 너의 어머니가 죽으면서 나를 찾아가라는 얘기를 남겼다는 얘기를 했어. 나는 마음속으로 불쾌한 감정을 쓸어내리며, 그런 것이 나를 찾아온 이유가 되어서는 안 된다고 했지. 너는 슬픈 얼굴을 지었어. 내가 네 어머니가 어떻게 죽었는지 묻자 너는 불의의 사고로 죽었다는 말을 했어. 운이 좋은 여자군, 나는 중얼거렸어. 하지만 불쌍한 여자였어, 내가 불쌍한 것과는 또 다르게 불쌍한 여자였지, 나는 생각했어. 너는 대문 안을 들여다보며, 당시 내가 이르게 된 나의 남루한 삶을 확인하는 것이었어. 나는 나의 초라하지만 충분히 초라하지는 않은 행색에 어울리는 멍한 얼굴로 너를 쳐다보고 있었지. 나는 나의 모든 것을 숨김없이 보이게 되었다는 사실에 기뻤고 동시에 얼굴이 뜨거웠어. 그동안 나의 삶은 나의 생각 이상으로 나빴어. 아니, 생각만큼 나빴던 것은 아무것도 없었어, 제대로 된 나쁜 일은 없었어, 지금의 나의 생각에는 그래. 그 비참한 생활은 바람직한 것은 아니었지만, 그럼에도 내게는 어울리는, 내가 처해 있기에 좋았다고는 할 수 없지만 그런 대로 괜찮았던 어떤 것이었지, 나대로는 잘 적응했으니까. 그 동안 나의 삶은 내가 원했던 바와, 내가 원하는 바와는 상관없이 전개되었던 상황 사이의 간격을 좁힐 수 없었던 것들로 점철되었지. 나는 그 안에서 내가 끝나게 될, 무슨 수로도 빠져나갈 수 없는, 빈틈없는 완벽한 궁지를 나 자신에게 만들어주려고 애를 썼지. 나는 누구도, 나 자신조차도 이해할 수 없는 방식으로 살아왔던 거야. 나는 나의 삶을 통틀어 아무런 노력도 기울이지 않았지, 아무런 노력 없이 내가 얻게 된 것, 또는 이르게 된 것만이 온전한 나의 것으로 여겨졌던 거야. 아무리 해도 너는 이런 것까지는 이해하지 못하겠지. 나는 이것으로 우리의 만남은 끝이 났다는 것을 알리기 위해 대문을 닫으려 했어. 그런데 그 순간 너는 이렇게 말했지, 이제부터는 제가 아버지를 모시겠어요, 저와 함께 살도록 해요. 그 말에 나는 이렇게 말했지. 네가 원하는 게 그거냐, 그렇다면 그 부탁은 들어주지 않겠다. 그러자 너는 이렇게 말했어. 아버지를 이대로 내버려둘 수는 없어요, 앞으로는 아무 부족함이 없게 해드리겠어요. 나로 말하자면 부족함이 없는 것으로는 턱없이 부족할 뿐인데도. 내가 있어 네게 이익이 될 건 아무것도 없을 텐데, 내가 말했어. 그러자, 그건 문제가 안 돼요, 제가 아버지를 모시는 건 당연한 도리예요, 하고 네가 말했지. 도리에 대한 너의 생각이 그런 거라면 그런 생각은 접어버리도록 해라, 내가 말했지. 나는 네가 제법 성공한 자들이나 지을 수 있는, 성공한 자들 특유의 번뜩이는 눈으로 나를 바라보는 것을 보았고, 시선을 어디에다 두어야 좋을지 모르며 곤혹해했어. 너는 그윽한 눈길로 나의 당혹스러움을 부채질했지. 그런 다음 전개된 사태는 지금 생각해도 부끄러워. 안타깝게도 당시 나는 말할 수 없이 비참한 상태에 처해 있었고, 그래서 누군가의 도움을 절실히 필요로 했고, 그래서 쉽게 너의 말에 넘어가버렸지. 그리고 나서의 그 희극적인 상황. 너는 내가 미처 막을 겨를도 주지 않고, 감정에 북받친 얼굴로, 두 팔로 나를 안았고, 나는 어쩔 수 없이, 흐느끼는 네 품안에서 대책없이 흔들려야 했지…… 그리고 그후의 나의 생활. 모든 게 만족스러웠고, 그래서 꺼림칙한 생활이었지. 내가 아무것도 해준 것이 없는 너로 인해 치러야 했던 대가는 끔찍한 거였다…… 정말로 너는 자식된 도리를 다해 나를 부양하려고 애를 썼지. 하지만 지금에야 알게 된 것이지만 너는 나를 위해 나를 부양한 것이 아니었어. 결국 너는 네가 지어낸 아들의 역할에 충실하고자 했고, 그에 따르는 만족감을 부양하고자 했던 것뿐이야.

그는 정지 버튼을 눌러 녹화를 중단한다. 그는 눈을 감은 채로 생각에 잠긴다. 아들놈 덕분에 내가 이렇게라도 살아가고 있다는 생각은 안 들어, 대신 아들놈만 아니었다면 이러면서까지 살아가지 않을 수 있었을 텐데, 라는 생각은 들지, 그 두 가지가 다를 바 없음에도 마치 다른 것이기라도 한 듯. 그는 다시 녹화 버튼을 누른다.

너의 도움 없이도 내가 할 수 있는 게 있었을 텐데, 너는 내가 그것을 하게 내버려두었어야 했어. 내가 너의 도움 없이 할 수 있었던 게 없었다 해도 나를 마땅히 그냥 내버려두었어야 했어. 결국 너는 내게 일어날 수 있는 최악의 일이 일어나게 하는 데 결정적인 도움을 주었지.

그는 화가 난 듯 정지 버튼을 누른 후 창 쪽을 물끄러미 바라본다. 이 방에서는 호수가 보이는데, 그것이 내게 커다란 위안이 되기보다는, 나로서는 작은 위안으로라도 삼으려고 하는 편이지. 넓은 호수의 한쪽 편에는 갈대밭이 무성해. 지금 그곳의 갈대들은 바람에 의한 것처럼 구부러져 있어. 하지만 바람은 전혀 불지 않고 있어. 그럼에도 호수에는 물결이 일고 있어. 조용한 호수면 위로 무슨 일인가가 일어날 것만 같아. 어쩌면 곧 야생 오리떼가 날아와 수면 위에 내려앉거나, 아니면 물 속에서 어떤 물고기가 수면 밖으로 뛰어오르기라도 할 것 같아. 그는 사냥꾼처럼 숨을 죽인 채 갈대밭을 바라본다.

그는 조금 후 웃음을 터뜨린다. 호수의 갈대밭 풍경은 벽에 걸린 사진 속의 영상일 뿐이야. 이 사진은 나의 죽은 아버지의 유품으로 내가 지금까지 유일하게 간직하고 있는 거야. 그럴 이유 같은 것은 없었는데도 어떻게 하다가 버리지 못하고 간직하게 되었지. 그것이 내 아버지가 찍은 것이라는 사실을 빼면 그 자체로는 괜찮은 사진이기도 하지만. 사진은 아버지가 물오리 사냥을 나갔다가 찍어온 거야. 아버지는 직업 사냥꾼은 아니었지만 당시 총포상을 하고 있어 시간이 나면 사냥을 나가곤 했는데 가끔은 나를 데리고 가기도 했었지. 우리가 집에 돌아올 때쯤이면 자동차의 트렁크 안은 죽은 물오리로 가득 차 있었어. 당시 집 거실에는 박제한 야생동물들이 벽면 가득 진열되어 있었어. 끔찍한 광경이었어. 밤이면 그 야생동물들이 되살아나 나를 노려보는 것 같아 화장실에도 못 갔지. 그런데도 날이 갈수록 거실의 박제 동물들의 숫자는 늘어만 갔지. 아버지는 그의 총에 맞은 동물들이 피를 흘리며 죽어가는 모습을 보면 기운이 난다고 했어. 이제야 그가 한 말이 이해가 돼. 그리고 어쩌면 최근에 내가 자고난 후 박쥐들에게 시달리는 것이 어릴 때의 그 기억과 무관하지 않은 것 같아…….

이 얘기는 그만 하는 게 좋을 것 같아. 기분 좋은 얘기가 아냐. 다시 지금의 얘기로 돌아가야겠어. 실제로, 이 집 밖에는, 마당과 그 너머로 작은 야산이 있을 뿐이야. 여기서 보이는 것들 중에서 눈길을 끄는 것은 야산의 중턱에 있는 무덤뿐이지, 누구의 것인지 알 수 없는. 나의 전망으로 삼기에 안성맞춤인 풍경이야. 무덤이 한눈에 들어오는 이 집을 얻은 건 아들놈의 배려가 돋보이는 것이었어. 이런 걸 두고 배려라고 할 수 있다면 말이지만.

그는 휠체어를 밀어 창가로 간다. 그는 창가에 놓여 있는 망원경에 눈을 갖다 댄다. 역시, 무덤말고는, 내게 위안을 주고 싶어하는 다른 어떤 것도 보이지 않는군. 가끔 무덤 뒤쪽의 소나무 가지 위에 다람쥐가 나타나 내 눈길을 끌기도 하지만 그것에게 내 눈길을 주지는 않아. 물론 그것 역시 내 눈길을 끌려고 내가 보는 앞에 나타나는 건 아니겠지. 그리고 어떤 때는 세 마리가 한꺼번에 나타나, 아마 그중 두 마리는 수컷일 테지, 서로 암컷의 마음을 차지해 암컷을 뺏으려고, 뺏기지 않으려고 장난이 아니게, 심각하게 다투기도 하지. 재미있는 광경이야. 자연계의 여러 놀라운 현상 중에서도 유성생식만큼 나를 어리둥절하게 하는 것도 없어. 그것만큼 막대한 수고를 요하는 것도 없지. 그런데 이 좋은 봄날 오후에 하다못해 나물을 캐러 나온 처녀의 모습조차도 눈에 띄지 않는군. 그쪽에서는 나를 보지 못하더라도, 내 쪽에서는 그녀를 지켜보며, 나의 선량한 부분이 시키는 대로 손을 흔들어줄 수도 있을 텐데. 처녀의 모습은커녕 노파의 휘어진 등조차도 본 적이 없어. 전에는 이렇게 창가에 앉아 창밖을 하염없이 바라보곤 했었는데, 아침부터 저녁까지, 밝아지거나 어두워지거나 또는 무성해지거나 시들거나 하는 식으로 조금은 달라지지만 사실은 달라지는 게 아무것도 없는 풍경에, 마치 그 가운데에는 눈독을 들여도 좋을 어떤 것이 있기라도 한 듯, 눈을 고정시킨 채로, 시간이 가는 줄도 모르고 하루를 보내곤 했었는데. 이젠 아냐. 무덤이 보이는 이 창문이 자신을 통해 내게 보여주는 것들에 나는 흥미를 잃었어. 무덤은 더이상 내가 나 자신에게 보여주고 싶어할 수 있는 어떤 게 못 돼. 그래서 가끔, 잠시 내다볼 뿐이지, 더이상 볼 게 없는 풍경을. 그리고는 이 지긋지긋한 풍경을 없애버릴 수는 없어, 달리 방법이라곤 없다는 듯이, 달리 방법이라곤 없어, 눈을 질끈 감아버리지, 볼품이라곤 없는 자신의 모습을 스스로 숨기지 못하는 풍경으로부터.

그는 눈을 감는다. 그런데 눈을 이렇게 감고 있으면 자신이 느껴져. 모든 것으로부터 물러나 있는, 따돌려져 있는 자신이. 이따금은 그러한 자신을 확인하는 한 방법으로 눈을 감고 있기도 하지. 그는 잠시 눈을 감은 채로 아무 말이 없다…… 모든 것이 공허할 뿐이야, 그가 중얼거린다. 이렇게 눈을 감고 있으면 이 암흑 속에서 공허가 좀더 자세히, 좀더 부풀려져 느껴지지. 그는 몸을 뒤척인다. 마치 나를 에워싸고 있는, 동시에 나를 가득 채우고 있는 이 공허에 몸을 비비기라도 할 것처럼 몸을 뒤척이는군. 그는 자신의 몸을 쓰다듬는다. 한데 이 텅 빈 공허만큼 물질적인 것도 없어. 그러면서도 동시에 이 공허 속에서는 모든 사실들이 유명무실해져버리는 것만 같아. 그 어떤 실물도 실상도 실제도 실화도 실감이 나지 않아. 모든 게 유야무야할 뿐이야.

그때 아래층에서 무슨 소린가가 들려온다. 며느리가 일어난 모양이군. 파출부가 올 시간이 다 된 모양이야. 눈을 뜬 그는 다시 휠체어를 밀어 책상 앞으로 간다. 조금 있으면 며느리가 파출부와 함께 나를 보러 올라오겠지, 그러고는 다시 내려가겠지, 성가신 일은 파출부에게 시키고. 며느리만큼 팔자가 늘어진 사람도 없을 거야. 하루종일 빈둥거리다가 저녁이 되면 몸을 씻고 화장을 하고 예쁜 옷으로 갈아입고 남편이 오기를 기다리지. 잘 먹고 잘 지내 얼굴이 뽀얘. 피부가 매끈한 게 매력이 넘쳐. 그런데 이상한 일이지만 내가 며느리에게 흑심을 품은 적은 없어, 누구든 그녀를 보면 흑심을 품을 만한 아이인데, 그런 애를 보면 흑심이라도 품지 않고는 배기지 못하는 나인데. 아마 나의 욕망이라는 게 쪼그라들 대로 쪼그라들어서일 거야. 이렇게 반신불수가 된 건, 그래서 하반신에 아무런 감각도 없게 된 건 잘된 일이야, 그래서 며느리에게까지 음탕한 마음을 품지 않을 수 있게 되었으니까. 건강한 육체에는 음탕한 마음이 깃들이게 마련이지. 그리고 중요한 건 현실에서 이루어질 수 없는 것은 머릿속에서도 이루어지지 못하게 만드는 거야, 헛물을 켜지 않게, 헛된 꿈을 꾸지 않게. 그것이 생각만큼 쉬운 일은 아니지만.

그는 잠시 귀를 기울인다. 화장실에서인 듯 물이 내려가는 소리가 들린다. 며느리는 하는 짓도 밉지만은 않지, 말끝마다, 아버님, 아버님, 하고 불러서 그게 싫긴 하지만. 며느리는, 될 수 있으면 그렇게 부르지 말라고 여러 번 얘기를 했거늘, 항상 나를 그렇게 불러. 될 수 있는 한 나를 그렇게 부르려 하는 것 같아. 하지만 그렇게 부르는 게 다름아닌 며느리니까 참는 편이야. 그런데 딱하게도 아들 부부에게는 아이가 없어. 어느 쪽에 문제가 있는 걸까? 며느리보다는 내 아들놈 쪽에 문제가 있는 것 같아. 어쨌든 아들놈이 고자라는 생각을 하는 편이 더 마음이 편해, 흐뭇하기도 하고. 그들 부부에게 아기가 있다면 내가 돌봐줄 수도 있을 텐데, 여느 할아버지가 손자를 돌보는 것처럼. 한 번도 아기를 봐본 적이 없는 서툰 솜씨로 잘 봐줄 수 있을 텐데. 나는 휠체어에 앉은 채로, 아기는 유모차에 앉은 채로 같이 놀 수도 있을 텐데, 나는 나대로, 아기는 아기대로 서로를 개의치 않으면서, 아니면 서로를 꺼려하면서. 아니면 아기로 하여금 나를 데리고 놀게 하거나. 하긴 아기가 있다 해도 내게 맡기려 하지는 않을 거야, 내게 맡겨서는 아기의 안전을 보장할 수 없다는 생각에서. 하긴, 내게 맡기려 해도, 내 쪽에서 아기의 접근을 막았을 거야, 내게서 나오는 좋지 않은 기운이 아기에게 스며들 수도 있다는 생각에서.

그때 초인종 소리가 들린다. 파출부가 다시 온 모양이군. 하루에 두 번씩 오는 이 파출부는 마음에 들지 않아. 자신의 주제를 모르고, 시간만 나면 내게 야단을 친단 말야. 물건을 어질러놓지 말라고, 떼를 쓰지 말라고, 자신의 말을 잘 들으라고, 그리고 자신을 그렇게 빤히 쳐다보지 말라고. 내가 딴 마음이 있어 그렇게 쳐다보는 것도 아닌데. 그러면서도 내가 눈길조차 주지 않으면 사람이 옆에 있는데 어떻게 그렇게 한번 쳐다보는 일도 없냐고 하지. 그런데 그녀가 그렇게 말하는 것도 무리는 아냐. 내게는 누군가를 아예 거들떠보지도 않기나, 아니면 상대를 무안하게 할 정도로 뚫어지게 쳐다보는 이상한 버릇이 있으니까, 일종의, 그 상대를 외면하는 한 방법으로.

또한 그녀는 내 기저귀를 갈 때면, 어떻게 이렇게 심한 냄새가 날 수 있지, 하고 말하곤 해. 하긴 내가 맡기에도 역한 냄새가 나는 게 사실이긴 하지. 하지만 더이상 이 파출부는 못 참겠어. 파출부로서 당신은 이런 식으로 나를 대해서는 안 된다고 내가 얘기하면 콧방귀를 뀐단 말야. 그녀는 내가 자꾸 어린아이처럼 굴면 혼내주겠다는 말까지 하지. 며느리에게 얘기를 해서 다른 파출부로 바꾸자고 해야겠어, 내가 좀더 참을 수 있는, 아니면 좀더 참기 어려운 파출부로. 지금껏 그래왔던 것처럼.

그는 잠시 말을 멈추고 생각에 잠긴다. 며느리가 올라오려면 아직 시간이 남았으니, 그 사이에 하려던 것을 계속해야지. 그는 녹화 버튼을 누른다. 그는 줌 인 버튼을 누르고, 그의 입술은 극단적으로 확대되어 입술의 형태를 상실한다.

언젠가 너는 내게 이렇게 물은 적이 있지, 우리가 화해할 수는 없겠냐고. 네가 다시 묻는다 해도 나는 똑같은 대답을 하겠다. 우리의 관계는 화해가 이루어질 수 있는 성질의 것이 아니라고. 그 점에 대해서는 안심을 해도 좋을 것이다. 나의 생각이 달라지는 일은 없을 테니까. 나로서는, 너와 화해하는 일은 화해하고자 하는 나의 마음과 싸울 필요도 없이, 처음부터 불가능한 일이었으니까. 이것은 내가 아무런 사사로운 감정에 얽매이지 않고서, 아니 그렇게 되지 않겠다고 생각하며 하는 말이다.

그는 방금 녹화한 부분을 다시 본 후 그 부분을 지운다. 내가 죽은 후 아들놈이 우연히 이 테이프를 발견해 그것을 보게 되면 어리둥절하겠지. 하지만 그가 어리둥절하기를 바라는 마음으로 이런 얘기를 하는 건 아냐. 이런 얘기를 하는 것이 나 또한 내켜서는 아냐, 그런 건 아닐 거야. 그는 다시 녹화 버튼을 누른다.

지금까지 내가 한 얘기를 생각해볼 때, 나는 아무런 마음의 거리낌 없이 얘기를 했다는 생각이 드는구나. 단 한 가지 마음에 걸리는 게 있다면 그건 내가 마음속에 담고 있는, 너에 대한 나의 좋지 않은 생각을 마저, 내가 느끼는 정도로 담아내지 못했다는 것이다. 다시 말해 나는 내가 원하는 만큼의, 너에 대한 역겨움을 살려내지 못한 것이다.

그는 정지 버튼을 누른 후 다시 생각에 잠긴다. 마침표를 찍는 결정적인 말이 필요하다는 생각이 들어. 그는 다시 녹화 버튼을 누른다.

이제 너도 네가 내게 얼마나 소중하지 않은 존재인지를 알게 되었을 것이다. 아직도 그 사실을 모르겠다면 나로서도 어쩔 수가 없구나. 그리고 네가 그걸 끝까지 모른다 해도 나로서는 할 수 없는 노릇이지. 나는 지금껏 단 한 번도 너를 나의 아들로 생각한 적이 없다. 이로써 우리의 모든 관계는 무효이며, 마땅히 무효가 되어야 하며, 무효임을 선언한다.

그는 정지 버튼을 누른다. 하지만 이런다고 무효가 될 수 있을까? 그는 고개를 젓는다. 그는 테이프를 처음으로 되돌려 다시 재생 버튼을 누른 후 녹화된 내용을 본다. 아, 아냐, 이건 아냐. 이건 어제도 했다가, 마음에 들지 않아 지워버린 이야기야. 항상 내가 말하고자 하는 것은 내가 말하지 못한 것들 속에 있다는 생각이 드는 건 어쩔 수가 없어. 아무 발전이 없어. 지지부진해. 하긴 어떤 점에서 생각이란 것 자체가 지지부진하지 않고는 한 발짝도 나아갈 수 없는 것이기도 하지. 그리고 동어반복이야말로 나의 유일한 어법이지.

그는 급하게 정지 버튼을 누른 후 테이프를 다시 처음으로 돌린 뒤 녹화 버튼을 누른 다음 아무 말 않고 가만히 있다. 그 사이 그의 무표정한 얼굴이 녹화되며, 그전에 녹화된 내용은 모두 지워진다. 그의 얼굴이 일그러진다. 그의 두 손이 천천히 위로 올라가 그의 얼굴을 감싼다. 조금 후 두 손을 내린 그의 얼굴은 평화롭다.

가끔은 내가 원하는 게 뭔지 알 것 같기도 해. 그는 책상 앞으로 다가가 서랍을 열어 사탕 하나를 꺼내 입 안에 넣고 빨기 시작한다. 오늘 하루 동안에도 도대체 몇 개의 사탕을 먹은 거지? 저기 보이는, 서랍 안에 있는 저 빈 껍데기가 내가 먹은 사탕의 개수를 말해주고 있지는 않아. 그것을 알지 못하도록 사탕의 껍데기를 미리 벗겨놓았으니까. 교활한 늙은이 같으니라고. 그런데 궁금한 게 한 가지 있어. 이 멜론 사탕 안에는 멜론이 조금이라도 들어간 것일까? 멜론 사탕 먹다보면 항상 그것이 궁금해진단 말야. 그는 고개를 갸우뚱 기울인다. 나 또한 모르겠다는군, 미소를 지으며 그가 중얼거린다. 그리고 한 가지 궁금한 게 또 있어. 나는 언제까지 이 방에 더 있게 되는 거지? 그는 잠시 생각에 잠긴다. 아마도, 이 방에 더이상 멜론 사탕이 없게 될 때까지겠지. 기쁜 일이 있는 것처럼 웃음을 지으며 그가 중얼거린다. 이 방에 멜론 사탕이 있는 한 살아 있어도 되겠지? 그런 것이 내가 아직 살아 있는 것에 대한 구실이 될 수는 없더라도, 그럴 수도 있는 것처럼 할 수는 있겠지…… 그리고 궁금한 게 또 한 가지 있어. 왜 사탕은, 내가 아는 한, 모두 단맛이 나는 거지? 왜 신맛, 짠맛, 떫은 맛, 또는 쓴맛이 나는 사탕은 없는 거지? 그런 것들이 있어도 좋을 텐데…… 그는 다시 생각에 잠긴다. 그런데 어쩐지 이 멜론 사탕에는 그 모든 맛이 들어 있는 것 같기도 하군…….

# 배회

이즘에서 내가 왔던 길을 되돌아가는 것도 괜찮지 않을까, 하고 나는 생각했지만 그렇게 하지는 않았는데, 그건 그것이 좋은 생각으로 여겨지지 않았기 때문이다. 내가 떠나온 곳은 가까운 곳에 있긴 했지만 그 순간의 나에게는 너무도 먼 곳에 있었다.

한겨울의 몹시도 추운 밤이었다. 나는 살을 에는 추위를 피하기 위해 거리를 헤매고 있었지만 거리의 문들은 모두, 나 같은 불청객들이 몰래 침입하는 일이 없도록 굳게, 잘도 잠겨 있었다. 이미 새벽이 가까워지고 있었지만 나는 내 몸 하나 둘 곳을 찾지 못하고 있었다. 이제 굳어질 대로 굳어진 몸은 걸음을 옮김에 따라 시멘트 바닥에 내동댕이쳐진 석고처럼 금이 가 부서져 길 위로 떨어져 내릴 것만 같았다. 거리는 완전히 인적이 끊겨 있었다. 그렇게 텅 빈 거리의 모습을 이전에도 본 적이 없진 않을 테지만, 마치 처음 보는 것만 같았다.

잠시 나는 길모퉁이에 서서 그 황량한 거리를, 나의 내면으로 끌어당긴 채 바라보았다. 그때 멀리서, 도취의 기슭에 잠시 발을 잘못 들여놓았던 취객 하나가 어지러운 걸음으로, 자신의 그림자를 이끌며, 보도를 따라 걸어왔다. 나는 그의 관심을 끌기 위해 그의 앞으로 한걸음 나섰지만 그는 내가 보이지 않는 듯 그대로 나를 지나쳐 길 모퉁이 너머로 사라져버렸다. 나는 그를 따라갈 마음이 들지 않았고, 그래서 그대로 서서 그가 사라진 뒤의 거리를, 그럴 필요라도 있다는 듯, 아쉬워하며 바라보았다.

그 밖에 다른 사람들의 모습은 눈에 띄지 않았다. 마치 심야에만 출현하는 어떤 포악한 괴물이 사람들을 모두 건물 속으로, 또는 그들이 있어야 할 다른 어떤 곳으로 쫓아버린 것만 같았다. 서로 몸을 끌어안은 채로 어떻게든 서로의 체온에 의지해보려는, 건물의 벽에 그림자처럼 바짝 달라붙어 있는, 내가 보고 싶어하는, 연인들의 모습은 보이지 않았다. 얼마든지 그 모습에 갈채를 보내거나, 아니면 그들을 가까운 여관으로 쫓아버렸을 텐데, 돈이 있다면, 그 돈을 줘서라도. 또한 나는 나와 비슷한 처지의, 서로가 별로 도움이 되지는 않겠지만 그럼에도 어떻게든 도움이 되어보려고 애라도 쓸 수 있는 누군가를, 누군가의 그림자라도 찾았지만 그런 사람 역시 눈에 띄지 않았다.

차량들은 아주 드물게, 주로 택시들이 넋이 나간 듯한 가로등 불빛이 희멀겋게 쓸고 있는 거리를 잔혹하게 질주했다. 거리는 다가오는 새벽의 어둠 속에서 어렴풋한 윤곽만을 드러내고 있었다. 내 눈에는 그 거리가, 그 건물들이 아침이 시작되면서 견고한 모습을 갖추는 대신, 오히려 그 아침의 빛 속에서 맥없이 무너져내릴 것만 같이 여겨졌다. 밤이 지나고 아침이 되는 것만으로 다시 거리가 활기에 차게 되는 일은 불가능하게 보일 정도로 거리는 죽어 있었다. 기이한 느낌이었다.

이쯤에서 내가 왔던 길을 되돌아가는 것도 괜찮지 않을까, 하고 나는 생각했지만 그렇게 하지는 않았는데, 그건 그것이 좋은 생각으로 여겨지지 않았기 때문이다. 내가 떠나온 곳은 가까운 곳에 있긴 했지만 그 순간의 나에게는 너무도 먼 곳에 있었다. 그런데 그때, 그것이 당연한 것이기라도 한 듯, 갑자기 눈이 퍼붓기 시작했다. 나로서는 달가워할 수 있는 눈이 아니었다. 그래서 나는 눈이 내리는 것에 기뻐하기는커녕 눈을 원망하며, 원망스런 눈길로 눈을 바라보았다. 그 눈은 적어도 추위에 떨고 있는 나를 위해 내리는 눈은 아니었다. 이럴 줄 알았으면 나의 은신처를 나오지 말걸, 나는 생각했다. 하지만 오랜 결심 끝에 나온 그곳으로 돌아가고 싶지는 않았다. 겨울이 시작되면서 내가 나의 임시 처소로 삼은, 벽의 일부만 남은, 지붕이 무너진, 폐허가 된 그 건물 역시 하늘에서 내리는 눈을 완전히 막아주지는 못했던 것이다.

눈발은 차츰 더 굵어졌다. 어지럽게 내리는 눈은 그렇지 않아도 어지러운 나의 마음을 더 어지럽힐 뿐이었다. 나는 눈을 감았다. 잠시 딴 생각을 하느라 잊을 수 있었던 추위가 다시 느껴졌다. 이제 추위는 더이상 견딜 수가 없을 정도였다. 나는 추위를 잊기 위해 손으로, 그날 하루 아무것도 먹지 못해 홀쭉해진 배를 움켜쥔 채로 배고픔에 집중을 하려 애를 썼다. 그 노력의 결과로 기적처럼 추위가 잊혀지지는 않고, 추위와 더불어 배고픔이 동시에 느껴졌는데, 그 두

가지가 합쳐져 더욱 고통스러워졌고, 그래서 추위와 배고픔을 잠시나마 잊게 해줄 수 있는 다른 고통을 찾으려 했지만 소용이 없었다. 생각을 통해 고통을 다스리기란 항상 생각 이상으로 어려운 일이란 말야, 하고 나는 어떤 결론처럼 중얼거렸다.

나는 다시 걸어야겠다는 결심을 모은 후에도, 그 결심에 따라 행동을 취하기까지 한참이 걸린 후에야 다시 걷기 시작했고, 다시 한참을 헤맨 끝에 불이 켜져 있는 지하도를 발견했고, 그 계단을 살금살금 걸어내려갔다. 하지만 계단을 몇 개 남겨놓은 지점에서 미끄러져 넘어져 그대로 나동그라져버렸다. 나는 나를 넘어뜨리지는 않았지만, 그것이 없었다면 내가 그렇게 넘어지는 일은 없었을 계단을 향해 저주를 퍼부었다. 나는 넘어진 몸을 천천히 일으켜세웠는데, 그건 그 순간에 누군가가 다가와 넘어져 있는 나를 일으켜세워주는 일은 없으리라는 것을 알고 있었기 때문이었다. 다행히 크게 다치거나 한 것 같지는 않았다. 지하도 안은 바람은 피할 수 있었지만 냉기는 여전했다. 어쨌든 바람에 실린 더한 냉기는 피할 수 있게 되었군, 나는 생각했다. 그럼에도 추위로부터 나를 보호해주는 것은 아무것도 없었다. 나는 지하도 안의, 어떤 신전의 열주처럼 늘어서 있는 사각기둥 뒤로 가, 아무도 보는 사람이 없음에도 마치 어딘가에 숨어들어온 사람처럼 몸을 감췄다. 그러자 나 자신이 어떤 죄를 짓고 피신해온 사람처럼 느껴졌다. 다리가 후들거렸지만, 시멘트 바닥 위에 깔고 앉을 수 있는 어떤 것도 보이지 않았고, 그래서 자리에 앉거나 하지는 않았다. 다시금, 나의 은신처에 대한 생각이, 그것을 생각하려 했던 것은 아니었지만, 떠올랐다. 최소한 그곳에는 내가 깔고 누울 수 있는 판지와 이불로 삼을 수 있는 몇 가지 물건들이 있었던 것이다. 나는 그것이 쓸데없는 일이라는 것을 알면서도, 그날 내가 한 짓을 후회하기 시작했다. 나는 몸을 돌려 시멘트 기둥에 이마를 댔다. 차가운 회색 기둥에서는 내가 늘 맡아왔고, 그래서 나의 코에는 너무도 익숙한 시멘트 냄새가 났다. 나는 그것을 마실 것이라도 되는 듯 코로 깊게 들이켰다. 시멘트 냄새는 항상 그런 것은 아니지만, 때로는 결코 완전히 맑아질 수 없는 나의 정신을 조금이나마 맑게 해주기도 했다. 그런데 그때 가까운 곳에서 뭔가가 부스럭거리는 소리가 조금씩 크게, 마침내는 내가 또렷이 들을 수 있게 들려왔다. 나는 그것이 지하도에 사는 쥐가 내는 소리가 틀림없다는 생각을 했다. 부스럭거리는 소리는 계속 이어졌다. 내가, 인간인 내가 근처에 있는 것을 의식한 쥐가 안절부절못하며 내는 소리야, 오랜 시간에 걸쳐 쥐가 내는 다양한 소리에 익숙해졌을 뿐만 아니라 그 소리들 하나하나를 잘 구분할 수 있는, 아니, 실제로 그렇지는 못하지만, 그럴 수 있다고 생각하기도 하는 나는 그렇게 결론을 내렸다. 여기서 잠이 들었다가는 쥐떼에게 몸이 뜯길 수도 있겠군, 나는 생각했다. 쉽게 물러가지 않는 쥐를 쫓아버리기보다는 내가 자리를 피하는 게 낫겠지, 하고 나는 생각하며, 마치 그곳을 떠날 사람처럼 한 발을 떼다가 말고는 다시 발을 모았다.

그런데 어찌 된 일인지 조금 후 모습을 나타낸 것은 쥐가 아닌, 하지만 인상이 쥐처럼 보이는 어떤 지저분한 차림의 남자였다. 물기에 젖은 머리칼이 이마 가운데에 뾰족하게 솟아 있었다. 그의 그 모습은 어쩐지 인간으로 변신한 쥐처럼 여겨졌다. 어디선가 불쑥 모습을 나타낸 그는 나를 보지 못한 듯 내 가까운 곳에 있었음에도 내게는 신경을 쓰지 않았다. 나는 그를 가만히 쳐다보았다. 그런데 그때 갑자기 그가 사각 시멘트 기둥 주위를 돌기 시작했다. 마치 누군가가 그에게 그 일을 시키기라도 한 것처럼. 나는 그가 있는 곳으로 다가갔다. 안녕하시오, 나는 그런 밤에 그런 장소에서 누군가를 만났을 때 얻게 되는 기쁨을 얻기 위해 반갑게 인사를 했다. 하지만 그는 나를 쳐다보지도 않았다. 안녕하시오, 내가 다시 말했다. 여전히 그는 나의 존재를 무시했다. 나는 곧 그런 말을 하는 것이 그 상황에서 그다지 잘 어울리지 않는다는 것을 깨달았다. 그는 전혀 안녕하지 못해 보였다. 괜찮소, 내가 다시 물었다. 그는 아무 대답도 하지 않았다. 여전히 그는 내게 눈길조차 주지 않았다. 그때서야 나는 그가 약간 특이한 모습을 하고 있다는 것을 깨달았다. 그는 눈알 하나가 없었다. 애꾸로군, 나는 중얼거렸다. 애꾸야, 중얼거리는 것으로는 모자랐던 듯, 나는 소리 내어 말했다. 그의 성한 나머지 눈알 하나 또한 반쯤 떠져 있었다, 또는 반쯤 감겨 있었다. 그의 애꾸눈은 그것을 보는 사람에게 불운을 가져다주는 것으로 보이지는 않았다. 지금 뭘 하고 있는 거요, 나는 다시 물었다. 여전히 그는 아무 대답도 하지 않았다. 귀머거리이기까지 한 모양이군, 나는 중얼거렸다. 그에게는 나의 말이 들리지 않을 뿐만 아니라 내 모습 또한 보이지 않는 것 같았다. 나는 잠시 그가 기둥 주위를 도는 모습을 지켜보았다. 뭘 잘못 먹었소, 내가 말했다. 그는 아무 대답도 하지 않았다. 아니면 머리가 어떻게 된 거요, 내가 말했다. 역시 아무 말도 없었다. 그가 왜 그런 행동을 보이는지 궁금했지만 그 이유를 알 수는 없었다. 하지만 그 이유를 꼭 알아내고 싶었다. 이 자가 하는 짓을 한번 똑같이 해보면 이유를 알 수도 있지 않을까, 나는 생각했다. 나는 그가 하는 짓을 따라 했다. 하지만 그가 도는 방향과는 반대로, 그가 그리는 원보다 좀 더 크게 돌았다. 그렇게, 우리는 한참을, 마치 무슨 종교의식을 치르는 사람들처럼, 기둥 주위를 돌았다. 하지만 기둥에는 몇 가지 좋지 않은 낙서 외에는, 종교적인 의미를 부여할 수 있는 그 어떤 것도 그려져 있지 않았다. 같은 방향으로 계속해서 돌자 머리가 어지러워지며, 마음이 혼란스러워졌다. 나는 혼란스러워지고 있는 마음을 다스릴 수가 없었다. 혼란스런 마음을 다스릴 수 없을 때에는 그 마음을 그대로 두는 것도 한 가지 방법이라는 것을 나는 알고 있었고, 그렇게 했다. 여전히 그가 그렇게 도는 이유를 알 수 없었을 뿐만 아니라, 내가 그를 따라 하는 이유 또한 알 수 없었다. 어쨌든 그렇게 도니까 추위는 조금 누그러졌다. 추위 때문이었군, 나는 생각했다. 그런데 갑자기 그가 걸음을 멈추더니 나를 쳐다보았다. 다 돈 거요, 내가 말했다. 그 순간 그의 표정이, 마치 유령이라도 본 것처럼 일그러졌다. 그리고는 그는, 저리 가, 미친놈, 하고 소리치며, 불쑥 호주머니에서 뭔가를 꺼내 나를 향해 집어던진 후 몸을 돌려, 처음 그가 모습을 나타냈을 때처럼 순식간에 모습을 감춰버렸다. 나는 그를 뒤쫓아갔지만, 기둥 사이로 잠시 다시 모습을 비친 그는 빠른 걸음으로 지하도 계단을 올라가 내 눈앞에서 보란 듯이 사라져버렸다.

결국 나는 그를 뒤쫓아가는 것을 포기하고 조금 전에 있던 곳으로 돌아와야 했다. 나는 그를 붙잡아 한 대 때려주지 못한 것이 아무래도 아쉬웠다. 하지만 이미 때늦은 일이었다. 나는 화를 가라앉히며 그가 나를 향해 집어던진 것을 찾았다. 작은 돌멩이 두 개가 배수구에 떨어져 있었다. 둥근 돌멩이는 그의 손 안에서 오랜 시간에 걸쳐 서로 부딪혀 닳은 듯, 아니면 본래 그렇게 생겨먹은 것인 듯 반질반질했다. 그것은 아무 쓸모없는 것이었지만 나는 그것이 언젠가는 내게 어떤 쓸모가 있게 될 무엇이라도 되는 듯 주머니 속에 집어넣었다. 그때 문득 그가 조금 전 내게 한 말이 떠올랐다. 그것은 최근에는 별로 들은 적이 없었지만, 오래 전부터 들어오던 말이었다. 사람들은 내가 머리가 약간 이상하다고 했다. 그 말을 통해 그들이 의미하고자 하는 것이 무엇인지 정확히 알 수는 없었지만, 나는 그들이 나를 대하는 태도를 보고 내게 이상한 점이 없진 않다는 것을 느낄 수는 있었다. 어쨌든 그 이유에서인지, 아니면 다른 이유에서인지 나는 과거에 한동안 보통 사람들이 사는 곳에서 동떨어져 있는 어떤 곳에서 지내야만 했다.

나는 혼자 생각을 멈추고 천천히 발걸음을 떼 지하도 계단을 올라왔다. 밖에는 여전히 눈이 그치지 않고 있었다. 나는 좀더 아늑하게 쉴 수 있는 곳을 찾아 걸음을 옮겼다. 조금만 더 참으면 아침이 되겠지, 그러면 모든 게 조금 더 나아지겠지, 나는 생각했다. 한데 조금 후 어디에서 나타났는지 모르게 경찰관 두 명이 내게 다가왔다. 이상하게도 그날 밤에는 사람들 모두가 내가 그들이 어떻게 나타났는지 모르게 내 앞에 출현하는 것 같았다. 그들이 그렇게 하는 데에는 내 쪽에 이유가 있어서라기보다는 그들의 필요 때문인 것 같았다. 물론 평소에도 나는 길을 걷던 중에 경찰관들의 숱한 제지를 받곤 했다. 경찰관뿐만이 아니었다. 경찰관을 비롯해 경비원, 공원지기, 간호사, 검표원 등 온갖 종류의 제복 착용자들이 나를 마주하기를, 그들의 명령과 설득과 윽박을 통해 나를 상대하기를 즐겨한 걸 보면 나는 그들에게 인기가 좋은 게 틀림없었다. 그들은 내가 그 시간에 그곳에서 뭘 하고 있는지 물었다. 나는 금방 대답을 해내지 못했다. 나는 그 말을 한 나로서도 그런 말을 할 수 있었던 것에 놀라게 될 멋진 대답을 생각해내고 싶었던 것이다. 그들은 같은 질문을 조금 다르게 다시 했다. 뭘 하기에, 혹은 뭘 하려고 하기에 그 시간에 그곳에 내가 있는지 물었다. 나는 그 질문에 대해 곰곰이 생각해보았다. 그것은 곰곰이 생각해보아야 할 질문처럼 여겨졌다. 곰곰이 생각해보지 않고서는 답을 할 수 없는 질문으로 여겨졌다. 하지만 조금 후 내 입에서 나온 말은 전혀 뜻밖의 것이었다. 당신들은 이 시간에 여기서 뭘 하는 거죠, 내가 말했다. 그들은 내 말은 무시하고 같은 질문을 다시 했다. 모르겠는데요, 내가 말했다. 나는 내 말에, 그보다 나은 답을 더 생각한 후에 하지 못한 것에 실망했다. 그들은 내게 신분증을 제시할 것을 요구했다. 내가 무엇을 잘못했죠, 내가 물었다. 뭘 잘못한 것도, 법에 저촉되는 짓을 한 것도 아니지만 잘못을 저지를 수도 있을 것처럼 보이는 사람이기 때문이라는 게 그들의 대답이었다.

그게 나의 잘못인가요, 내가 말했다. 곧 나는 그 말에 오해의 소지가 있다는 사실을 깨닫고, 내 얘기는, 그게 나의 잘못인가라는 의미가 아니라, 그 잘못의 원인이 내게 있는가냐는 의미라는, 친절한 보충 설명을 했다. 그들은 내 말뜻을 이해하지 못하는 것 같았는데, 나 역시 완전히 이해할 수 있었던 것은 아니었다. 그들은 다시 신분증을 제시하라고 했다. 나는 끝내 그들의 요구에 응하지 않았다. 그들의 요구에 끝내 응하지 않는 것이 내가 해야 할 바처럼 여겨졌다. 또한 나로서는 내가 할 바를 다하는 것이 자연스런 것으로 생각되었다. 그들은 이러면 곤란하다는 말을 했다. 나는 그들을 곤란하게 할 생각은 없다고 했다. 그런 다음, 곤란해질 수도 있는 것은 그들이 아닌 나라는 말을 했다. 그들은 자신들이 하고자 했던 말이 바로 그것이라는 말을 했다. 종종 나의 말은 내가 그것을 입 밖에 내는 순간 뒤섞여버려 내가 하고자 했던 말과는 전혀 다른 의미를 만들어내곤 했다.

그런 다음 그들은 내게 이것저것, 내가 누구이며, 어디서 왔으며, 어디로 가고 있는지, 내가 뭘 하는 사람인지, 뭘 한 적이 있는 사람인지, 사는 곳은 어디인지, 사는 곳은 있는지, 법을 위반한 적은 없는지 따위의 질문을 했다. 나는 그 상황에서 대두된 문제의 본질을 간파하고, 그들의 여러 가지 상이한 질문에, 어떤 직관에 이끌려, 단일한, 포괄적인 답으로 응수했다. 곧, 나는 법치주의를 신뢰하지 않는다고 말했다. 그들은 그게 무슨 말인지 못 알아듣는 것처럼 보였다. 그래서 나는, 법치주의에 대한 내 생각을 얘기해볼까요, 하고 말했는데, 그들은 귀담아 듣지 않는 것처럼 보였다. 그래서 나는 나의 그 말이 그들의 이해능력 밖에 있는 것이라는 생각을 했다. 그리고 그들의 이해능력 밖에 있는 진술을 한 나 역시 그들의 이해력 밖에 있다는 결론 또한 도출했다. 모든 게 자연스러워 보였다. 그리고 나는 불현듯, 모든 피의자들의 가장 기초적인 권리인 묵비권에 대한 생각이 떠올랐고 무거운 침묵에 잠겼다. 나는 언제나, 한 시민으로서의 의무는 다하지 못했지만, 그 대신 권리는 빠짐없이, 그것 또한 시민의 도리라고 생각하며, 행사해왔던 것이다. 나의 갑작스런 침묵이, 나 또한 놀란 나의 침묵이 그들을 놀라게 한 것처럼 보였다. 나는 변명하지 않았을 뿐만 아니라 그들의 불법적인 검문에 항의를 하지도 않았다. 결국 그들은 나를 경찰서로 데려가는 수밖에 없다는 말을 했다. 나는 그들이 나를 체포해갈 수 있도록 내 두 손을 가지런히 내밀었다. 그러자 그들 중 한 명이 오른손 검지를 들어 그의 머리 옆에 원을 그리는 시늉을 했다. 나는 그의 그 동작이 무엇을 의미하는지 알 수 있었다. 그렇게 정신 나간 자 같지는 않은데…… 오히려 그보다는 좀 모자라는 친구 같은데, 다른 한 명이 말했다. 나는 그들의 생각과는 달리 내가 정신이 나간 사람도, 모자라는 사람도 아니라는 것을 확인시켜줄 만한 어떤 내색도 하지 않았다. 대신 나는 내가 조금 후면 갇히게 될 유치장을, 유치장의 창살을, 그 창살을 두 손으로 붙잡고 그 사이로 얼굴을 내밀고 있을 나 자신을 떠올리며 그들의 조처를 기다렸다. 하지만 그들은 자신들의 임무를 소홀히 하며, 나를 그냥 보내려했다. 나는 우겼다. 그럴 수는 없다고. 나는 다시 그들에게 나를 경찰서에 데려가달라는 말을 했다. 우선 그 순간 참을 수 없게 느껴지는 추위만이라도 어떻게든 피하고 싶었다. 추위를 피할 수만 있다면 그곳이 어디든, 지옥의 불길 속이라 하더라도 상관이 없었다. 나는 그 상황에서 내가 빠져나갈 수 없는, 나 자신에게 불리한 처지를 만들어 내가 빠져나갈 수 없게 만들고 싶었지만 어떻게 해야 좋을지 알 수 없었다. 그때 그들 중 한 명이 내 마음을 읽고, 원한다면 당신을 체포해 데려가겠소, 하고 말했다. 나는 그들의 체포에 순순히 응했다. 나는 그들의 친절에 감사했다. 나의 그 태도에는 결국 그렇게 될 것을 알고 있었던 사람이 자신을 누군가의 손에 내맡기는 자연스러움이 있었다. 한데 내가 수갑을 채워주기를 바라며 두 손을 내밀었지만 그들은 내 손에 수갑을 채우거나 하지는 않았다. 그들은 내가 얼마나 위험할 수도 있는 인물인지 모르고 있는 것 같았다.

그들은 나를 앞세우고 경찰서로 향했다. 경찰서로 가는 도중에 나는, 경찰서에 도착하게 되면 몸을 쉬게 할 수 있는 곳을 만들어달라고 해야지, 하고 생각했다. 나는 그 전에도 경찰서에 간 적이 있었고, 그래서 그런 것을 부탁할 수 있다는 것을 알고 있었다. 아니, 그 부탁을 하기 전에 먹을 것이 있으면 조금 달라고 해야지, 아니 그 부탁을 하기 전에 난롯불을 조금 쬐게 해달라고 해야지, 나는 생각했다. 이상하게도 모든 것이 내 뜻대로 이루어질 것만 같았고, 그래서 벌써부터 기대가 되었다.

경찰서는 그다지 멀지 않은 곳에 있었다. 나는 그곳 경찰서에서, 그들이 내게 얘기해주지 않아도, 내가 어떻게 해야 되는지 잘 알고 있었다. 경찰서 입구에 들어서는 순간, 권력 계통의 사람들 앞에 있을 때면 괜히 움츠러드는 나는 그러지 않으려고 목에 힘을 잔뜩 주었다. 경찰관은 나를 책상에 앉아 간식을 먹고 있던 어떤 형사에게 인도했다. 무슨 일이야, 먹고 있던 샌드위치를 책상 위에 내려놓으며 그가 물었다. 그의 샌드위치를 따라 아래로 떨구어졌던 시선을 들며 나는 형사를 쳐다보았다. 신원을 알 수 없는 자입니다. 횡설수설하는데 하나도 알아들을 수가 없습니다. 경찰관이 말했다. 신원을 알 수 없는 자라고, 형사가 말했다. 나는 고개를 끄덕였다. 자네한테 물은 게 아냐, 그가 내게 말했다. 자넨 누구야, 그가 물었다. 나는 조금 전 형사가 질문을 한, 그를 대신해서 내가 고개를 끄덕인 경찰관을 쳐다보았다. 경찰관은 내게, 턱 끝을 움직여 형사를 보라는 표시를 했다. 이건 자네한테 묻는 거야, 형사가 나를 향해 말했다. 나는 다시 형사를 바라보았지만 아무 말도 하지 않았다. 아무런 대답도 하지 않는 그 상태가 지극히 자연스럽게 여겨졌다. 모든 게 자연스럽기만 하면 그만이라는 생각을, 항상 나는 나의 지배적인 생각으로 가져왔었다. 나는 그즈음 해서 내가 의자에 앉는 것 또한 자연스런 것으로 여겨졌고, 그래서 형사가 앉아 있는 책상 옆에 있는 철제 의자에 앉았다. 누가 자네더러 거기에 앉으라고 했나, 형사가 말했다. 나는 자리에서 일어났다. 허락을 받은 후 다시 앉고 싶었다. 그 의자에 다시 앉아, 그가 말했다. 나는 다시 앉지 않았다. 그것은 자연스럽게 여겨지지 않았다. 그렇게 서 있을 거야, 형사가 말했다. 나는 머뭇거리며 다시 그 의자에 앉았다. 이것 또한 자연스럽지 않게 여겨졌다. 똑바로 앉아, 형사가 말했다. 나는 나의 몸이 기울어져 있는 것을 알아차리고 자세를 똑바로 했다. 그렇게 빳빳하게 앉지 않아도 돼, 형사가 말했다. 형사는 나를, 관찰이라고 하는 것이 어울리게, 쳐다보았다. 누군가가 나를 그렇게 쳐다보는 것에 익숙한 나로서는 그것이 조금도 거북하지 않았다. 나는 형사 뒤쪽에 바퀴가 달려 있는 난로가 있는 것을 발견하고는 의자를 난로 가까이 밀어 앉았다. 누가 난로 가까이와도 된다고 했나, 본래 있던 자리로 돌아가, 형사가 말했다. 나는 본래의 자리로 돌아왔다. 추워, 형사가 물었다. 나는 고개를 끄덕였다. 추워 보이긴 하는군, 형사가 말했다. 형사는 난로를 내 가까이 밀어주었다. 신분증 같은 거 없어, 형사가 말했다. 나는 고개를 끄덕였다. 또다시 나는 형사가 거의 눈치채지 못하게 난로 가까이로 조금씩 다가갔다. 이름은, 그가 말했다. 나는 내가 기억하는 내 이름을 말했다. 좋은 이름이군, 그가 말했다. 마음에 안 드는 이름이죠, 내가 말했다. 그는 호기심을 갖고 나를 바라보았다. 하지만 나는 그가 내게 보이는 만큼의 호기심을 그에게 보일 수 없었다. 그런데 그때 뭔가가 타는 냄새가 났고, 나는 그것이 난로에 너무 가까이 다가간 나의 무릎 부위의 바지가 타며 내는 것이라는 것을 깨달았다. 무릎이 불에 덴 듯 몹시 따가웠다. 나는 얼른 뒤로 물러나 앉았다. 형사는 마치 그것이 재미있다는 듯 웃음을 터뜨렸다. 괜찮아, 형사가 물었다. 나는 화끈거리는 무릎을 만지며 고개를 끄덕였다. 좋아, 당신은 뭐 하는 사람이야, 형사가 물었다. 밤길을 걷다가 붙잡혀온 사람인데요, 나는 그것이 올바른 대답이 될 수 있는지 의심하면서도 그렇게 말했다. 그건 나도 이미 알고 있는 거야, 내 말은 당신이 누구냐는 거야, 그가 물었다. 나는 그의 질문에 대해 깊이 생각해보았다. 하지만 마땅한 대답이 떠오르지 않았다. 그가 다그쳐 물었다. 나는 내가 열심히 생각을 하는 데 지장을 주는, 누군가가 말참견하는 것을 다른 무엇보다도 싫어했다. 나는 대답을 하지 않았다. 대답은 않고 뭐 하는 거야, 그가 말했다. 대답을 생각중인데요, 내가 말했다. 하지만 그 순간 나는 내가 어떤 질문을 받았는지조차 잊어버린 상태였다. 자넨 누구야, 그는 다시 다그쳐 물었다. 잘 모르겠는데요, 나는 사실에 충실한 답변을 했다. 그 질문은 평생에 걸쳐, 사람들이 내게 말을 걸어올 때면 한 질문이었지만 그때마다 나는 어떤 대답을 해야 좋을지 알 수 없었다. 그는 좀더 큰 소리로, 그리고 좀더 분명하게 말하라고 했다. 나의 목소리는 내 귀에조차 겨우 들렸다. 그것은 옆에서 누군가가 의자를 끄는 소리에도 파묻히는 것이었다. 나는 입을 벌리는 것조차도 버거웠다. 나는 지칠 대로 지쳐 있었다. 내 귀에 들리게 말하란 말야, 알았어, 형사가 말했다. 나는, 알겠다고, 그러겠다고 고함을 질렀다. 주위에 있던 다른 사람들이 나를 쳐다보았다. 그러자 이제 그는 목소리를 조금 낮추라고 했다. 나의 목소리는 다시 기어들어가는 것으로 바뀌었다. 입을 좀 벌려볼 테야, 형사가 말했다. 나는 왜 갑자기 그가 입을 벌리게 하는지 알 수 없었지만 그가 하라는 대로 했다. 입 안에는 아무것도 없군, 그런데 왜 그렇게 우물우물하는 거야, 뭔가를 씹으면서 말을 할 때처럼, 그가 말했다. 나는 부끄러운 마음에 고개를 떨궜다. 하지만 나의 그 불분명한 발음은 내 이상한 구강구조 때문에 어쩔 수가 없는 것이었다. 어쨌든 입 안의 이상한 구강구조가 밖으로 드러나지 않는 것이 다행이라면 다행이었다. 직업은, 그가 물었다. 아무 일도 하지 않는데요, 내가 말했다. 그는 한심하다는 듯 나를 바라보았다. 거주지는, 그가 물었다. 그런 건 없는데요, 내가 말했다. 그는 약간 짜증이 난 듯했다. 나는 이해했다. 내 말은, 그가 짜증을 내는 것도 당연하다는 것을 이해한 것이 아니라, 그가 짜증이 나 있다는 것을 이해했다는 의미이다. 그런 거 없이 지낸 지가 오래되었죠. 나는 내가 내 신분을 감추고 있는 것이 아니라는 점을 분명히 했다. 나는 나의 상황과 관련해 내가 말할 수 있는 것들을 솔직하게 말했고, 말할 수 없는 것들은 솔직하게 말하지 않았다. 다시 말해 말할 수 없는 것들을 솔직하지 않게 지어내어 말하거나 하지는 않았다. 나는 나의 그 솔직함에 깊은 감명을 받았다. 제가 말한 것들은 틀림없습니다, 내가 한 말이 내가 말하고자 한 것을 부족하게밖에 담지 못했다는 생각을 한 나는 보충을 했다. 그는 내 뒤에 누가 있는 건 아닌지 물었다. 나는 내 뒤를 돌아보았지만 그곳에는 아무도 없었다. 아무도 없는데요, 내가 말했다. 내 말은 그 말이 아냐, 자네 배후에 누가 있는 건 아니냐는 거야, 그가 말했다. 아, 내가 말했다. 나는 그의 말을 이해했다. 나는 평소에 내가 생각하던 바, 즉 항상 정체를 알 수 없는 누군가가 내 뒤에서 나를 조종하고 있다는 느낌이 든다는, 그런 요지의 말을 했다. 그는 기가 막히다는 듯 나를 쳐다보았다. 그런 다음 그는 이것저것, 내가 반도 알아들을 수 없는 질문을 했고, 나는 그가 묻는 말에, 나름대로 성심성의껏, 네와 아니오라는 단어로, 마음 내키는 대로 응수했다. 내가 무슨 말을 하는지는 나로서는 알 바가 아닌 것으로 생각되었다. 나는 내가 하는 말의 핵심을 놓친 채로, 내가 하는 말의 핵심을 놓치게, 핵심을 없애며, 핵심이라곤 없는 말을 하고 있었다. 그 점은 나로서도 알 수 있었다. 그리고 그것을 그다지 힘들지 않게 해내고 있었다. 소귀에 경읽기군, 그가 말했다. 나는 고개를 끄덕였다. 그는 잠시 말을 멈추었다. 나는 모호하게 이어지던 나의 생각을 멈췄다. 하지만 곧 멈춰진 생각 뒤로 좀더 모호하면서도 끊겨진, 서로를 잇기 어려운 생각들이 끈질기게 이어졌다. 무슨 생각을 하고 있나, 잠시 사이를 두고, 내가 아무 말이 없자 그가 물었다. 나는 그 순간 내가 생각지 않을 수 없었던 것, 즉 엉덩이가 아파오고 있다는 생각을 하고 있었다. 좀 편한 의자에 앉을 수는 없나요, 내가 물었다. 편한 의자에 앉고 싶은 욕망은 거의 갈구에 가까운 것으로 바뀌었다. 여기가 자네 집 안방인 줄 알아, 그대로 가만있어, 그 말을 하면서도 그는 그의 옆에 있던, 비닐커버에 쿠션이 있는, 좀더 편한 의자를 밀어, 내가 거기에 앉도록 허락했다. 나는 그가 그렇게 하리라는 것을, 나를 쳐다보는 그의, 어쩐지 너그러운 시선에서 알 수 있었다. 하지만 그 의자는 좀더 편하긴 했지만 여전히 불편한 것이었다. 그는 계속해서 나에 관해 알고 싶은 것들을 물었다. 나는 그가 나에 관해 그토록 알려고 드는 것에 기분이 좋아지는 대신 성가셔지기 시작했다. 나는 졸음을 느꼈지만, 그럼에도 그가 하는 말을 놓치지 않기 위해 그가 하는 말을 마음속으로 따라 하며 간신히 졸음을 이겼다. 하지만 그가 하는 말을 따라 하는 데 몰두한 탓에, 또는 몰두한 덕분에 그가 하는 말의 뜻까지 파악

할 수는 없었다. 그는 다시 내게 뭐라고 물었다. 나는 아무 말도 하지 않았다. 나의 생각들은 내가 그것들을 다시 불러올 수 없는 곳으로 멀어지며 흩어져가고 있었다. 그리고 그 생각들은 그것들이 멀어져가는 곳으로 나 또한 데려가고 있었다. 이건 완전 소귀에 경 읽기군, 그가 말했다. 그것은 그가 조금 전에도 한 말이라는 생각을 했지만 그것을 말하지는 않았다. 나의 몸은 나로서도 그것을 알 수 있게 삐딱하게 기울어져 있었다. 나른함이 주는 만족감이 내 가까이 와 있는 것을 느낄 수 있었다. 그것은 의식의 고삐를 늦추지 않고서는 맛볼 수 없는 것이었고, 그래서 나는 의식의 고삐를 좀더 늦췄다. 이제 나는 어떻게든, 눕고 싶은 마음뿐이었다. 내가 누워야 할 시간이, 물론 그런 것이 정해져 있는 것은 아니었지만, 훨씬 지나 있었다. 그는 자세를 똑바로 한 후 나를 똑바로 앉게 한 다음 내 눈을 똑바로 쳐다보며, 동시에 나로 하여금 그의 눈을 똑바로 쳐다보게 한 후 얘기를 했다. 그는 내게 아무런 신분증도 없이 돌아다니는 것은 불법에 해당한다는 사실을 이해시키고, 내가 나의 죄의 심각성을 시인하고, 재발 방지를 약속하게 하기 위해, 내게 도움을 구하고 있었다. 나 또한 내게 도움을 구하는 그를 돕기 위해 내게 도움을 구했다. 하지만 나뿐만 아니라 그 역시 그것이 소용없다는 것을 알고 있는 듯했다. 이제 나는 어떻게 되는 건가요? 마치 내가 어떻게 되는지 알고 싶어하는 사람처럼, 그리고 그것이 내게 어떤 상관이 있기나 한 것처럼 내가 말하는 것을 나는 들을 수 있었다. 자네를 방면해주겠네, 형사가 말했다. 나는 그를 쳐다보았다. 풀어주겠단 말야, 그가 말했다. 나는 나의 정신상태가 그들이 나를 자유롭게 처벌하는 데 어떤 지장을 주고 있다는 것을 어렴풋하게나마 이해할 수 있었다. 지금까지의 그의 말을 내가 이해했는지 확인하기라도 하듯 그는 나를 쳐다보았다. 나는 잠시 아무 말도 하지 않았다. 하지만 조금 후 내 입에서 튀어나온 말은 내가 듣기에도 놀라운 것이었다. 나를 당신들의 법에 따라 처리해주시오, 라고 나는 말했던 것이다. 그 말이 그에게 어떤 감명을 준 모양이었다. 왜냐하면 그는, 아니 그 사이 내가 모르게, 내게 호기심을 느끼고 나를 바라보고 있던 옆 책상의 형사 두 명까지 웃음을 터뜨렸으니까. 그러고 싶지만 그럴 수가 없어, 형사가 아쉬운 듯 말했다. 그건 자네가 법의 위는 아니지만, 법의 옆에, 정확히 말해, 법의 바깥에 있기 때문이지.

잠시 후 형사는 경찰관들과 함께 나의 거취 문제에 대해 얘기를 나누었고, 나는 그 얘기를 잠자코 듣고 있었다. 내가 전부를 이해할 수는 없었지만 내 나름대로 보충해 이해한 요지는 다음과 같았다. 즉, 이 자의 정상적이지 않은 정신상태를 참작할 때 처벌은 불가능하다, 그러니 복지시설에 보내는 것이 좋을 것 같다, 하는 것이었다. 형사는 수첩을 열어 그 안에 있던 전화번호 하나를 메모했다. 하지만 나는 완강히 저항했다. 나는 다시는 그곳으로 돌아가고 싶지 않았다. 그곳에 연락을 할 테니 가도록 하게, 그곳에서 직원이 올 거야, 그가 말했다. 조금 전의 그 완강한 태도는 어디로 사라졌는지, 나는 곧 잠잠해졌다. 조금 후 그는 그가 먹던 샌드위치를 다시 집어들어 한입을 베어 물었다. 나는 그가 식사를 하는 것을 빤히 쳐다보았다. 배가 고프거나 하지는 않나, 그가 물었다. 나는 잠시 생각 끝에 고개를 저었다. 안 고프다고, 그가 말했다. 나는 다시 고개를 저었다. 배가 고프다는 거야, 안 고프다는 거야, 그가 말했다. 그다지 고프지는 않지만…… 이번에는 나는 고개를 젓는 대신 말로 했다. 고프긴 고프다 이거야, 그가 말했다. 마지막으로 뭔가를 먹은 지가, 아무것도 먹지 못한 지가 꽤 오래된 것 같았다. 그 두 가지가 같은 것임에도 전자에 비해 후자가 훨씬 더 오래된 것 같았다. 그는 내게 그가 먹다 만 샌드위치를 내밀었다. 나는 그것을, 내 의도와는 달리 덥석 받아 쥐었다. 나는 그가 입을 대지 않은 쪽부터 먹기 시작했다. 그의 입이 닿은 곳은 남길 생각이었다. 하지만 내가 보는 앞에서 샌드위치는 나로서는 입을 대지 않으려 했던, 그가 입을 댄 곳까지 깨끗하게 내 입 안으로 사라져버렸다. 그는 나를 가엾다는 듯 쳐다보았고, 나는 그의 그 시선 앞에서 가여운 척이라도 해야 할 것 같았다. 배가 고팠던 모양이군, 그가 말했다. 나는 아무 말도 할 수 없었는데, 급하게 샌드위치를 먹느라 목이 메었기 때문이었다. 나는 목을 손으로 쥐는 시늉을 했다. 그는 내가 그러는 이유를 다 알면서도 마치 모르기라도 하듯 나를 쳐다보더니 서랍 속에서 우유를 꺼내 내게 주었다. 이것도 먹어, 그가 말했다. 나는 왜 이왕 줄 거면서 우유를 샌드위치와 함께 주지 않았는지, 그가 원망스러웠다. 먹을 걸 더 줄까, 그가 말했다. 나는 이번에는 망설이지 않고 고개를 끄덕였다. 하지만 더 줄 게 없는데, 그가 말했다. 더 줄 것도 없으면서 왜 그런 말은 하는 거야, 나는 생각했다. 더 줄 것도 없으면서 왜 그런 말은 하는 거야, 하는 생각을 하고 있는 거지, 그가 말했다. 그는 사람의 마음을 잘 읽는 것 같았다. 그냥 해본 소리야, 보통 그런 말을 들으면 사람들은 됐다고 하거든. 그는 나를 바라보며 미소를 지었다.

그때서야 나는 내가 있는 경찰서 안을 찬찬히 바라볼 수 있었다. 야근을 하는 경찰 몇 명이 눈에 띌 뿐 경찰서 안은 평화로웠다. 경찰서 한쪽 구석에 있는 유치장 안에는 아무도 없었다. 유치장 안은 내가 쉬기에는 안성맞춤인 장소로 여겨졌다. 저 안에 들어가 있으면 안 될까요, 내가 말했다. 형사는 고개를 저었다. 저긴 아무나 들어갈 수 있는 곳이 아냐, 자네는 자격이 안 돼, 아쉽겠지만, 그가 말했다. 그런 다음 그는 그의 할 일을 했다. 나는 잠자코 있었다. 무슨 생각을 하고 있나, 다시 그의 일을 하던 그가 흘낏 나를 쳐다보며 물었다. 외계인이 지구에 오게 되면 제일 먼저 나를 찾아올 것 같은데, 그들을 어떻게 맞아야 할지를 생각하고 있었던 건 아니라고, 나는 대답했다. 그는 나를 이상하다는 눈빛으로 바라보았다. 나 역시 그런 말을 한 내가 이상하게 여겨졌고, 그래서 그런 말을 한 나를 이상한 눈빛으로 보는 형사가 이해가 되었다. 형사는 나를 빤히, 마치 내가 무슨 말을 또 할지 보고 싶다는 듯 쳐다보았다. 나 또한 형사를 바라보며, 내가 무슨 말을 할지 두고 보았다. 하지만 나는 더이상 아무 말도 하지 않았다. 지금은 무슨 생각을 하고 있나, 그가 다시 물었다. 그는 나와 얘기를 나누는 것이 그의 일을 하는 것보다 재미있는 모양이었다. 아니면, 그는 그의 일을 하는 것이 다른 어떤 일을 하는 것보다도 더 싫은 것이 틀림없었다. 하지만 끝내 내가 아무 말이 없자 그는 고개를 책상 앞으로 돌렸다. 저기요, 내가 말했다. 형사가 다시 고개를 다시 내 쪽으로 돌렸다. 무슨 일이야, 그가 말했다. 나는 아무 말도 꺼내지 못했다. 특별히 할말이 있었던 것이 아니었던 것이다. 이제부터는 할말이 있더라도 잠자코 있도록 해, 그가 말했다.

그 사이에 아침이 시작되고 있었고, 경찰서 안은 조금씩 분주해졌다. 형사는 야근이 끝난 듯 퇴근 준비를 했다. 다른 형사 한 명이 왔다. 형사는 나를 그에게 넘기며, 전화번호가 적힌 메모지를 전해주며, 나에 대한 얘기를 했다. 살아오면서 나는 다른 사람들이 나에 대한 얘기를 나누는 것을 너무도 많이 들어와, 내가 나에 대해 이해하는 바 또한 그 이야기들로부터 분리시킬 수가 없을 정도였다. 새로 온 형사는 나를 한번 흘낏 쳐다보더니, 별로 볼 만한 것이 못 된다는 듯 고개를 돌려버리고는 자리에 앉아 그의 할 일을 했다. 그는 바쁜 척을 하며 서류를 뒤적였다. 나는 그가 일을 하는 것을 가만히 쳐다보고 있었다. 허리에서 통증이 느껴졌다. 그 통증 자체는 전혀 새로울 것이 없는 것으로 내가 잘 알고 있고, 그것을 느끼며 내가 안심할 수 있는 것이었다. 그것은 단순한 통증 이상이면서도 그 이상은 아닌 통증이었다. 아니, 그것이 나의 전부라는 생각이 들게 하는 그 통증은 통증이 아니면서도 통증이 아닌 것은 아닌 어떤 것이었다. 다행히도 통증은 허리 가까운 곳에 머물 뿐 몸의 다른 곳으로 폭넓게 퍼져나가지는 않았다.

형사는 내게 아무런 관심이 없는 모양이었다. 그는 내가 그의 옆에 있다는 사실조차 잊은 듯했다. 나는 내가 거기 있다는 것을, 거기 없는 게 아니라는 것을 알게 하고 싶었다. 나는 헛기침을 했다. 그는 아무런 반응이 없었다. 헛기침으로는 안 되겠군, 나는 중얼거렸다. 나는 코를 푸는 시늉을 했다. 하지만 그는 내게 눈길조차 주지 않았다. 이걸로도 안 되겠어, 하지만 방법은 또 있지, 나는 중얼거렸다. 나는 내 머리를 한 대 쥐어박았다. 그는 잠시 딴 곳으로 고개를 돌렸다. 나는 내가 앉아 있는 의자의 등받이를 손톱으로 긁기 시작했다. 그렇게 하고 있는 나로서도 신경에 거슬리는 소리가 들렸다. 그것은 내가 나의 신경을 긁어놓고 싶을 때 하는 여러 가지 짓 중의 하나였다. 하지만 형사는 그 소리는 못 들은 듯 그의 머리를 긁기 시작했다. 나는 다시 잠자코 앉아 있었다. 그제야 형사는 흘낏 나를 쳐다보더니 다시 고개를 돌렸다. 조금 있자 나는 곧 무슨 말이든, 뭐든 하고 싶어졌다. 무슨 말이든, 뭐든 하고 싶어하는 나를 제지하고 싶지 않았다. 나는 자리에서 일어났다. 그대로 앉아 있어, 일어나라고 할 때까지는 일어나지 마, 형사는 나를 보지도 않고서 말했다. 나는 그가 일어나라고 하기 전까지는 일어나지 않으려고 애를 썼다. 그러한 노력의 결과로 이제는 그가 일어나라고 하더라도 일어나지 않을 수 있게 된 것 같았다. 그런데 조금씩 배가 가렵기 시작했다. 나는 가려운 것을 무시하려고 애를 썼지만 소용이 없었다. 나는 가려운 곳을 긁었다. 그런데 배가 가렵던 것은 조금 진정이 되었지만, 이번에는 옆구리가 가렵기 시작했다. 나는 다시 옆구리를 긁기 시작했다. 그러자 이번에는 가려운 곳이 등 쪽으로 옮겨갔다. 몸이 가려운 것과 관련해 놀라운 사실은 한 군데를 긁게 되면 가려운 곳이 주위로 확산

되어, 결국에는 온몸이 가렵게 된다는 것이었다. 가려움증은 평생을 나와 함께 한, 내가 가장 무서워하는 배고픔보다도 더 무서운 것은 아니었지만 거의 그것만큼 무서운 것이었다. 나는 할 수 있는 한 몸을 비비 꼬며 온몸을 긁기 시작했다. 지금 뭐 하는 거야, 나를 놀리고 있는 거야, 형사가 나를 흘깃 쳐다보며 말했다. 나는 그런 것이 아니라고 말했다. 형사는, 나를 놀리는 건 좋지만, 내가 놀림을 당하고 있다는 느낌이 들게는 하지 마, 하고 말한 뒤 고개를 돌려버렸다. 나는 내 몸 여기저기로 조금씩 옮겨가는 가려운 곳을 마음속으로 추적하는 것으로 그곳을 긁는 것을 대신하려 애를 썼다.

조금 있자 한 남자가 경찰관의 손에 이끌려왔다. 나는 저절로 감기는 눈을 가까스로 떠 새로 붙들려온 남자를 바라보았다. 내가 거리의 지하도에서 본, 이상한 행동을 한 후 내 앞에서 순식간에 사라진 작자처럼 보였다. 하지만 희미한 조명 아래서 본 그가 확실한지는 나의 희미한 의식으로는 확실치 않았다. 그의 얼굴은 헝클어진 머리칼에 가려 분명하게 보이지 않았다. 그의 손목에는 진짜 수갑이 제대로 채워져 있었는데, 손등에는 피가 묻어 있었다. 그를 위해 나는 자리에서 일어나야 했다. 나는 뒷전으로 밀려났다. 저쪽에 가 있어, 조금 떨어진 곳에 있는 의자를 가리키며 형사가 말했다. 형사는 수갑이 채워진 남자에게 몇 가지 질문을 했지만 그는 입을 굳게 닫고 있었다. 형사의 질문으로 미루어보아 그는 누군가의 집에 물건을 훔치러 들어갔다가 붙들린 모양이었다. 그의 손에 묻은 피로 보아 체포되는 과정에서 약간의 격투가 있었던 게 틀림없었다. 하지만 도둑의 얼굴이라는 게 따로 있는 건 아닐 테지만 그는 도둑으로는 보이지 않았다. 형사는 그를 다그쳤지만 여전히 그는 아무 말도 하지 않았다. 잠시 일어서 있어도 될까요, 아무 말 없이 앉아 있던 남자가 불쑥 말했다, 다리가 저려서. 형사는 그를 쳐다보았다. 도둑이 제 발 저린 모양이지, 형사가 말했다, 꼼짝 말고 앉아 있어. 도둑은 다리가 저린 게 몹시 고통스런 모양이었다. 솔직히 털어놓으면 일어서게 해주지, 형사가 말했다. 도둑은 조금씩 그의 범죄를 털어놓기 시작했다. 나는 그들의 말을 엿듣기 위해 몸을 기울였다. 이제 도둑의 얼굴은 조금씩 도둑으로 보이기 시작했다. 그런데 그 순간 그들을 바라보고 있는 나의 다리가 저리기 시작했다. 나는 자리에서 일어나 잠시 다리를 푼 뒤 다시 앉았다. 아무도 신경을 쓰지 않았다. 그들은 내가 전혀 위험한 인물이 못 된다는 것을 알고 있는 것 같았다. 나는 일어섰다가 앉기를 몇 차례 반복한 후 앉았다. 도둑에 대한 형사의 취조는 계속되고 있었다. 도둑은 이제 순순히 모든 것을 털어놓고 있었다. 그는 모든 것을 포기한 듯 보였다. 하지만 그가 털어놓는 범행은, 그것이 무엇이었는지 분명히 알 수는 없었지만 시시한 것처럼 보였다. 그는 좀도둑에 지나지 않는 것 같았다. 그가 무엇을 훔치기나 했는지도 분명치 않았다. 더이상 그가 하는 이야기가 귀에 들어오지 않았다. 가려움증이 휩쓸고 지나간 몸 위로 아무런 감각도 떠오르지 않았다. 내 가까이, 내게 닿아 있거나 인접해 있는 모든 사물들이 실체감이 없어지면서 그 표면을 직접 만지는 대신 희미한 의식으로 더듬는 것을 통해서만 가까스로 느낄 수 있었다. 그리고 무료함이 조금씩 부풀어갔다. 내가 나를 치 떨리게 하는, 그럼으로써 무료함으로부터는 벗어날 수 있는 방법이 잘 생각나지 않았다. 나는 무심히 호주머니 속에 손을 넣었고, 그 안에 돌멩이 두 개가 들어 있는 것을 발견했다. 나는 돌멩이를 내 바지의 두 호주머니에 나눠 넣은 다음 만지작거렸다. 아무 쓸모없을 거라고 생각했던 이 돌멩이도 이렇게 쓸모가 있군, 나는 중얼거렸다. 나는 다시 돌멩이 두 개를 한쪽 호주머니에 넣었다. 그런 다음 그 두 개를 동시에 만지작거렸다. 형사가 나를 쳐다보았다. 무슨 소리지, 호주머니 안에 있는 게 뭐야, 그가 말했다. 나는 아무 말도 하지 않았다. 그는 내게 다가와 내 호주머니에서 돌멩이를 꺼냈다. 이건 뭐지, 그가 말했다. 돌멩인데요, 내가 말했다. 뭐 하는 돌멩이야, 그가 말했다. 그냥 돌멩인데요, 내가 말했다. 그것 자체로는 아무것도 하는 게 없는 돌멩이지, 나는 생각했다. 왜 자네 호주머니 속에 돌멩이들이 들어 있지, 그가 말했다. 나는 아무 대답도 하지 않았다. 그는 수상하다는 듯 나를, 그리고 돌멩이를 바라보았지만, 곧 그것을 꼭 수상하게 생각해야 할 이유는 없다고 생각한 듯 내게 다시 돌려주었다. 나는 돌멩이를 다시 양쪽 호주머니 속에 나눠 넣었다. 돌멩이들은 나의 도움으로 그것들이 최종적으로 있어야 할 곳에 있게 된 것 같았다. 그러고 나자 이제 더이상 아무런 할 일도 남아 있지 않은 것처럼 느껴졌다. 그리고 더이상 아무런 생각도 들지 않았다. 더이상 아무런 생각도 들지 않는군, 하고 나는 생각했다. 하지만 그것은 나의 생각일 뿐, 또다시 나의 머릿속을 들쑤셔놓을 수많은 생각들이 나의 머릿속을 기웃거리고 있다는 것을 나는 잘 알고 있었다. 형사는 다시 그의 할 일로 돌아갔다. 나는 자리에서 일어났다. 아니, 누군가의 손에 의해 일으켜지기라도 한 듯 저절로 자리에서 일어나졌다. 오랫동안 너무도 수동적인 삶에만 익숙해진 탓에 나는 내가 하는 조금의 능동적인 일조차도 수동적으로 이루어지는 것처럼 할 수 없었다. 아무도 나를 제지하지 않았다. 나는 조금 떨어진 곳까지 걸어갔다. 역시 아무도 내게 신경을 쓰지 않았다. 나는 다시 내 자리로 돌아가 앉았다. 그런 다음 다시 일어나 이번에는 조금 전보다 조금더 먼 곳까지 걸어갔다. 아무도 내게 신경을 쓰지 않기는 마찬가지였다. 나는 다시 내 자리로 돌아가 앉았다. 내가 왔다갔다하는 것에 대해 경찰서 안의 누구도 신경을 쓰지 않고 있었다. 그들에게는 나의 모습이 전혀 보이지 않는 모양이었다. 나 또한 내가 아닌, 나의 그림자만 볼 수 있었다. 나는 나 자신이 유령처럼 느껴졌다. 나 또한 내가 유령이라는 걸 알아야 해, 알게 해줘야 해, 나는 중얼거렸다. 나는 그곳에 있어도 없어도 상관이 없는 존재였다. 나는 아무런 차이도 만들지 않고 있었다. 내가 이 세계에서 어떤 차이도 만들어내지 못한다는 사실의 놀라움을 그 순간의 그 장소에서 보게 되는 것이 놀랍거나 하지는 않았다. 나는 그곳에 더이상 있을 필요가 없었다. 나는 마치 아무 일도 없는 것처럼 자리에서 일어나 책상들 사이를 지나 경찰서 밖으로 나왔다.

눈은 더이상 내리지 않고 있었다. 하지만 그 사이 두텁게 내린 눈으로 세상은 온통 하얗게 변해 있었다. 나는 그러한 풍경이 마음에 든다는 듯 바라보았고, 그러자 실제로 마음에 들기 시작했다. 나는 눈 쌓인 거리 위로 발을 내디뎠다. 발목까지 빠지는 눈이었음에도 그 눈 위로 나의 발자국은 찍히지 않았다. 나의 발자국을 일부러 지울 필요조차도 없었다. 그 모든 것이 자연스럽게 여겨졌다. 나는 그 거리 위를, 이제 막 지구에 도착한 외계인처럼, 또는 그 외계인을 마중 나가는 사람처럼 질주하기 시작했다.

## 고문하는 고문당하는 자

어디에서 시작했지, 그가 묻는다. 너는 줄곧 네가 바라보고 있던 지점을 응시한다. 그는 그의 시선을 너의 시선 아래로 떨군다. 너의 시선은 그것 아래로 내려진 그의 시선을 딛고 스스로를 일으킨다. 너희는 너희들의 고통과 그 고통의 맹목성 위로 주저앉는다. 여기서 너는 누구인가, 그리고 그는 누구인가, 그 질문이 성립될 수 있는 것인가를 너는 질문해본다. 우리는 가장 무의미한 일에 우리의 최상의 노력을 기울이고 있어, 그가 말한다.

문이 열리며 그가 어두운 방 안으로 들어선다. 실내의 모든 것이 희미하게 보이지만 그는 익숙하게 걸음을 떼 책상 앞으로 가 그 바로 위, 천장에 매달린 전등 스위치를 찾아 켠다. 원추형의 전등갓이 만들어낸 환한 불빛 속에, 방 한가운데에, 의자 위에, 마치 몸이 포개진 듯 구부러져 앉아 있는 너의 모습이 보인다.

잠시 방 안에 서 있던 그가 의자에 앉아 있는 너를 흘낏 내려다본 후 너를 외면하고, 책상을 사이에 두고 맞은편 의자에 앉는 것을 너는 최대한 느리게, 마음속으로 지연시키며 바라본다. 의자에 앉은 그는 책상 위의 서류들을 뒤적이는 척을 한다. 그가 조금 후 가하게 될 행위에 대해 너로 하여금 준비를 갖출 시간을 갖게 하는 것이다. 차가운 방 안의 냉기가 그가 내뿜는 콧김을 통해 선명하게 보인다.

그는 자신이 할 일을 마음속으로 정리하듯 손가락을 관자놀이에 댄 채로 가만히 있는다. 너는 묵묵히 그를 바라본다. 그와 너는 어떤 식당에서 우연히 자리를 같이하게 된 두 사람처럼 보인다. 어색한 시선이 너희 둘 사이에서 교차된다.

하지만 그와 너는 서로를 너무도 잘 아는 사이이다. 지난 며칠 사이, 그와 너는 갑자기 가까워졌으며, 서로가 서로에게 없어서는 안 되는 어떤 사이가 되었다. 그렇지만 그 사실이 너희 두 사람을 가까운 사이로 만들어준 것은 아니다.

그는 너를 고문하는 자이다. 그는 네게서 네가 기억하지 못하는, 하지만 네가 그 죄를 저지르지 않았다는 것 또한 이제는 불확실해진, 그렇다고 해서 네가 저질렀다고 자신할 수 없는 어떤 죄를 캐내는 일을 하고 있다.

그는 자리에서 일어나 난로의 불을 지핀다. 이내 종이에 옮겨붙은 불은 갈탄을 벌겋게 타오르게 한다. 그는 다시 자리에 앉는다. 잠시 그는 아무 말이 없다. 그는 바깥을 내다본다. 닫혀진 창밖으로, 어둠 속에서 흰 눈이 내리고 있다. 자못 낭만적인 어떤 밤이다. 가까운 곳에서 크리스마스가 며칠 남지 않았다는 것을 알리는 캐롤송이 희미하게 들려온다. 세상은 예수 그리스도의 탄생을 헛되게도 축복하고 있다. 하지만 다행히도 닫힌 창문이 그 소리를 희석시키고 있다. 그럼에도 그 소리는 꾸준하게 들려온다.

그가 너를 한번 흘낏 날카롭게 쏘아본다. 그런 다음 그는 책상에서 연필을 꺼내, 이미 날카로워질 대로 날카로워진 그것을 깎기 시작한다. 그의 그 동작을 통해 너는 너희에게 일어날 일을 기정사실로 받아들인다. 그는 마치 자신의 신경을 예리하게 다듬는 것처럼 보인다.

그가 자리에서 일어선다. 이제 곧 본격적인 고문이 시작될 것이다. 이 모든 것은 이전에도 비슷하게 되풀이되었던 과정이다. 지금까지의 고문은 그것 자체로도 고통스러웠지만, 그 지루하고 장황한 과정은 갈수록 네게 더 큰 고통을 안겨주고 있다. 고문 자체는 이미 의미를 상실한 것이다. 고통은 이제 완전한 무의미를 향해 치닫고 있을 뿐이다.

하지만 너의 예상과는 달리, 그는 그대로 우두커니 서 있을 뿐 네게 고문을 가할 어떤 준비도 하지 않는다. 그는 어떤 절차를, 그 순간에 요구되는 까다로운 과정을 생각해내려는 것 같다. 우리가 어디까지 했었지, 그가 묻는다. 너는 기억을 더듬지만 아무것도 떠오르지 않는다. 하긴 시작조차 이루어지지 않았지, 그가 말한다. 어쩌면 시작 이전으로 멀어져갔다고도 할 수 있을 거야. 나는 너를 그렇게 도왔는데도, 너는 나를 조금도 돕지 않았지. 그는 어떤 시간에, 어떤 범죄현장에 네가 있게 된 경위를 추궁한다. 너는 과거의 그 시간과 장소로 되돌아가기보다는, 나아가려고, 네게 애초부터 그런 것은 없었던 것처럼 여겨지기 때문에, 애를 쓴다. 하지만 아무런 소용이 없다. 며칠간의 추궁의 과정 속에서 그것은 더욱더 모호한 것이 되어버렸다. 너는 기억들을 가공하고, 그것들에 세부적인 그림을 그려넣지만 그것들은 더이상 알아볼 수 없는 지워진 자국에 불과하다. 어쨌든 이제 그 내용은 더이상 중요하지 않은 것이 되어버렸다.

그 며칠 사이 너의 생각들은 수없이 탈바꿈을 했고, 너는 더이상 너의 결백을 믿어 의심치 않을 수 없게 되었다. 너는 너의 믿음이 결정적으로 흔들리는, 너의 죄를 자백할 수 있게 되는 지점을 더듬어 찾는다. 그와 동시에 너는 네 안에서 고개를 내미는, 네가 죄를 저지른 것이 틀림없다는 너의 확신을 너의 가장 깊은 곳에 숨긴다.

그가 다시 묻는다. 하지만 너는 아무런 말도 하지 않는다. 나는 구체적인 답을 원해, 그가 말한다. 그는 연필을 들어 무심한 태도로 종이 위에 사각형을 그린 다음 그 안에 사람의 형상을 그린 뒤 그것을 빗금으로 채운다. 자신이 그린 그림을 보며, 바로 이런 것을, 하고 그가 말하며 연필을 내려놓는다. 그가 그린 그림 속에는 두 명의, 빗금으로 이루어진 사람이 있다. 한 명은 쓰러진 채로, 다른 한 명은 그 위로 몸을 기울인 채로. 그렇지만 네게는 그가 그린, 종이 위의 그림 또한 구체적이지 않은 어떤 것으로, 간신히 형태를 유지하고 있는 어떤 선들의 집합체로 보여질 뿐이다.

이 고문은 갈수록 네게 어떤 기억을 떠오르게 하기보다는 너의 생각들을 말끔하게 지워나가는 것이 되어가고 있다. 그가 너를 다그친다. 너는 그가 너를 다그치는 것을 보며, 그렇게 해서는 원하는 것을 네게서 얻을 수 없다는 생각을 한다. 그가 책상을 주먹으로 내려친다. 그 충격으로 책상 위에 놓여 있던 연필이 굴러 아래로 떨어진다.

너는 책상 밑에 떨어진, 네 쪽으로 굴러온 연필을 바라본다. 너는 연필을 주워 책상 위에 올려놓는다. 연필은 심이 부러져 있다. 그는 연필을 노려본다. 그는 연필을 쥐어, 부러진, 하지만 아직 매달려 있는 심을 부러뜨린다. 그런 다음 그는 조심스럽게 다시 연필을 깎기 시작한다. 그의 얼굴이, 마치 그 얼굴이 깎여나가기라도 하는 듯, 조금씩 일그러지기 시작한다. 저 연필이 저렇게 깎여나가는 것이 구체적인 어떤 것일 수 있을까, 너는 생각한다. 너는 날카롭게 된 연필심을 바라본다. 예리하게 드러난 검은 심은 그의 어떤 결심을 보여주고 있는 것만 같다. 그는 너를 노려본다. 너는 얼굴을 옆으로 돌린다. 그 또한 얼굴을 옆으로 돌린다.

지난 며칠 사이 우리는 아무것도 함께 밝혀낸 게 없어, 네가 힘든 것 이상으로 나 또한 힘들어지고 있어, 갈수록 이건 너를 위한, 네게 유리한, 네가 주재하는 고문이 되어가고 있는 것 같아, 그가 말한다. 그의 말이 어느 정도는 사실이라는 것에 너 또한 동의할 수 있다. 그의 얼굴이 네가 마음속으로 지정한 정도로 일그러진다. 그는 스스로를 자신의 일그러진 모습 속에 감춘다. 너는 그의, 표면적인 강함 속에서 드러나는 그 아래의 약함을 네 눈으로 목격한다. 지난번 마지막 고문 때 그는 거의 자포자기 상태가 되었다. 너는 그의 얼굴이 일그러진 정도로 너의 얼굴을 일그러뜨린다. 너는 그의 섬세한 손등 위로 튀어나와 있는 혈관을, 그 아래의, 뒤엉킨 형태를 본다. 너는 뒤틀린 존재인 그를 그것만큼 잘 보여주는 것은 없다는 생각을 한다. 그는 그의 그 손등을 얼굴에 문지른다.

오늘의 고문은 비교적 덜 가혹하다. 하지만 그것은 덜 가혹함으로써 가혹함이 지워질 수 있는 가혹함이 아니다. 그것은 네게 아무런 차이도 만들지 못한다. 그것은 고문이라는 점에서는 아무런 차이가 없다.

그와 너는 한동안 아무 말도 하지 않는다. 같은 공간을 점유하고 있는 서로의 존재가 견딜 수 없는 것으로 느껴질 때까지 오랫동안 너희는 그대로 앉아 있다. 그 침묵의 순간이 너를 새삼스럽게 고통스럽게 만든다. 너는 너의 고통이 자신의 입지를 넓혀가는 것을 느낀다. 너의 고통은 내용을 갖지 못하는, 윤곽만을 갖고 있는 어떤 구조의 모습을 취하고 있다. 너는 그것을 바라보는 것으로 그것이 자신의 형태를 허물게 만든다.

동시에 너는 너의 고통의 구조를 헝클어뜨리는 또다른 고통의 구조를 마련한다. 너의 고통이 입지를 넓혀갈수록 너는 너 자신이 축소되는 것을 느낀다. 너는 너의 축소 속에서 일어나는 또다른 확장을 느낀다. 그것은 고통에 대한 기대의 확장이다. 하지만 그 확장은 너의 더 큰 축소를 향해 번져나가는 것이다. 너는 너의 축소를 통해 너 자신을 느낀다. 너의 정체는 사라지는 가운데 또렷하게 감지된다. 너는 자신의 존재가 물체로, 아니 물체 이전의 존재로, 아니 물체의 존재 이전의 어떤 것으로 환원되는 것을 느낀다. 너는 물성이 사라진 너에 이르려고 애를 쓴다.

오늘은 끝을 낼 수 있으면 좋겠어, 그가 말한다. 너 또한 이 상황이 어떤 식으로든 끝이 나야 한다고 생각한다. 그리고 이 상황을 끝내는 가장 간단한 방법은 너를 끝내는 것이라 생각한다. 너는 가까운 곳에 머물고 있는, 머뭇거리고 있는 너의 끝을 불러온다. 너는 숨을 멈춘다. 끝은 의외로 가까운 곳에 있다. 너는 너의 멈춘 숨을 통해 그 사실을 확인한다. 호흡이 정지되는 순간 모든 것은 끝난다. 하지만 숨을 쉬지 않는 것으로 숨을 멎게 하는 것은 어려운 일이다. 네가 내쉬는 숨을 통해 그 끝은 다시 멀어진다.

그가 무슨 말인가를 한다. 너는 그 말들의 울림만을 느낀다. 그의 모든 말은 네게 다가오지 못하고 네 주변에 머물 뿐이다. 너 또한 무슨 말인가를 하고자 한다. 자신으로서도 그 의미를 알 수 없다는 것을 알 수 있는 어떤 말을. 의미를 벗어나 있으며, 그 상태로 자족적인 어떤 말을. 하지만 너는 어떤 말도 구상할 수가 없다. 너의 모든 생각들은 혼돈 속을 서툴게, 다리를 저는 사람처럼 가로질러갈 뿐이다. 너는 너의 언어가 고통을 받고 있다고 느낀다.

그때 가까운 곳, 어쩌면 문 쪽에서 어떤 소리가 난다. 너희는 동시에, 닫힌 문을 향해 고개를 돌린다. 하지만 곧 소리가 멈추며 더이상 아무런 소리도 나지 않는다. 너희는 서로의 얼굴을 바라본다, 어색한 표정으로. 다시 멀어져가는 발걸음 소리가 들려온다. 그리고는 더이상 아무 소리도 들려오지 않는다. 어디까지 했지, 그가 묻는다. 하지만 그것은 그가 그 상황의 어색함을 지우기 위해 내뱉은 말일 뿐이다. 너희 둘은 다시 침묵에 잠긴다.

며칠 전 쉬는 날에는 아내와 함께 밤을 주우러 갔었어, 한참 후 갑자기 그가 전혀 엉뚱한 말을 하기 시작한다. 일대가 온통 밤나무로 뒤덮인 밤나무 숲이었지. 그 숲은 지금은 비어 있는 나의 고향집 뒤쪽의 야산에 있어. 매년 가을이 되면 우리 부부는 그곳에 밤을 주우러가곤 했어. 그는 그전에도 고문 중간에 느닷없이 그의 가족에 대한 얘기를 하곤 했다. 그 이야기들은 대체로 두서가 없었고, 무엇보다도 네게 낯선 느낌을 줬다.

우리는 땅에 떨어져 쌓인 낙엽 썩어가는 냄새가 발을 내디딜 때마다 부드럽게 피어오르는 밤나무 숲을 한참 걸어갔지. 너는 그것이 어떤 느낌인지 떠올리려고, 그 느낌에 다가가려고 애를 쓴다. 하지만 그것은 아무런 느낌도, 적어도 네게는, 불러내지 않는 어떤 것이다. 그가 그전 며칠 동안에 네게 들려준 그의 가족에 관한 모든 이야기는 네가 그를 무심하게, 또는 냉담하게 상대할 수 있게 하는 데 도움이 되었을 뿐이다.

우리는 긴 장대를 들고 밤송이를 땄지. 이미 익을 대로 익어 잔뜩 벌어진 밤송이가 장대로 후려칠 때마다 땅바닥으로 떨어졌어. 우리는 아이들처럼 즐겁게 그것을 주워 모았지. 그 동안 내가 아내한테 소홀했다는 생각이 들었고, 그녀가 웃는 모습을 보자 기분이 좋았어. 한참 동안 밤을 따다 지친 우리는 잠시 쉬었어. 조금씩 어두워지고 있었고, 아내는 이제 그만 가자고 했어. 나는 조금만 더 있다가 가자고 했지. 나는 바구니를 가득 채우고 싶었어. 그만 고집을 피워요, 아내가 말했어. 그녀의 말은 무시하고 나는 다시 땅에 떨어져 있는 밤을 줍기 시작했어. 그런데 어느 순간 나는, 아내가 등을 돌리고 있는 사이, 그녀 위쪽에 있던 밤송이를 후려쳤어. 일부러 그렇게 했던 거야. 밤송이는 그녀의 머리 위에 정통으로 떨어졌어. 커다란 밤송이가 그녀의 머리에 박혔어. 그 순간 그녀의 표정이라니! 많이 아팠을 거야. 그녀는 말을 잇질 못하더군. 그녀의 머리에는 밤송이 가

시가 박혀 있었어. 마치 고슴도치가 된 것 같더군. 아내는 울음을 터뜨렸어. 하지만 나는 웃음이 났고, 그 웃음을 멈출 수가 없었어. 그는 웃음을, 그것의 어색함을 너희 둘 다 느낄 수 있는 웃음을 터뜨린다. 나로서도 내가 왜 그랬는지 모르겠어. 어쨌든 그 순간, 나로서는 그렇게 하는 것이 당연한 것으로, 그렇게 하지 않는 것은 당연하지 않은 것으로 여겨졌어. 그 일로 우리 부부는 지금까지 서로 말도 건네지 않고 있지.

그가 말을 멈춘다. 가끔 그렇게 알 수 없는 충동이 내 안에서 일어, 그가 다시 말한다. 그러면 그 순간 나는 그 충동을 모르는 척할 수가 없어. 그것을 모면키가 어려운 거야. 분명히 내 안에, 실재하지만 들여다볼 수 없는 어떤 욕망이 있어. 그건 최악을 향한 욕망 같은 거야. 항상 나는 내게 일어날 수 있는 최악의 일을 꾸며온 것 같아. 어쩌면 그것만이 내가 최선을 다해 견딜 수 있는 것이었으니까.

그때 어디에선가 나타난 모기 한 마리가 그를 상념 속에서 빼내 현실 속으로 데려와준다. 그는 모기를 때려잡으려 하지만 실패한다. 모기는 공중으로 날아오른다. 너는 모기가 날아가는 것을 바라본다. 그가 너를 바라본다. 너는 웃지도 않는군, 그가 말한다. 내 이야기가 아무것도 아닌 것처럼, 아무런 반응도 보이지 않아. 그의 얼굴에서 웃음이 사라진다.

내가 잘 아는 누군가가 그랬지, 그리고 그건 나의 아버지였어. 그는 모든 것에 무감각했어. 이 순간 나의 기억 속으로 오래 전 과거로부터의 영상 하나가 떠오르는군. 내가 열 몇 살 때였어. 그 기억의 배경을 이루고 있는 것은 여름의 바다야. 내가 처음으로 본 바다, 그것은 뜨거운 머리를 아래로 젖힌 팔월의 태양 아래에서 오후의 고요 속에 누워 있었어. 복사열을 머금은 부드러운 바람이 바다의 살갗을 스치며 잔잔한 파도를 일으키고 있었어. 굴곡이 진 해안선을 따라 가지가 육지 쪽으로 휘어진 소나무들이 군락을 이룬 숲이 있었고, 그 앞쪽의, 좁다란 띠 모양을 한 모래사장에는 수영복을 입은 사람들이 파라솔 밑에 누워 있었어. 물 속에는 수영을 하는 사람들도 있었어.

나는 나의 아버지와 함께였어. 그런데 왜 나는 아버지와 함께 그곳에 있었던 것일까? 아버지는 무슨 이유로 나를 그곳에 데려간 것일까? 그것은 알 수가 없어. 그날의 어떤 기억도 내가 궁금해하는 그 이유에 대해 실마리를 제공하는 것은 없어. 그후로도 몇 번이나 나는 나로 하여금 기억 속의 그 바닷가를 걷게 하고, 그 모래 위에 발자국을 찍게 해보았지만 단서가 될 만한 것을 떠올릴 수는 없었어.

어쨌든 아버지와 나는 옷을 모두 입은 채였어. 우리는 수영복도, 수건도 준비하지 않은 채였어. 그러니까 우리는 해수욕을 즐기러 그곳에 간 것은 아니었어. 우리는 모래언덕 위에 앉아 있었고, 양복을 입은 아버지는 이마의 땀을 닦으며 수평선을 바라보고 있었어. 나의 시선은 물고기의 비늘처럼 반짝이는 바다를 향해 있었어. 한 남자가 부표가 있는 곳에 이르러 해변을 향해 손을 흔들었고, 그러자 해변에 있던 한 젊은 여자가 그를 향해 똑같이 손을 흔드는 것이 보였어. 멀리 먼 바다에서 들어오는 어선 주위로 갈매기떼가 어지럽게 나는 것이 보였어. 정오의 햇살이 수직으로 떨어지고 있었고, 그 어디에도 그늘은 보이지 않았어. 한 여자가 딸처럼 보이는 아이를 그녀의 무릎 위에 누인 뒤 머리칼을 쓰다듬어주고 있었어. 평화로운 광경이었어. 그런데 그때 우리가 앉아 있는 앞으로 어디선가 날아온 노란 비치볼이 떨어져 굴러갔어. 세 살쯤 되어 보이는 어린 소녀가 모래에 발이 빠져 뒤뚱거리며 그것을 주우러 왔어. 그 아이의 뒤쪽에서 엄마처럼 보이는, 노란색 수영복을 입은, 그리고 같은 노란색 모자를 쓴 젊은 여자가 웃음을 터뜨리며 손뼉을 치고 있었어. 자, 그걸 주워 이리로 와, 여자가 말했어. 소녀는 비치볼을 주워 팔에 안았지만 그것은 아이의 얼굴을 가렸고, 앞을 제대로 볼 수 없게 된 그녀는 엉뚱한 방향으로 걸어가고 있었어. 결국 아이의 엄마가 다가와 공을 안은 소녀를 안고 우리가 앉아 있는 뒤쪽으로 사라졌어.

아버지는 내게로 시선을 돌리며 내가 그의 옆에 있는 것을 잊고 있었다는 듯 나를 쳐다보았어. 엄마가 보고 싶니? 나는 잠시 할말을 찾지 못했어. 그 얼마 전 어머니가 죽은 후 아버지는 단 한 번도 그녀에 대해 얘기한 적이 없었어. 그는 그녀에 대해 잊어버린 듯, 혹은 그녀가 없는 것이 별로 상관이 없는 듯 그녀에 관해서는 아무런 말도 하지 않았고, 나 역시 아버지 앞에서 그가 원하지 않는 그녀에 관한 이야기를 꺼낸 적은 없었어. 어머니가 죽은 후 우리집의 사정은 더 나아지지는 않았지만 더 나빠진 것도 없었어. 나 또한, 내 곁에 없다 해도 별로 아쉽지 않은 어머니에 대해서는 점점 잊어가고 있었어, 아이의 놀라운 망각의 힘으로. 아니, 사실 나는 그녀를 잊은 적이 없었어. 그녀에 대한 기억이 조금씩 퇴색되긴 했지만 그녀가 어떤 불치병에 걸려 누워 있던 방의 어둠의 눅눅한 느낌만큼은 전혀 기억 속에서 지워지지 않고 있었어. 엄마는 죽었어, 죽음이 엄마를 데려간 거야, 죽음이 뭘 의미하는지 아니, 물론 모르겠지, 너는 그것으로부터는 너무 멀리 떨어져 있으니까, 아버지가 말했어. 하지만 나는 그것이 무얼 의미하는지 알고 있었어. 그것은 그녀가 이제 유령으로 살고 있다는 의미였어. 이미 나는 그녀가 내가 있는 곳으로 돌아올 수도, 내가 그녀가 있는 곳으로 갈 수도 없는 먼 곳으로 가버렸다는 것을 알고 있었어. 또한 나는 죽음이라는 것이, 비록 그것을 볼 수는 없지만, 어머니가 누워 있던, 이제 내가 누워 자게 된 방 안에도 있는 것처럼 가까운 곳에 있다는 것을 알고 있었어. 나는 내가 어머니를 보고 싶어하는지를 생각해 보았어. 그런 것 같았어. 그리고 아버지가 기대하는 대답 또한 그것인 것 같았어. 하지만 그녀의 모습은 내 기억 속에서 너무도 희미했어. 나는 고개를 끄덕였어. 아버지는 나를 바라보며 뭔가를 얘기하려다 말고 시계를 보았어. 아이스크림이 먹고 싶니, 아버지가 물었어. 나는 아이스크림이 먹고 싶지는 않았지만 그가 나를 위해 뭔가를 해주기를 바라며 다시금 고개를 끄덕였어. 나는 해변의 다른 아이들처럼 수영복을 입고, 고무튜브를 허리에 두르고 물 속에 들어가고 싶었어.

아버지는 내게 그 자리에 꼼짝 말고 있으라고 한 후 소나무숲 뒤쪽에 있는 가게로 갔어. 나는 아버지가 걸어가는 뒤로 하나씩 늘어나는 모래 위의 발자국을 바라보았어. 나는 그가 남기고 간 발자국을 쳐다보며 그를 기다렸어. 그리고는 잔상 속에 그를 좀더 오래도록 붙들기 위해 눈을 감았어. 하지만 그는 한참이 지나도 내가 있는 곳을 찾지 못하는 듯 돌아오지 않았어. 나는 아버지의 발자국 위로 사람들의 발자국이 찍히는 것을 보았어. 그렇지만 내가 그곳에 있는 한 아버지가 다시 돌아오리라는 생각에 계속해서 기다렸어. 사람들이 나를 보면서 지나갔고, 나는 그들의 눈에 불안해하는 아이로 비치고 있다는 것을 내게 길게 머무는 그들의 시선을 통해서 느낄 수가 있었어. 나는 아버지를 찾으러 가야겠다는 생각을 했지만 이미 아버지의 발자국은 다른 사람들의 발자국에 뭉개져 어느 것이 그의 것인지 알 수가 없었어. 시간이 흘렀고 나의 눈에서는 눈물이 고였고 마침내 뺨을 타고 내려온 눈물이 시야를 흐려놓았어. 나는 신발을 벗고 맨발을 모래 속에 파묻었어. 나는 발가락으로 뜨거운 모래알을 움켜쥐었어.

계속해서 시간이 지나갔어. 조금씩 졸음이 몰려왔어. 졸음의 틈 사이로, 멀리 파도가 그것이 해야 할 다른 일은 없다는 듯 무심하게 출렁이고 있는 것이 보였어. 나는 졸음의 아득한 파도 속에서 그것보다 더 아득하게 날아가고 있는 갈매기들을 바라보았어. 그 갈매기들이 나를 좀더 깊은 아득한 공간 속으로 데려갔어. 이따금 서늘한 바람이 불어와 잠시 정신을 들게 했지만, 그것이 잠잠해지면서 나의 의식은 수평선 너머로 자취를 감춘 갈매기들처럼 희미해졌어. 하지만 그것들은 나의 시야에서 사라진 후에도 잠시 내 머릿속에, 그것들의 날갯짓에서 배어나온 가물거림으로 남아 있었어. 결국 나는 잠이 들었지.

서서히 눈이 감기며, 너는 졸음을 느낀다. 너는 그의 이야기가 너를 편안한 상태로 만들고 있다는 사실에 저항하는 동시에 너의 졸음에 맞선다. 너는 정신을 차린다.

한참 후 나는 마침내 잠에서 깼어. 그의 이야기가 이어진다. 나는 모래 위에 몸을 웅크린 채로 누워 있었어. 나는 이곳이 어디인지, 내가 왜 이곳에 누워 있는지 궁금했어. 오후의 기울어가는 태양 아래로 바람이 어루만지고 있는 바다는 잔잔한 물결의 주름을 만들어내고 있었어.

해가 사각으로 기울고, 나의 그림자가 내 키만큼이나 길어져서야 아버지가 저쪽에서 걸어오는 것이 보였어. 그의 한 손에는 벗은 양복이, 다른 한 손에는 아이스크림이 들려 있었어. 갑작스럽게 눈물이 고였어. 눈물이 고인 나의 눈에 비친 그의 모습은 윤곽이 분명치 않았어. 나는 그가 내게 건네주는 아이스크림을 받아 쥐었어. 하지만 그것은 이미 녹아버려, 껍질을 벗기자 녹은 아이스크림의 끈적끈적한 액이 내 손가락 마디 사이로 흘러내렸어.

아버지는 내 옆에 앉아 바다를 바라보았고, 나 역시 손가락 사이로 흘러내리는 아이스크림을 핥으며 바다를 바라보았어. 하지만 나의 망막에 산란하는 빛 속에서 세상은 눈물에 부서져 모자이크처럼 반짝이고 있었어. 나는 가슴을 압박하는, 현란한 슬픔을 느꼈지만 그것을 참았어. 나는 그 슬픔을, 눈물을 흘리는 것으로 감당했어.

우리는 오후의 나머지 시간을 여름 해수욕장에서 그곳과 무관하게, 뚜렷한 어떤 일도 하지 않으면서 보냈어. 우리는 다시금 나란히 앉아 앞쪽의 바다를 바라보았어. 그 바다는 어쩐지 바다로서는 미흡한 것처럼, 언젠가는 바다가 될 수도 있다는 희망에 빠져 바다이고자 노력하는 중인 것처럼 보였어. 바다의 표면에 그려지고 있는 수월하지 않은, 안간힘을 다하고 있는 듯한 움직임을 보이고 있는 파도가 내게 그런 인상을 심어주었는지도 몰라. 나는 아버지의 옆에 앉아, 그의 머리칼을 쓰다듬는 바람이 나의 뺨을 어루만지는 것을 느꼈어.

아버지는 어떤 생각에 잠긴 듯 보였고, 나는 그가 있는 곳에서 멀지 않은 곳에서 바지를 걷고 물 속에 들어가거나 모래성을 쌓으면서 시간을 보냈어. 아버지는 해가 지기만을 기다리는 듯 보였어. 마침내 아버지가 자리에서 일어났고, 나 또한 일어났을 때 나는 하늘을 보았고, 거기서 나의 유년기의 가장 슬펐던 날 위에 석양이 걸려 있는 것을 보았어. 세상에 대한 친밀함이 붕괴된, 내 안에서 나의 유년기가 유산된 그 순간 나는 버림받은 느낌에 사로잡혔어.

너는 네가 그의 말을 듣고 있는지를 생각해본다. 그의 말들이 들려오고 있고, 너는 그 말들에 귀를 기울이고 있긴 하지만, 그 말들은 네게서 어떤 의미도 만들어내지 못한다. 그 말들은 그의 입을 떠나 네 귀에 이르는 동안 묵음이 되어버린다.

나는 나의 삶의 근원적인 정조로 자리하게 된, 나의 심연에서 그것을 누르면서 태어난, 그 순간의 예리한 감정, 그 슬픔을 지금도 느낄 수 있어. 그가 계속해서 말을 잇는다. 슬픔이라는, 세상을 바라보는 투명한 시선이 태어나 내 내면에서 고정된 것은 바로 그 지점이었어. 지금도 나는 나의 모든 감정의 폐허를 떠오르게 하는 그 기억에 얼마간의 망설임이 없이는 이르지 못해. 그후로 슬픔은 내 감정의 일부가 되었어. 그리고 그 지점에서 나의 모든 감정은 유산된 감정의 형태를 띄게 되었지. 그리고 그 슬픔은 나와 세계 사이의 균열의 크기를 말해주는 것이었어. 그 슬픔은 지금도 그것을 떠올릴 때면 내 뼛속까지 그 느낌이 전해지는, 아무리 시간이 지나도 그 느낌이 희석되지 않는, 그 느낌에 실린 경련을 무마할 수 없는 거야.

바닷가에서의 그날의 경험은 나의 부담스럽고 혼동되는 유년의 시작이었고, 그 유년과 함께 찾아온, 그리고 완성된 슬픔은 나의 동행이 되어 그후 내가 어디에 가건 나를 따라다녔고 많은 시간이 흐른 지금 이 순간에도 그것은 나와 함께하고 있어. 하지만 이제 나는 슬프지 않아. 슬픔은 여과된 듯, 지금 내가 느끼는 것은 중화된 담담함이지. 그 슬픔의 기억들은 내게 아무런 느낌도 주지 않아. 다만 어둠 속의 벽을 더듬을 때처럼 메마른 각질의 느낌을 줄 뿐이야.

그런데 왜 내가 이런 말을 하고 있는 거지, 나로서는 누구에게도 하지 않았던, 누구에게도 하려고 생각조차 할 수 없었던 말인데. 그가 잠시 말을 멈추고 너를 바라본다. 너는 그를 똑바로 쳐다본다. 네가 나의 이런 이야기를 듣고 있다는 것이 이상하게 느껴져. 아니, 어쩌면 듣지 않고 있는지도 모르지. 그렇지만 지금 나는 그것을 누가 듣고 있지 않아도 좋을, 혼자 하는 말을 하고 있는 건 아냐. 그럼에도 그것이 네게 하는 말인지는 확실치 않아. 한데 그러한 일이 실제로 있었던 걸까? 그것이 제대로 된 기억인지, 아니면 어떤 유사한 기억에 나의 상상이 첨가된 것인지 나는 알 수가 없어. 그것도 아니라면 어쩌면 그것은 조각난 거울을 다시 맞춘 것처럼, 순전히 나의 상상의 콜라주일 수도 있어.

하지만 나의 머릿속에서 형성된 것일 수도 있는 그것은 어느 순간 나의 유년기의 떠나지 않는 인상으로 자리를 잡았어. 그리고 그 기억은 그후, 지금까지도 나의 꿈에서 재구성되어, 거기에 다른 내가 알지 못하는 누군가가 등장하거나, 장소가 해변이 아닌 호숫가로 바뀌거나, 여름이 아닌, 바다가 텅 빈 봄이나 가을로 둔갑하면서 끊임없이 재현되곤 하지. 어쩌면 나는 내 생의 밑그림처럼 그려진 슬픔에, 그 슬픔을 처음으로 내게 소개해준 나의 아버지를 연결시키기 위해 그 기억을 가공한 것인지도 몰라. 하지만 어쨌든 그날의 그 회화적인 기억은 내가 아버지와 나의 유년기를 떠올리는 데 빠져서는 안 되는 것이 되었어. 그리고 그 정지한 순간의, 하얀 빛 속의 부동의 이미지는 나의 심연 속에, 그후로 내가 떨쳐버릴 수 없었던, 이 낯설기만 한 세상에 대한 나의 희미한 응시를 압지처럼 눌러놓았으며 땅속 깊은 곳 지진의 진앙처럼 그후의 나의 모든 기억에는 그때의 기억의 진동이 실려 있어. 그 기억 속에서 의혹과 불안은 친숙함과 교대해 버리고 말았어. 그후로 나는 세상에 적응하는 대신, 그것에 적응하지 못하는 나 자신에게 적응하게 된 것 같아…….

말을 끝낸 그는 허공을, 마치 그것에 마음을 빼기기라도 한 것처럼 바라본다. 그는 땀을 흘리고 있다. 그의 내면의 흔들림을 보여주기라도 하듯 그의 입술이 바르르 떨린다. 하지만 그의 그 흔들림은 끝내 네 안의 어떤 또다른 흔들림으로는 이어지지 않는다. 너는 마음속으로 그를 네게서 퇴치한다.

그는 옆으로 얼굴을 돌린다. 이미 그때부터 나라는 존재는 왜곡되기 시작했어, 그가 말한다. 나는 왜곡을 통해서만 본래의 나의 모습을 볼 수 있게 되었지. 너는 그의 옆얼굴과 앞얼굴을 일치시킬 수가 없다. 그 두 얼굴은 그것들 사이의 어딘가에서 어긋나 있다.

그가 자리에서 일어난다. 그는 마치 아무 일도 없었던 것처럼, 아니, 아무 일도 없었던 것처럼 만들 것처럼 태연히 바지에서 먼지를 턴다. 그의 웃음이 좀더 복잡한 모양을 취한다. 그가 너의 얼굴을, 턱에 손을 대, 치켜올린다. 아까 하려고 했던, 하지만 잊어버렸던 할말이 생각이 났어, 그가 말한다. 하지만 그 말을 하는 건 적절치 않은 것 같아. 그는 다시 침묵에 빠진다. 또다시 어색한 시간이 너희 둘 사이를 지나간다. 그의 침묵은 결코 적절하게 사용되지 않는, 어색함을 부풀리는 것일 뿐이다.

내게는 너의 이 무력함이 거의 부러운 어떤 것이기도 해, 내게 그것은 결코 나로서는 가질 수 없는 어떤 커다란 힘 같기도 해, 그가 다시 말한다. 네가 알지 못하는 너의 이 무력함은 무엇이지? 그 정체는? 나는 고통마저도 온전한 형태로 느낄 수가 없어. 마치 나의 고통을 누군가 탈취해버린 것 같아. 나의 고통을 나의 것으로 만들 수 없는 고통에서 나의 고통은 그 능력을 상실하지. 얼굴 없는 고통. 모든 것이 내 안에서 그것의 구체성을 상실해버렸어. 나는 더이상은 견디지 않아도 좋을 정도로, 견뎌서는 안 될 정도로 모든 것을 견뎌왔어. 너는 그의 고통이 그토록 스스로를 내세우는 것이 아니라면 좀더 그것에 공감할 수도 있을 것이라는 생각을 한다.

그는 네 앞에 주저앉아 네 무릎 위에 고개를 떨군다. 내가 네게 이러는 이유를 만들어주길 바래, 그가 말한다. 너는 손을 들어 그의 머리 위로, 하지만 그 머리에는 닿지 않게, 허공 위에 올려놓는다. 무슨 말인가를 하고 싶은데 생각이 나질 않아, 그가 말한다. 그는 어떤 말, 그 말 속에서 자신을 떠오르게 만들고, 자신을 구성할 수 있는 어떤 말을 하고자 하는 것이다. 너무 많은 것을 말하지 않는, 정확하게 그 말에 국한되는 내용을 갖는 어떤 말이 필요한 것 같아, 그가 말한다.

너는 너와 그 사이의 말이 너와 그를 공연하고 있다는 느낌이 든다. 그것은 말이 아닌 것 속에서 말로 이루어질 수 있는, 그럼에도 그 말이 아닌 것 속에서 말로 완성될 수 없는 어떤 말이다. 그것은 끝내 말에 말미암은 말이다.

그는 조금씩 흐느끼기 시작한다. 그가 무력해진 자신을 너에게 맡긴다. 너와 그의 주어진 역할이 바뀐다. 역할이 주체를 넘보며, 그것을 교환한다. 주체는 바뀌어진 역할을 통해서 자신을 상연한다.

하지만 그 순간 그는 네게 구토를 일으킨다. 그는 네게 보여서는 안 되는 어떤 것을 보이고 있다. 그가 끝내 뻔뻔스러움을 잃지 않는다면 네가 그를 견디는 것이 좀더 수월할 수도 있을 것이다. 네 안에서 교란이 일어난다. 네 무릎 위에 얼굴을 기댄 그가 너를 올려다보며 힘없이 웃음을 짓는다. 너는 한편으로는 너의 웃음으로 그의 웃음에 화답하는 잘못을 저지르고 싶기도 하다. 너는 그의 머리 위에 손을 올려놓는 일이 일어나지 않게 그것을 아래로 떨군다. 우리는 자신을 힘겹게 하는 일을 어디까지 할 수 있을까, 그가 말한다. 나는 항상 그것이 궁금했어. 고통이 나를 어디까지 데려갈 수 있는지가. 너는 그의 얼굴 위에 손을 올려놓는다. 그의 얼굴을 살며시 쓰다듬는다. 마음속으로 그의 얼굴을 지우며. 그가 눈을 감는다. 너는 너의 손으로 그의 눈을 가린다. 그가 아주 천천히 숨을 쉬는 것이 느껴진다.

너는 바깥을 내다본다. 밤은 점차 깊어가고 있다. 오르간 소리와 함께, 그 소리를 뒤덮는 합창 소리가 들려온다. 너는 그의 얼굴 위에 올려놓았던 손을 뗀다. 그리고 눈을 감는다. 두 손으로 귀를 막는다. 너는 혼자라는 생각이 들지만 외롭게 느껴지지는 않는다.

너는 다시 눈을 뜬다. 그가 정색을 하고 너를 바라보고 있는 것을 본다. 내가 이런 상황을 허락할 수 있다고 생각해, 그가 말한다. 갑자기 몸을 일으킨 그가 너의 뺨을 갈긴다. 갑작스런 가격에 너는 균형을 잃고 의자 아래로 쓰러진다. 그는 그로서도 놀란 듯 너를 내려다본다. 방금 벌어진 일은 틀림없는 이해를 요구하는 어떤 일처럼 너와 그의 자세를 부동으로 만들어놓는다.

그는 지금껏 그의 손을 직접 네 몸에 댄 적이 없었다. 그는 항상 어떤 도구를 사용했다, 마치 어떤 힘을 행사하는 대상과 그 사이를 간접적으로 매개하는 뭔가가 없어서는 안 된다는 듯이. 고문자로서 그에게 그것은 일종의 원칙과도 같은 것이었다. 그는 자신의 희생자의 고통이 자신의 살에 직접적으로 전해지는 느낌을 혐오했고 두려워했다. 그리고 그 방 안에는 서로의 거리를 유지하면서 행할 수 있는 다양한 고문도구들이 구비되어 있다. 하지만 이번에는 그는 자신의 손을 사용했다.

너는 쓰러진 채로 그의 손길이 닿은 곳의 마찰의 여운을 느낀다.

하지만 그것은 아무런 통증도 수반하지 않는 것이다. 아직까지는. 단지 놀라운 것은 그것의 선명함이다. 너는 타인의 존재가 네 몸에 기록되는 느낌을 그토록 강렬하게 가진 적이 없었다. 네게는 그의 가격이 거의 애무의 어루만짐처럼 여겨진다. 너는 그가 어루만진 곳을 너의 마음으로 쓰다듬는다. 그 순간 네가 미뤄온 너의 통증이 느껴진다. 그것은 순수한, 또는 순수하게 느껴지는 것이다. 너는 네 몸에 기입된 통증을 통해 너 자신을 그 순수한 통증의 세계 속에 가입시킨다. 그러자 너의 통증은 그 즉시 너의 몸을 떠나 공중으로 분사되며 증발된다. 하지만 그 통증은 사라진 것이 아니라, 다만 사장된 것일 뿐이다. 그것은 그가 그의 뻐근해진 손목을 쓰다듬는 행위를 통해 그의 손의 표면 아래로 숨어든 통증과 동일한 것이 된다.

그 순간 그가 웃음을 터뜨린다. 너는 그를 쳐다본다. 그러자 갑작스럽게 웃음을 멈추며 그는 너를 외면한다. 그는 마치 어떤 잊은 것이 있기라도 한 것처럼 책상 쪽으로 가 서랍에서 술병을 꺼내 그것을 병째 들이켠다. 하지만 병은 이미 거의 바닥이 나 있어, 그 술로는 그는 목을 축일 수도 없다. 오히려 그것은 고갈의 느낌을 더해줄 뿐이다. 이건 나의 약아빠진 수작에 지나지 않아. 그는 소리를 지르며 병을 내던지고, 병은 요란한 소리를 내며 깨진다. 우리 사이에는 약간의 오해가 있을 뿐이야, 그가 말한다. 풀 수 없는, 그리고 풀어서는 안 되는. 그는 깨진 병조각 하나를 손에 집어 들어 주먹을 쥔다. 그의 손가락에서 붉은 피가 흘러내린다.

너는 그의 고통을 느낀다. 너희 두 사람의 고통은 유사한 것이 되어가지만 그 과정에서 끝내 동일한 것이 되지는 않는다. 너는 너의 고통을 실행함과 동시에 취소한다. 너의 고통은 네가 그것을 실행하는 순간 취소된다. 너는 살아 있는 무감각을 생생하게 느낀다. 너는 결코 너의 고통의 당사자가 될 수가 없다.

어디에서 시작했지, 그가 묻는다. 너는 줄곧 네가 바라보고 있던 지점을 응시한다. 그는 그의 시선을 너의 시선 아래로 떨군다. 너의 시선은 그것 아래로 내려진 그의 시선을 딛고 스스로를 일으킨다. 너희는 너희들의 고통과 그 고통의 맹목성 위로 주저앉는다. 여기서 너는 누구인가, 그리고 그는 누구인가, 그 질문이 성립될 수 있는 것인가를 너는 질문해본다. 우리는 가장 무의미한 일에 우리의 최상의 노력을 기울이고 있어, 그가 말한다.

너는 눈을 똑바로 뜨고 그를 바라본다. 너의 앞에서 그가 슬며시 사라진다. 너는 유사한 방식으로 너를 네게서 사라지게 만든다. 너는 너의 사라짐 속에 너의 자리를 마련한다. 너는 너를 너의 부재 속에 저장한다.

그가 비틀거리는 걸음으로 창가로 걸어간다. 그는 창문 앞에 우뚝 서, 마치 자신의 모습을 반사하고 있는 그것을 깨뜨릴 것처럼 노려본다. 그 누구와도 마주할 수 없을 정도로 나라는 존재는 아무것도 아닌 게 되어버렸어, 그가 중얼거린다. 그는 손바닥으로 창문을 쓰다듬는다. 창문이 그의 손에 의해 부드럽게 열린다. 열린 창문 사이로 크리스마스 캐롤송이 분명하게 들려온다, 그 완벽한 소음의 모습으로. 모든 고통은 지어낸 것에 지나지 않아, 그가 중얼거리는 소리를 너는 듣는다. 다른 모든 감정과 마찬가지로 이 고통 또한 온전하게 만끽할 수가 없어. 온전한 삶을 찾을 수 없는 내게, 삶의 그 무엇도 직접적으로 느껴지지 않는 이 경이로운 느낌만이 유일하게 온전한 거야. 그의 중얼거림은 점차 커져가는 캐롤송에 묻혀버린다. 너는 이 모든 상황이 야기하는 짜증으로 말미암아 얼굴을 찌푸린다.

## 불면증

아프리카에 가고 싶어. 사파리 여행을 한 후, 초원 위에 누워 선잠이 든 상태에서 맹수들의 사냥감이 되어 죽고 싶어. 그런 죽음이라면 용인할 수 있을 것 같아. 가슴 벅찬 느낌일 것 같아. 차례를 기다린 하이에나와 독수리들에 의해 남김없이 없어지는 거야. 실제로 그런 일은 없겠지? 하지만 내 의식 속에서 그와 같은 일은 항상 일어나고 있지.

"여보세요?"

"……."

"여보세요?"

"응."

"있었구나. 네가 없길 바라며 전화를 했는데."

"여기 이렇게 있었어."

"……."

"……."

"자지 않고 있었던 거야?"

"그래."

"자는 걸 깨우려 했는데."

"안 잤어. 자지 못하고 있었어."

"……."

"그런데 몇시나 된 거야?"

"새벽 네시가 조금 넘었어."

"그렇다면 만 이틀이 넘었네, 안 잔 게."

"불면증은 여전하구나."

"더 심해지진 않았어. 견딜 만해. 나의 불면증과도 많이 친해졌으니까. 거의, 내가 나의 불면증을 데리고 놀 정도가 된 것 같아. 넌 좀 잤니?"

"그래, 아주 많이, 한꺼번에. 밤에 잠이 들었는데, 깨니까 또 다시 밤이야."

"그렇다면 앞으로 며칠은 또 안 자겠구나."

"그렇게 되겠지."

"……."

"……."

"어떻게 지내니?"

"모르겠어…… 넌 어때?"

"어떤 이상한 느낌 속에, 뭔가가 막을 내리고 있다는 느낌 속에 빠져 있었어. 내가 오랫동안 기다려온 어떤 것이, 내가 상상한 모습과는 다른 모습으로 다가오고 있는 것 같아."

"그게 뭐야?"

"모르겠어, 아직까지는, 그것의 정체를…… 너는 뭘 하고 있었어?"

"누워 있었어. 오래도록. 불을 끈 상태에서, 어둠 속에서 내가 보이지 않게 하고 있었어. 뭔가로부터 숨어 있을 때처럼."

"그래서 네가 보이지 않았어?"

"아주 조금 보였어. 나의 전체를 그릴 수 없을 정도로."

"어떤 희미한 흔적처럼?"

"그래. 그런데 이렇게 어둠 속에, 짙고 깊은 어둠 속에 오래도록 누워 있으면 멀미가 날 것만 같아. 마치 그 어둠 속에서 허우적거리고 있는 것처럼. 끝내 도달할 수 없는 곳으로부터 한층 더 멀어지는 가운데에서."

"……."

"체한 것처럼 느껴질 때도 있지."

"……."

"내가 어떤 공간을 차지하고 있다는 게 신기해, 내가 차지하고 있는 그 공간에 구체적인 형태를 가진 다른 뭔가가 들어설 수 없다는 게. 이렇게, 나의 표면은 모두 녹아 흘러내리는 것 같은데도. 물이 가득한 욕조 밖으로 넘쳐흐르는 물처럼."

"……."

"네게 전화하는 게 망설여졌어."

"이렇게 네게서 전화가 올 줄 모르고 있었어."

"나 또한 네게 이렇게 전화하리라고 생각지 못했어, 이렇게 전화를 하기 전까지는…… 사실은 네가 걱정이 되었어. 왜, 네게 무슨 일인가가 일어난 게 틀림없다는 생각을 지울 수가 없었는지 모르겠어."

"넌 어떻게 하고 안 자고 있어?"

"계속해서 방 안을 서성이고 있었어. 아주 좁은 원을 그리면서."

"밖으로 퍼져나가는 원을 그리며?"

"아니, 원을 안으로 좁아들게 하면서. 나 또한 그 원 안으로 좁혀들어가는. 그렇게 오랫동안 서성이면 나의 중심을 잃은 채로 중심을 향해 쓰러져가는 것만 같아."

"지금도 서 있는 거니?"

"그래. 나를 세워놓고 있어. 안으로 좁아드는 원의 중심에 거의 이르게 된 것 같아. 이제는 가만히 서 있어. 넘어지지 않을 정도로만 힘을 실은 채로. 부자연스럽게. 거의 못마땅한 자세로, 서 있어."

"……."

"……."

"보이지는 않지만, 금방이라도 네가 넘어질 것 같아."

"그래? 너의 그 말에 정말 넘어질 것만 같은걸."

"……."

"……."

"여보세요? 거기 있니?"

"그래. 하지만 금방이라도 넘어질 것 같아."

"……."

"……."

"부탁이 있는데 창 쪽으로 가 밖을 내다봐줄 수 있어? 내가 그렇게 할 수도 있겠지만, 나를 대신해 네가 그렇게 해줘."

"그래."

"……."

"창가에 왔어. 창 밖을 내다보고 있어."

"보이는 게 있으면 모두 다 얘기해줘, 하나도 빼놓지 말고."

"몇 가지는 빼고 얘기를 할게."

"뭐가 보여?"

"지금 이 순간 두드러지게 보이는 걸 얘기할까? 그래, 아침이 되면서 조금씩 희미한 빛에 싸여가고 있는 세상이 보여. 색채를 더해가는."

"어떤 세상이?"

"여러 가지 것들이 마치 어떤 실수로 있게 된 것 같은."

"뭔가가 틀린 것 같은 느낌이니?"

"그래. 하지만 거리에는 그곳에 있어야 하는 모든 것들이 엄연하게 그대로 있어. 술에 취한 거인이 토해낸 것 같은 사물들이."

"네가 보고 있는 게 네 앞에 있다는 걸 의심하지 않을게."

"그리고 늘 봐오던 하늘과 그 아래의 풍경이 있어. 모든 것이 서로 무관하게 관련된 것처럼 서 있어."

"그 아침의 하늘에 이상해 보이는 건 없니?"

"나의 느낌일 수도 있지만 짓무른 느낌이야. 노출이 과다한 사진에서처럼…… 어쩐지 저녁이 다가온 것만 같아. 날씨가 흐려."

"……."

"하지만 흐린 하늘 아래로 그 모든 것들이 더이상 내게로 다가오지 못하고 있는 것 같아. 내가 그것들을 차단하고 있는 것도 아닌데도."

"……."

"낮게 구름이 떠 있어. 비가 올 것처럼."

"빗소리가 듣고 싶어. 귀를 기울여서."

"……."

"창 밖으로 고개를 내민 다음 숨을 길게 들이쉬고 내뱉어줘. 그 소리를 내가 들을 수 있게."

"……후……."

"내가 시키는 대로 한 거니?"

"그래."

"숨을 쉬는 게 어려워, 숨을 오래도록 참고 있는 것만큼이나. 숨막히게 하는 게 아무것도 없음에도. 아니, 숨을 막히게 하는 게 아무것도 없다는 사실이 나를 숨막히게 하는 것도 사실이야."

"……."

"이대로 숨을 멈춰, 더이상 호흡 곤란으로 인한 고통을 당하지 않을 수 있으면 좋겠어."

"……."

"여보세요?"

"불을 켰어. 주위로 먼지가 이는 게 보여."

"……."

"먼지라는 거, 참 신기하지 않아? 아주 작은 계기로 떠올랐다가, 아무 일도 없었다는 듯 가라앉아."

"어쩌면 이 우주 전체가 먼지와도 같은 것이기 때문일 수도 있을 거야. 그 안의 모든 것들은 먼지들이 뭉쳐진 것에 지나지 않는."

"그래."

"……."

"그 사이 모습은 좀 달라졌니? 여전히 말라 있어?"

"모르겠어. 하지만 내가 느끼는 체중은 엄청나. 누워 있다가 몸을 일으키는 것이 힘이 들어서 그런가봐. 넌 어때? 식사는 제대로 하는 거야?"

"그럼. 하루에 네다섯 끼는 먹는걸. 보통 사람이 세 끼 먹는 거에 미치지 못하는 분량이긴 하지만. 너는?"

"오늘 하루 동안 아무것도 먹지 않았어. 내가 먹어 소화시킬 수 있는 음식이 없는 것 같았어."

"……."

"며칠째 집 밖을 나간 적이 없어. 빛 가운데서는 몸둘 바를 모르겠어. 며칠 전 집 밖에 나갔다가 바로 집 앞 골목에서 사정없이 내리쬐는 햇빛에 눈이 부셔 쫓겨들어오듯 들어왔어. 그리고 사람들의 모습을 보고 싶지 않았어. 지난주에 잠시 외출을 했었어. 그런데, 길을 걷는데 마주 오는 사람들과 마구 부딪칠 것만 같았어. 아니, 사실은 내게 접근해오는 모든 것들에게 그대로 사정없이 부딪히고만 싶었어.

부딪히는 가운데 뭔가가 부서지게…… 더이상 누군가를 만나고 싶지 않아…… 완벽하게 단절되어 있는 이 느낌이 싫지 않아."

"……."

"사람을 보는 게, 그리고 내가 그들에게 보여지는 게 너무도 싫어, 지금으로서는. 점차 나 자신이 인간 혐오주의자가 되어가고 있는 것 같아. 그리고 그 사실이 나 스스로에게 용납이 돼."

"……."

"……."

"여보세요?"

"응."

"너는 지금 거기 있는 거니? 네가 느껴지지 않아. 너는 어디에 있는 거니?"

"……."

"……."

"자리에 앉았어. 비스듬히."

"나는 누워 있어. 벽 쪽을 향해 눈은 뜨고 있지만 그 시선이 가리키고 있는 곳이 어딘지를 모르는 상태로 시선을 두고. 익숙하게도."

"……."

"어쩌면 내 안에…… 내 안에서, 이렇게 힘없이 내게 기대고 있는 게 나인지도 모르겠어."

"……."

"……."

"이렇게 눈을 감은 채로 가만히 있으면, 아주 높은 곳에, 긴 끈에 매달려 있는 그네에 몸을 싣고 있는 것 같아. 아주 조금씩 흔들리며. 그런데 그 그네가 묶여 있는 밧줄이 조금씩 풀리고 있어. 나는 온 힘을 다해 아래로 떨어지기를 기다리고 있어."

"……."

"한없이 퍼져나가는 이 무기력……."

"……."

"지금 내 살갗에 돋은 땀방울이 오히려 나보다는 더 기력이 있어 보여."

"……."

"좀더 더웠으면 좋겠어. 아침이 되어서도 식지 않는 이 더위가 너무 차게 느껴져."

"……."

"……."

"네 어머니는 좀 어때?"

"여전히, 그대로 죽어가고 있어, 아주 느린 속도로. 자신도 힘이 들 거야. 옆에서 보는 사람 또한 힘들 정도니까. 네 부모님은?"

"여행을 떠났어. 아마 지금쯤 야자수 그늘 아래서 쉬고 있을 거야."

"그들에게는 그럴 자격이 있을 거야. 그 나이에 이르도록 살았으니까."

"그들이 다시 돌아오지 않았으면 좋겠어. 내가 멀리했다기보다도,

조금씩 저절로 내게서 멀어져간 존재들이 있는 것 같아. 가족 또한 그래. 끝내는 완전히 말라버려 더이상 눈에 띄지 않는 습기처럼."

"……."

"아프리카에 가고 싶어. 사파리 여행을 한 후, 초원 위에 누워 선잠이 든 상태에서 맹수들의 사냥감이 되어 죽고 싶어. 그런 죽음이라면 용인할 수 있을 것 같아. 가슴 벅찬 느낌일 것 같아. 차례를 기다린 하이에나와 독수리들에 의해 남김없이 없어지는 거야. 실제로 그런 일은 없겠지? 하지만 내 의식 속에서 그와 같은 일은 항상 일어나고 있지."

"……."

"……."

"지금 기분은 어때?"

"이상해."

"그 이상한 기분을 나도 알겠어. 아니, 그렇게 안다고 말하지 않을게. 그럼에도 너의 그 기분이 내게는 만져져."

"……."

"……."

"그런데 지금 내게 와줄 수는 없니, 그 이상한 기분으로?"

"……."

"갑자기는 아니고, 같이 있고 싶어."

"……."

"거기 있어?"

"있어. 지금 내가 있는 곳에 있는 게 나인지는 모르겠지만."

"다시 말하는데 지금 내게 와줄 수는 없니?"

"……."

"내게 와서, 그냥 나를 바라봐줘. 그리고 너를 내게 보여줘."

"……."

"여보세요?"

"생각중이야."

"생각을 해보고 끝내는 그렇게 해줘. 그 어느 때보다도 너를 원하는 잘못을 저지르고 싶어."

"……."

"……."

"아무래도 안 되겠어."

"안 될 일이라도 있는 거야? 아니면 안 되는 일이 있었던 건 아니지만 지금 그 이유를 만들어낸 거야?"

"……."

"네가 내게 올 수 있는 먼 길들을 놔두고 가장 가까운 길로 와줄래?"

"……."

"……."

"어쨌든 안 갈게."

"됐어, 그럼. 그래, 오지 않을 수 있으면 오지 마."

"그래도 되겠지?"

"괜찮아. 어쩌면 너무도 혼자 있고 싶은 나머지 누군가가 옆에 있어주기라도 바랐는지도 몰라. 네가 옆에 있게 되면 너를 견딜 수 없게 될 거야."

"가지 않을게. 내가 네 옆에 있는 게 도움이 되지 않을 것 같아서야."

"그래, 네가 내 옆에 없어서 내게 도움이 되어줘서 고마워. 그리고 지금으로서는 그 누구로부터도, 그 무엇에서도 도움을 구하고 싶지 않아."

"……."

"……."

"우리 관계에 대해 다시 한번 생각을 해봤어."

"어떻게?"

"성립이 어려운 어떤 것 같아. 이루어질 수 없는……."

"……."

"그래서 오히려 한없이 느슨한 형태로는 가능한."

"……."

"이전에는 네가 무엇을 해도, 그것을 하는 것이 너라는 이유만으로도 그것에 대한 지지를 보낼 수 있었어. 하지만 더이상은 아냐. 너에 대한 믿음이 없지는 않지만 모든 것에 대한 불신이 너에 대한 믿음까지도 압도하는 것 같아. 불신이 나의 모든 생각들을 주눅 들게 하는 것 같아."

"너의 생각들을 주눅 들지 않게 해봐."

"이 세상을 사는 데 내가 참고할 수 있는 게 이 세상에는 별로 없는 것 같아. 이전에, 내가 조금은 이 삶을 견딜 수 있었던 당시에 내가 이 삶을 견디는 데 써먹었던 기제들이 더이상 생각이 안 나. 내가 위험에 처하게 만들었던 건 내가 아닌 나의 상황들이었던 것 같아. 하지만 지금 나는 아주 큰 위험에 처한 나 자신을 발견하고 있어. 지금의 상태를 얼마나 더 견딜 수 있는지 두고 볼 뿐이야. 아니, 이미 알고 있는 듯해. 더이상 버틸 수가 없어. 모든 것이 내 안에서 힘을 잃었어. 나 자신의 내부로 더 깊이 쓰러져갈 뿐이야. 이제는 마지막 남은 힘을 다해 내게 남은, 거의 남지 않은 힘을 빼고 있는 것 같아. 모든 존재들이 그냥, 그림자극에서처럼, 하얀 텅 빈 바탕 위로 희미하게 어른거릴 뿐이야."

"……."

"점점 더 나 자신이 괴물을 닮아가고 있는 것 같아. 괴물의 모습에, 괴물의 이성과 감정을 지닌 완벽한 괴물이 되어가고 있는 것 같아. 지금까지 인간이 만들어낸 괴물의 모든 속성을 가지고 있으면서도 그 어떤 괴물과도 닮지 않은."

"……."

"이미 다한 나의 미래가 내 뒤에서 나를 붙들고 있어. 이미 끝난 끝으로부터 떠밀려온 표류물들이 내 주위를 떠돌고 있어."

"……."

"넌 요즘도 글은 쓰고 있니?"

"그래. 계속해서 끼적이고는 있어. 글이 할 수 있는 것, 글을 통해 내가 할 수 있는 것이 아무것도 없다는 것을 알고 있음에도. 그 무력한 상태의 궁극을 모르기 때문에 쓸 수 있는 글을 쓰고 있을 뿐인 것 같아. 앞으로 글을 쓴다 하더라도 끝내 이해할 수 없는 이 세계를 마찬가지로 이해할 수 없는 방식으로 그려낼 수 있을 뿐이겠지. 내가 쓰는 글만큼 내가 할 수 있는 것이 없다는 사실을 분명하게 보여주는 것도 없는 것 같아. 또한 그 점에 관해서는 누구보다도 나 스스로 분명하게 자각하고 있고."

"……."

"……."

"우리는 어떤 사이야? 우리 사이에는 뭐가 있지?"

"우리가 같이한 약간의 기억들? 그 밖에, 약간의 일치하는 느낌들? 분명한 것의 반대되는 어떤 것들?"

"그 이상은 아닌 게 확실한 거겠지?"

"아마도."

"그래, 내가 예상했던 대답을 해줘서 고마워. 우리는 우리의 말과 느낌들이 보여주는 그 불일치 속에서만 가까스로 함께 자리를 할 수 있었던 것 같아."

"……."

"……."

"이제는 내가 너에 대해 알고 싶어하는 게 뭔지 더이상 알고 싶지 않아."

"너에 대한 나의 마음을 모르겠어. 하지만 그것이 당연한 것으로 여겨지기도 해. 마음이라는 것이 어쩌면 아무런 형태도 갖고 있지 않고, 가질 수도 없는 어떤 것인지도 모르겠어."

"점점 더 네가 멀게만 느껴져. 너의 존재가 잡히질 않아. 우리가 알게 된 이후로 항상 그래왔지만. 어떤 성긴 그물 사이로 네가 촘촘히 빠져나가는 느낌이야."

"그게 나일 거야. 그게 너고."

"그럼에도 어떻게든 너의 끄트머리를 조금만이라도 붙들고 있고 싶은지도 모르겠어."

"네가 왜 그런 말을 하는지 알겠어. 그러니 그만해줄래?"

"그런데, 아니, 그래서인데, 그대로 내버려두고 싶어. 네가 더욱더 희미해지게, 네가 내게서 완전하게 지워지게. 우리가 서로를 거쳐 서로에게서 빠져나가게."

"그렇게 될 거야. 네게 남아 있는 나는 없게 될 거야."

"……."

"……."

"넌 왜 없어지지 않는 거니? 가끔 내 주위의 누군가가 죽어주기를, 그리고 그것이 너이기를 하는 생각도 해."

"……."

"그런 일은 없겠지만 네가 죽게 된다 하더라도 아무렇지 않아할게."

"……."

"……."

"왜 내게 전화한 거야?"

"네게 전화를 하면 그 이유를 알 수도 있을 거라고 생각했나봐."

"그랬더니?"

"그랬더니 모르겠어."

"……."

"우리만큼 서로가 같이할 수 있는 게 없는 두 사람도 없을 거야, 그렇지 않니?"

"……."

"……."

"네 생각을 하고 있어. 네가 내 생각 속에서 지워져주기를 바라는 마음으로. 널 떠올리면서 널 지워가고 있어."

"너라면 내가 아는 누구보다도 나를 말끔하게 지울 수 있을 거야."

"……."

"……."

"여보세요?"

"나의 몸에서 뭔가가 빠져나가고 있는 느낌이야. 어쩌면 그게 너인지도 모르겠어."

"그러고 있는 네게 굳이 힘을 실어주지는 않을게."

"……."

"들리니? 비가 내리기 시작했어."

"들려. 네가 그 말을 한 후로 들려."

"비가 내리는 게 보여. 마치 스스로를 보여서는 안 될 것처럼 인색하게 보이고 있는 게 보여."

"……."

"……."

"얼마 전 이런 꿈을 꿨어. 침대에 누워 있는데 무슨 소리가 나면서 뭔가가 침대를 기어오르고 있는 게 느껴졌어. 조그만 게들이었어. 무수하게 많은 게들이 침대로 기어올라와 내 몸 위를 기어다니면서 내 몸을 뜯어먹기 시작했어. 몸을 일으켜 일부는 털어내고 일부는 내던졌지만 소용이 없었어. 워낙 숫자가 많았거든. 속수무책이었어. 결국에는 고스란히 몸이 뜯겨나가는 것을 두고볼 수밖에 없었지. 아니, 어쩌면 그 게들에게 나를 내맡겼던 것 같아. 하지만 이상하게도 아무런 통증도 없었어."

"……."

"여보세요?"

"미안해. 네 얘기에 집중을 할 수가 없어. 눈을 감아도 멈추지 않는 영상들이 내 앞을 지나가고 있어. 가볍게 흔들리면서."

"……."

"……."

"우리 그만 끊을래?"

"그래."

"……."

"나를 위해, 네가 먼저 전화를 끊는 어려운 일을 해줘."

"……."

"잘 있어."

"……."

"……."

"그냥 모든 힘이 소진된 것 같아."

"조금은 분발해봐."

"분발하라고? 무엇을 위해서?"

"……."

"……."

"무슨 생각을 하고 있어?"

"더이상 스스로를 속이면서 기대하게 되는 것이 아무것도 없다는 사실을 나 자신에게도 분명하게 알게 해줘야겠다는 생각을 했어."

"너와의 얘기가 우울한 상태를 유지하는 데 도움이 되어서 고마워. 그리고 네가 내게 이렇게밖에 할 수 없는 거 이해해. 그래서 괜찮기도 해. 그리고 내가 그 모든 것을 이해한다고 말하면, 그 말을 하는 나를 이해할 수도 있겠지?"

"그래."

"……."

"어쩐지 나는 지금의 나의 이 상태를 통과하지 못할 것만 같아. 어떤, 가로지를 수 없는 곳에 이르게 된 것 같아."

"……."

"최근 들어 갖게 된 한 가지, 단순한 어떤 의문은 이런 거야. 나는 어떻게 끝이 나게 될 것인가 하는."

"……."

"……."

"네가 하는 모든 말이 그냥 수화기 속 어딘가에서 헛되게 맴돌고 있을 뿐인 것 같아. 나의 말 역시 마찬가지고."

"……."

"……."

"어쩌면 이 모든 게 우리 둘의 불면증 때문인지도 모르겠어…… 네가 나와 똑같이, 쉽게 잠을 이루지 못한다는 사실이 고마워."

"……."

"이제 잘 수 있겠니?"

"잠을 청해볼 수는 있을 것 같아. 잠이 나의 청에 응할지는 모르지만."

"그렇지만 금방 잠이 들지는 말아줘."

"그렇게 할게."

"……."

"……."

"우리의, 이 부서진 말들, 그것들의 부스러기들이 눈에 보여. 아무 형태도 빚어내지 못하는."

"……."

"……."

"이제 그만 끊을까?"

"그래."

"……."

"……."

"안녕."

"안녕."

"……."

"……."

"그런데 네가 보이질 않아."

"그건 나도 그래."

"하지만 나의 느낌 어딘가에 네가 있기도 한 것 같아."

"마찬가지야."

"……."

"우리 같이 조금만 더 힘들어할래?"

"아냐, 지금까지 함께 힘들었던 걸로 충분한 것 같아."

"……."

"내가 네게서 볼 수 있는 너의 전부를 봐버린 것 같아."

"……."

"이게 내가 네게 말할 수 있는 전부인 것처럼 말할게."

"……."

"그만 끊을게."

"그래."

"전화를 끊은 다음에는 어떻게 하고 있을 거야?"

"모르겠어. 아마도 조금 전 내가 취하고 있었던 자세로 돌아가 있겠지. 아니면 또다른 곤란한 어떤 상태로 있게 되겠지."

"……."

"이만 끊을게."

"……."

"그래. 전화해줘서, 그리고 이렇게 네가 먼저 끊어줘서 고마워."

"……."

"네가 연락을 하기 전에는 먼저 연락하지 않을게, 그렇게 해볼게. 그럼에도 네가 전화를 해주기를 또다시 기다릴지도 몰라. 아마 그럴 거야."

"……."

"……."

"여보세요?"

"그래. 하지만 지금의 나로서는 더이상 아무것도 말하지 않게끔 입을 다물려고 하고 있어."

"……."

"……."

## 자폐증

내가 나를 어떻게 제시하면 네가 나를 제대로 알 수 있을까, 그가 말한다. 나는 내가 어떻게 해야 좋을지 알 수가 없다. 나는 나의 생각과 행동을 마비에 이르게 하려고 노력한다. 그것이 그 순간 내가 할 수 있는 최선이다. 나는 나 자신을 아무것도 할 수 없는 상태로 몰아넣는다. 보통때에도 나는 내게 주어지지 않은 일들에 대해서는 할 생각을 않으며, 또한 주어진 일에 대해서는 생각 끝에 그것을 하지 않는다.

나를 이곳에 데려온 것은 아버지인 것 같다. 아니, 그가 내 아버지였는지는 확실치 않다. 중년의 어떤 남자였다. 어쨌든 우리는 같은 집에서 오랫동안 함께 살아왔다. 이마가 벗겨진 그는 머리칼이 별로 남아 있지 않았다. 그는 땀을 비 오듯 흘리고 있었고, 계속해서 바지 호주머니에서 손수건을 꺼내 이마를 닦았다. 그다지 더운 날씨는 아니었던 것 같다. 아마 여름이 끝나갈 무렵이었을 것이다.

우리는 먼길을 왔다. 아침에 집을 나섰지만 이곳에 도착한 것은 늦은 오후였다. 그는 우리가 어디에 가고 있는지 말하지 않았고, 나 또한 묻지 않았다. 우리는 버스에서 내려 벼가 심어진 논 사이로 난 길을 걸어왔다. 하지만 그곳의 벼들은 태풍의 피해를 입은 듯 모두 쓰러져 있었다. 그 위를 잠자리떼가 두서없이 날아다니고 있었다.

나는 이따금 고개를 돌려, 아버지가 무슨 말인가를 하기를 기다리며 그의 이마를 쳐다보았다. 하지만 그는 나를 쳐다보는 일이 없었다. 그는 앞만 똑바로 쳐다보며 걸었다. 그의 이마 너머로, 하늘에는 뭉게구름이 떠 있었다. 엷은 회색의, 그다지 짙지 않은 구름이었다. 구름은 조금씩 흩어지고 있었는데, 그것은 자연스러워 보였다.

정문에서 수위가 우리를 맞았다. 아버지의 얘기를 들은 그는 아무 말 없이 우리를 일층에 있는 어떤 방으로 안내했다. 수위는 평소에도 말이 없는 사람처럼 보였다. 우리는 책상과 의자가 하나씩 있는 텅 빈 방으로 들어갔다. 수위는 곧 다시 나갔다.

아버지와 나는 빈 의자에 앉아 잠자코 있었다. 텅 빈, 조용한 방의 느낌이 그 안에서는 될 수 있는 한 아무 소리도 내지 못하게 하는 방이었다. 그래서는 아니었지만 우리는 될 수 있는 한 조용히 앉아 있었다. 밖에서는 아무 소리도 들리지 않았다. 그때 벽에 있던 괘종시계가 오후 다섯시를 알리는 종소리를 냈다. 하지만 시계추는 움직이지 않고 있었는데 그도 그럴 것이 괘종시계에는 추가 달려 있지 않았던 것이다. 마지막 종소리가 긴 여운을 남기며 사라진 후 다시 아무 소리도 들리지 않았다.

나는 아버지와 아무 말 없이 있는 게 불편했고, 그래서 자리에서 일어나 창가로 가 밖을 내다보았다. 조금 전 보았던, 흩어지고 있던 뭉게구름들이 다시금 조금씩 뭉치고 있었다. 그것 역시 자연스러워 보였다. 그때 어떤 키가 작은 남자가 바깥 창으로 다가와 창문 앞에서서 뭔가를 훔쳐보듯 두 손을 둥글게 말아 얼굴을 댄 채로 우리가 있는 방 안을 들여다보았다. 그의 시선이 나의 시선과 마주쳤지만 그는 내게서 시선을 떼지 않았다. 나 또한 그에게서 시선을 떼지 않았다. 그는 나를 향해 미소를 지었다. 나는 웃지 않았다. 그는 내 뒤쪽에 앉아 있던 내 아버지를 향해 손가락을 가리켰다, 마치 그가 누구냐고 묻는 듯이. 나는 아무 표정도 짓지 않았다. 그러자 그는 내게 손을 흔든 후 창가에서 물러나 딴 곳으로 갔다. 그때 아버지가 내 쪽을 향해 고개를 돌렸다. 뭘 보고 있는 거니, 그가 물었다. 나는 아무 말도 하지 않았다. 뭘 본 거니, 아버지가 다시 물었다. 나는 아무 말 없이 그의 얼굴을 쳐다보았다. 그러자 그는 시선을 딴 데로 돌렸다.

조금 있자 어떤 남자가 방문을 열고 들어왔다. 그 역시 머리가 벗겨져 있었다. 그는 잠시 나를 쳐다본 후, 책상을 사이에 두고 아버지의 맞은편에 앉았다. 나는 다시 창 밖으로 고개를 돌렸다. 두 사람은 얘기를 시작했다. 나는 그들의 얘기를 엿듣지 않았다. 아버지는 주로 남자가 하는 얘기를 듣고 있었다. 얘기는 오래지 않아 끝이 났다. 남자가 일어섰고, 아버지가 일어섰다. 우리는 밖으로 나왔다. 남자는 나를 어떤 방으로 데려갔다. 그곳이 내가 지내게 될 방이었다. 아버지는 방 안에 들어오지 않고 입구에 서 있었다. 그는 뭔가 머뭇거리고 있었다, 그로 하여금 머뭇거리게 만드는 뭔가가 있다는 듯. 남자는 내게 침대 하나를 가리키며 그곳이 내가 잠을 자게 될 곳이라고 했다. 조금 있자 아버지가 방 안으로 들어와 내 손을 잡은 후 살며시 다시 놓았다. 그의 손은 떨리고 있었다. 나는 내 손 또한 떨리는 것을 보았다. 나는 그가 무슨 얘긴가를 하기를 기다렸다. 하지만 그는 아무 말도 하지 않았다. 대신 그는 손수건을 꺼내 이마를 닦았다. 땀 때문에, 그의 머리칼은 그의 이마에 달라붙어 있었다. 그런 다음 그는 내 이마를 닦아주었다. 나는 땀을 흘리고 있지 않았다. 구겨진 손수건에서는 쉰내가 났다. 다시 남자와 아버지가 몇 마디 얘기를 주고받았다. 나는 침대 위에 걸터앉았다. 딱딱한 느낌이 엉덩이에 전해졌고, 나는 내가 앉은 아래로 불안하게 나선형을 그리고 있는 스프링을 상상했다. 스프링은 망가져 있는 게 분명했다. 남자와 아버지는 나를 쳐다보며 몇 마디를 더 주고받은 후 방을 나갔다.

그때서야 나는 그 방 한쪽 구석에 있는 침대 위에 한 남자가 자고 있는 것을 발견했다. 그는 누워 있기보다는 쓰러져 있는 것처럼 보였다. 나는 그를 깨우지 않기 위해 조용히 앉아 있었다. 하지만 어느 순간 내가 그를 바라보았을 때 그는 마치 나를 감시하는 사람처럼 두 눈을 똑바로 뜬 채로 나를 쳐다보고 있었다. 그는 자고 있지 않았던 게 틀림없었다.

그후로 아버지는 나를 다시 찾아오지 않았다. 아니, 단 한 번 찾아온 것도 같다. 짧은 방문이었다. 내가 기억하는 것은 그때도 그가 손수건으로 연신 땀을 닦아댔다는 것과, 내가 그의 이마를 보며 눈을 질끈 감았다는 것밖에는 없다. 마지막으로 나를 찾아왔을 때 아버지는 자신이 또 찾아올 테니 그 사이 잘 지내라는 말을 하고 돌아갔다. 하지만 그후 그는 다시 나를 찾아오지 않았다. 이제는 나 또한 그가 오기를 기다리거나 하지 않는다. 나로서는 그가 다시 오지 않아도 상관이 없다. 그가 온다고 하더라도 달라지는 것은 없을 것이다. 나는 이곳에서 지내는 데 익숙해졌다. 그리고 내가 이곳을 나가게 되는 일은 없을 것이다. 나는 심각한 자폐증 증상을 보이고 있다. 사람들의 말로는 그렇다. 나의 상태는 아무런 호전의 기미를 보이지 않고 있다. 그것은 나 자신도 알 수 있는 사실이다.

나는 화장실과 세면대만 있을 뿐, 다른 불필요한 것들을 찾아볼 수 없는 단순한 방에서 다른 한 명의 환자와 지내고 있다. 처음 내가 이곳에 왔을 때 옆 침대에 누워 있던 남자다. 나와는 다른 증상으로 이곳에 있게 된 그의 병이 무엇인지 정확히 알 수는 없다. 그의 병이 좀더 복잡한 것 같다. 그는 나보다 나이가 훨씬 더 들어 보이지만 나보다는 건강한 편이다. 체격도 나보다 낫다. 하지만 그가 나보다 더 나이가 들었는지는 확실치 않다. 그의 나이는 분명치 않다. 나는 내 나이 또한 정확히 알지 못한다. 나는 보통의 다른 남자들에 비해 체구가 아주 작은 편이다. 나는 사람들의 말처럼 발육이 덜 된 것 같다.

내가 처음 온 날 저녁, 자리에서 일어난 그는 내게 가까이 다가왔다. 그는 내 얼굴을 이리저리 뜯어보는 것으로 내게 약간의 호기심을 보였다. 그는 손을 내밀 것처럼 하다가는 거두었다. 너는 누구지, 그가 말했다. 나는 아무 말도 하지 않았다. 나는 누구와도 어떤 말도 나눈 적이 없었다. 나는 누군가와 무슨 말을 해야 좋은지를 알지 못한다. 그는 내가 알지 못하는 어떤 사람의 이름을 대며 그 사람이 아닌지 물었다. 여자의 이름처럼 들리는 이름이었다. 나는 고개를 저었다. 아니라고. 그렇다면 네가 누군지는 나로서는 알 바가 아니지, 그가 말했다. 그는 내게 그 이상의 관심은 없는 듯했다. 그러니 네가 누군지는 말하지 않아도 돼, 그가 말했다. 그렇지만 너는 누구지, 그가 다시 물었다. 나는 아무 대답도 하지 않았다. 네가 누군지는 중요하지 않아, 그가 말했다. 그는 자연스럽게 내 머리를 쓰다듬었다. 나는 머리를 옆으로 젖히며 얼굴을 찡그렸다. 너는 머리가 좋니, 아무런 표정 없이 그가 말했다. 나는 그를 쳐다보았다. 그렇게 보이지는 않는구나, 하지만 그건 상관없는 일이야, 머리로 생각을 하는 것은 쓸데없는 일이야, 그가 말했다. 나는 손을 머리로 가져가 헝클어진 머리칼을 다시 가다듬었다. 너는 파악하기 힘든 애처럼 보이는구나, 그가 나를 쳐다보며 말했다. 나는 눈을 감았다. 그는 잠시 아무 말이 없었다.

너와 함께 있게 된 게 나한테 좋은 일인지 모르겠구나, 그가 다시 말했다. 자기중심적으로 들리는 그의 그 말이 나를 기분 나쁘게 만들지는 않았다. 한데 우리가 함께 잘 지내기 위해서는 내가 하는 말을 잘 들어야 해. 내가 어떤 사람인지는 차차 알게 될 거야. 하지만 네가 어떤 애인지는 중요하지 않아. 그는 나를 똑바로 쳐다보며 말했다. 나는 고개를 떨구었다. 그리고 내가 뭔가를 묻게 되는 일이, 그리고 내가 무슨 말을 했는지를 묻게 되는 일이 있을 텐데, 그때 너는 잘 대답할 수 있어야 해, 알겠니? 그게 네가 나와 함께 지내는 데 있어 가장 중요한 것으로 명심해야 할 일이야, 내 말을 알아들었지? 나는 아무 대답도 하지 않았다. 그는 대답을 강요하지는 않았다. 착하게 굴 건 없지만 그래도 착하게 굴도록 해, 그가 다시 말했다. 하지만 내가 묻는 말에 대답하는 것 외에는 내게 먼저 말을 걸거나 하지는 말도록 해. 그렇다고 내가 하루 종일 아무 말이 없다고 너 또한 아무 말도 하지 않으면 안 돼. 그 말을 하며 그는 웃음을 지었다. 나는 그와 함께 지내는 것이 그다지 어려운 일은 아닐 거라는 생각을 했다. 내가 한 말을 굳이 명심할 필요는 없어, 그가 말했다. 그리고 내가 보기에는 네가 내가 하는 말을 이해하는 것 같지도 않구나.

조금 후 그는 그의 침대로 돌아갔다. 그는 잠시 가만히 앉아 있었다. 나는 그가 무엇을 할지 궁금했다. 내가 뭘 할지가 궁금하니, 나의 생각을 읽은 듯 그가 나를 쳐다보며 물었다. 나는 얼굴을 옆으로 돌렸다. 그는 가만히 나를 쳐다보고 있었다. 뭘 해야 좋을지를 생각중이야. 나를 한번 봐줄래? 나는 그를 바라보았다. 너는 내가 뭘 했으면 좋겠니? 나는 아무 대답도 하지 않았다. 딱하게도 너는 벙어리인 모양이구나, 그가 말했다. 너라면 내가 뭘 하면 좋을지를 알 줄 알았는데.

조금 후 그는 책상 서랍에서 노트와 연필을 꺼내 뭔가를 적거나 그릴 것처럼 노트 위에 연필을 올려놓은 채로 노트를 바라보며 가만히 있었다. 생각들이 떠오르기를 기다리고 있는 거야, 그가 말했다. 그런데 아무 생각도 떠오르지 않는군. 조금 후 그는 다시 노트를 덮은 뒤 조용히 그것들을 책상 서랍 속에 넣은 다음 서랍 고리를 쥔 채로 가만히 있었다. 조금 후 그는 다시 노트를 꺼냈지만 아무런 생각도 떠오르지 않은 듯 다시 그것을 서랍 속에 넣었다. 그의 그 행위는 몇 차례나 반복되었다. 그것은 그가 시간이 날 때면 되풀이하는 것으로, 나로서는 그것을 보는 것에 이미 익숙해 있었다.

한참 후 그는 이번에는 책상 서랍에서 어떤 그림책을 꺼내 펼쳤다. 그는 내게 어떤 페이지를, 내가 잘 볼 수 없게 슬쩍 보여주며, 이런 그림을 그린 사람이 어떤 사람일지 알 것 같아, 하고 물었다. 나로서는 그 내용을 알 수 없는, 일그러진 형태들로 가득한 그림이었다. 그 아이는 인형의 배를 칼로 갈라 그 속을 뜯어먹곤 했지, 인형이 자신의 흉을 보고 있는 것을 그는 알았지, 그는 혼잣말을 했다. 그는 내가 결코 이해할 수 없는 말을 했다. 그렇게 그는 결코 나로서는 이해할 수 없는 말들을 곧잘 중얼거렸는데, 나는 그의 그 이상한 모습에도 곧 익숙해지게 되었다.

그의 몸에서 나오는 냉기에 그의 침대 머리맡에 놓아두었던 꽃들은 점차 시들어갔지, 조금 후 그는 또다시 중얼거렸다. 하지만 이제 그의 그러한 이상한 행동과 말 들은 내게 조금도 낯설게 여겨지지 않는다. 내게는, 그의 행동과 말 모두가 그 나름대로 충분한 이유를 갖고 있는 것처럼 여겨진다.

그의 이상한 행동은 그후로도 계속해서 이어졌다. 가끔 그는 서랍에서 종이가 다 떨어져나간, 철사에 묶인 대나무 뼈대밖에 남아 있지 않은 연을 꺼내 창문을 열고 창 밖으로 날려보내기도 한다. 창 밖으로 던진 연은 바람에 실려 힘차게 날아오르는 대신 땅바닥으로 곤두박질친다. 그럼에도 그는 그것이 마치 하늘을 날고 있기라도 하듯, 마치 낚싯대를 드리우듯 줄을 이리저리 움직인다. 연은 그의 손에 의해 땅 위를 끌려다닌다. 꼭 하늘을 날아야하는 건 아니지, 그는 말한다. 이것이 하늘을 나는 걸 보는 게 싫어 하늘을 날 수 없게 만들었지. 이걸 두고 연이라고 할 수는 없지만, 그럼에도 나는 연이라고 말하지, 나의 연이라고, 이것은 연이 아니기에는 너무도 연이지. 그 말을 하며 그는 실을 당겨 연을 끌어올려 흔들기 시작한다. 그는 창가에 서서 자신이 실에 매달아 흔드는 것들이 그의 눈앞에서 어른거리며 흔들리는 것을 보며 기뻐했지, 하고 그는 말한다. 그는 그가 흔드는 것이 그것을 흔드는 자신과 별개가 아니라는 사실에 즐거웠어, 그가 그라고 일컫는 것이 그 자신인지 다른 누군지 나는 알 수 없다. 어쩌면 그가 말하는 그는 그가 상상하는 그 자신인지도 모른다.

대체로 그는 그렇게 조용히 혼자 시간을 보낸다. 아니, 그가 항상 혼자서 조용한 시간을 보내는 것만은 아니다. 어느 순간 내가 그의 옆에 있다는 것을 깨달은 듯 그는 가끔 내 가까이 다가와, 잠시 나를 내려다본 후, 어떤 생각 끝에 내 머리를 때리기도 한다. 마치 어떤 인사를 나누는 것처럼. 그가 때리는 것이 그다지 아프거나 하지는 않다. 그는 일종의 애정을 표현하듯, 하지만 애정을 표현하는 것은 아닌 것이 분명하게 나를 때린다. 처음 그가 나를 때렸을 때 나는 저항을 했던 것 같다. 사람은 아무 이유 없이 맞게 되면 저항을 하게 마련이지, 하고 그가 말한 것을 보면. 하지만 곧 나는 그에게 맞는 것에 익숙해지게 되었다. 네가 내게 맞을 이유가 없다고 해서 내가 너를 때릴 이유 또한 없는 건 아냐, 그는 말한다. 나는 그것으로 내가 그에게 맞을 이유가 성립되기를 바란다. 단지 나는 그가 나를 때릴 때면 나를 때리는 건 좋지만 머리는 때리지 말아달라고 부탁한다. 하지만 나의 이러한 부탁은 소용이 없다. 내가 어디를 맞게 될지를, 그가 나의 어디를 때릴지를 결정하는 일은 그에게 달려 있기 때문이다. 나는 그가 때리는 곳을 맞아야 한다. 그가 때리는 곳에 내가 맞아야 할 곳이 있는 것이다. 그는 그의 기분에 따라 나의 머리를 때리기도, 가슴을 주먹으로 쥐어박기도 한다. 나를 때릴 때의 그는 마치 자신의 직분을 다하는 사람처럼 진지하게 그 일을 수행한다. 나는 어떻게 해야 좋을지 알 수가 없다. 어떤 상황에서 당연히 어떻게 처신해야 하는 것으로 여겨지는 대로 처신하는 것에 나는 조금도 익숙지 않다.

네가 당하고 있는 이 일을 누군가에게 일러도 좋아, 그는 말한다. 하지만 나는 그가 나를 때리는 것에 대해 누구에게도 말한 적이 없다. 누구에게 말해야 좋을지 몰라서라기보다는 누구에게도 말하고 싶지 않아서이다. 내가 네게 용서할 수 없는 짓을 하는 것을 용서해줘, 나는 오로지 나를 위하는 마음에서 네게 이렇게 하는 거야, 내가 네게 하는 이 일이 네게는 아무것도 아니길 바래, 그는 말한다. 나는 그를 용서하는 대신, 이런 것은 용서의 문제가 아니라고 생각한다. 아니, 어떻게 하면 네가 나를 결코 용서하지 않을 수 있는지를 생각해봐, 그는 말한다. 나는 눈을 감는다. 나는 내 몸에 닿는 그의 주먹을 최대한 생생하게 느끼려고 감각을 집중한다. 끝내 네가 나를 견딜 수 없게 되기를 바래, 그는 말한다.

마침내 나에 대한 구타가 끝나면 그는 나의 얼굴을 당겨 그의 가슴에 묻는다. 그의 가슴에서는 시큼한 냄새가 난다. 내가 네게 한 짓을 후회하고 싶어, 그는 말한다. 그런데 그게 잘 되지 않아. 그렇지만 이 모든 것에도 불구하고 우리는 서로 잘 지내고 있잖아. 그는 나를 보며 웃는다. 나 또한 이것이 어울리는 것은 아니라는 생각을 하면서도 웃음을 짓는다. 나는 그의 가슴에 안긴 채로, 이것이 나의 상황이며 이 상황에서 내가 벗어날 방법은 없다는 생각을 한다. 그는 나의 머리를 쓰다듬고, 나는 하마터면 그의 허리를 감싸안을 수도 있을 것만 같다.

그런데 그가 괴롭히는 것은 나뿐만이 아니다. 그가 좀더 심혈을 기울여 괴롭히는 것은 오히려 그 자신이다. 그가 자신을 힘들게 하는 방법은 훨씬 더 체계적이며 보다 다양하고 좀더 가혹하다. 그가 자신을 학대하는 데 제일 흔하게 동원하는 방법은 제법 큰 쇠 추를 그의 발등에 떨어뜨리는 것이다. 그가 그 추를 어디에서 구했는지는 알 수 없다. 그것은 항상 그의 호주머니 속에 들어 있어, 그가 그것을 필요로 할 때면 언제든 그는 그것을 그의 수중에 넣을 수 있다. 그는 그 추를 그의 발등에 떨어뜨리는 용도 외에는 사용하지 않는다. 이것은 추이면서 추 이상의 어떤 것이지, 동시에 그 이하의 어떤 것이기도 하지만, 그 말을 하며 그는 또다시 추를 집어들어 떨어뜨린다. 추를 떨어뜨린 후면 그의 발등은 퉁퉁 붓는다. 그리고 어떤 때는 시퍼렇게 멍이 들기도 한다. 내가 지금 나의 잘못을 밝혀내려 하고 있다고 생각한다면 그것은 나의 오산이지, 그는 말한다.

그 밖에, 그는 접착테이프를 다리에 붙인 후 그것을 문지른 다음 괴로운 표정을 지으며 떼어내기도 한다. 그럴 때면 테이프의 접착면에는 그의 다리에서 떨어져 나온 털이 달라붙어 있기도 하다. 그는 그 털들을 정성스럽게 떼어내 모은다. 그는 또 여러 가지 잡동사

니들이 들어 있는 그의 책상 서랍에서 압정을 꺼내 그의 손에 하나씩 박기도 하는데, 그럴 때면, 나의 생각들에 압정을 박는 거야, 하고 말한다. 또한 어떤 때는, 내가 보기에는 이것이 그가 가장 공들여 하는 것이다, 그는 스테이플러를 꺼내 바지를 내린 다음 마치 박음질을 하듯 그의 허벅지에 박은 후 하나씩 철침을 빼내기도 한다. 이렇게 하면 기분이 좋아질 것만 같단 말야, 마치 살 속에 박힌 가시를 빼내는 것같이, 하지만 이러고 나면 내 기분이 나아지는가 하면 반드시 그런 것도 아냐.

그의 그러한 행위는 그를 이해하는 데 결정적인 단서인 것처럼 여겨지기도 하지만, 동시에 끝내 그를 이해하는 것을 가로막는 것이기도 하다. 하지만 그를 이해하기 어렵다는 사실이 나를 곤란하게 만들지는 않는다. 어쨌든 내게 그의 그러한 짓들은 그의 특이한 취미처럼 보인다. 나는 누군가의 취미는 그 자체로 존중되어야 한다고 생각한다. 때로 그는 그의 스테이플러를 내게 건네주며 나 또한 그가 하는 짓을 한번 해보라는 말을 한다. 너는 어떤 기분일지 궁금해, 그는 말한다. 나는 사양한다. 그는 더이상 강요를 하지는 않는다. 사실 그는 그 자신 외에는 다른 무엇에도 관심이 없는 게 분명하다. 그의 그러한 점이, 그의 특이한 성향에도 불구하고, 우리가 커다란 별일 없이 지낼 수 있게 하는 것임에 틀림없다.

이제는 내가 이곳에 온 지도 꽤 되었다. 나는 이곳의 모든 것들에 적응이 되었다. 그리고 그렇게 되는 데에는 별다른 노력도 필요가 없었다. 나는 내 주변에서 일어나는 일들에 대해 거의 아무런 반응도 보이지 않는다. 이곳에서의 우리의 일과는 나름대로 규칙적이다. 그것은 식사 후의 휴식과 휴식 후의 식사와 식사 후의 휴식과 휴식 후의 식사와 식사 후의 휴식과 휴식 후의 수면으로 이루어져 있다. 간혹 있는 의사들의 진료는 간단하게 이루어진다. 우리는 다른 누구로부터 거의 아무런 간섭도 받지 않는다. 자신의 생각에 의해서만 간섭을 받을 뿐이다. 나는 되도록 아무런 생각을 하지 않으려 노력한다.

나는 거의 대부분의 시간을 꼼짝 않고 침대에 누워 지낸다. 내가 온몸의 힘을 뺀 채로 누워 있을 때면 멀리서, 이제는 완전히 코에 익은, 희미한 악취가 풍겨온다. 그 악취는 끊이지 않고 찾아온다. 어딘가에 있는 석회석을 가공 처리하는 공장의 굴뚝에서 나오는 냄새다. 근처에 커다란 공단이 있다는 것을, 나는 내 방의 동료의 이야기를 통해 알고 있다. 그는 우리가 있는 곳에서 가까운 곳에 있는 그 공장을 없애야 한다고, 아니면 우리가 다른 곳으로 가야 한다고, 그렇지 않으면 결국에는 그 악취로 인해 조금씩 죽어가게 될 거라고 말한다. 나는 그것도 나쁘지 않다는 생각을 한다.

그날의 날씨와 바람의 방향에 따라 그 악취는 좀더 진하기도 하고 옅기도 하다. 나는 나의 후각신경을 미세하게, 하지만 전혀 가혹하지 않게 자극하는 그 냄새를 폐부 깊이 들이켠다. 그럴 때면 나의 몸보다 훨씬 가벼운 어떤 것이 내 몸을 훑으며 지나간다. 그 순간 나는 나 자신이 분말처럼 느껴진다. 또한 나는 햇빛을 반사하고 있는 알루미늄 굴뚝들을, 그리고 그 굴뚝들에서 나와 공기 중으로 흩어지는 연기를 상상한다. 그럴 때면 나는 완전히 자유로운 것처럼 느껴진다.

나는 혼자 생각을 계속한다. 나는 내가 원하는 곳이면, 그곳이 어디든, 갈 수 있다. 커다란 석회동굴이 나의 머릿속에 떠오른다. 동굴의 잔잔한 투명한 호수 위를, 나는 노를 저어간다. 동굴은 안쪽으로 들어갈수록 더 넓어진다. 물 속에는 수많은 사람들이, 몸통이 떨어져 나간 얼굴들이 바닥에 가라앉아 있다. 그 가운데에는 내가 아는 사람들의 얼굴도 있다. 아버지의 얼굴도, 나의 얼굴도 있다. 나의 얼굴은 여러 개나 된다. 그 얼굴들은 내가 손을 뻗어 건져올리기에는 너무도 깊은 곳에 있고, 그래서 나는 그것들을 그냥 지나쳐간다. 이것은 어느 날 밤 내가 꾼 꿈이다.

이제 우리는 저녁식사를 끝낸 후 각자의 침대에 앉아 있다. 나는 하루의 일과가 끝난 그 시간을 좋아한다. 귀를 기울여보지만 아무 소리도 들리지 않는다. 낮 동안의, 어딘가에서 들려오던 공사장의 소음소리는 이제 멈췄다. 어둠 속에서 모든 것은 희미해지기 시작한다. 이곳에 오기 전에도 나는 항상 저녁 무렵의 그러한 어둠이 있는 어떤 방에서 지냈다. 그 방에서 밖으로 나가지 않았다. 나를 이곳에 데려온, 자신을 아버지로 자처하는 그 남자가 가끔 방문을 열고 잠시 나를 쳐다본 후 문을 닫고는 사라지곤 했다. 그것이 내게 있어, 사람과의 유일한 접촉이었다. 그 방 안에 혼자 있을 때면 나는 가끔 창가로 가 창문을 열고 밖을 내다보곤 했다. 하지만 그 창밖에는 아무것도 없었다. 커다란 벽이 가로막고 있어 어두운 뒤곁이 있을 뿐이었다. 아래쪽 땅바닥에는 잡초들이 자라고 있었는데, 여름이면 내가 손을 뻗으면 그것의 끝을 만질 수 있을 정도로 무성하게 자랐다. 이따금 잡초의 끝이 바람에 흔들거렸지만 나는 그 잡초에 손을 대는 일은 없었다. 언젠가 한번 그 잡초의 끝에 손을 베인 적이 있었던 것이다.

하루는 내가 이 방에 혼자 누워 있는데 길을 잘못 든 새 한 마리가 날아들어와 방 안을 거칠게 날아다녔어, 어느새 자리에서 일어난 그가 문 옆으로 가 전등 스위치를 올리며 말한다. 나는 눈이 부시고, 그래서 얼굴을 옆으로 돌린다. 하지만 내가 꼼짝 않고 있자 새는 조용해지며 내 침대 위에 앉더군, 그가 말한다. 나를 새를 쫓아내려 했지만 그것은 날아가지 않더군. 그것은 날아갈 생각을 할 수가 없었던 거야. 그 사이 내가 그 새의 부리를 꽉 쥐고 있었으니까. 그리고 그 새는 나의 팔을 그것의 발로 움켜쥐고 있었지.

조금씩 그는 방 안을 불안한 모습으로 서성거리기 시작한다. 그의 움직임이, 그의 불안이 가장 활발해지는 것은 저녁때이다. 그리고 그의 움직임은 그의 불안과 직접적으로 연결되어 있다. 그의 불규칙하게 내딛는 걸음을 통해 나는 그가 흥분상태에 있다는 것을 알게 된다. 그럴 때면 나는 긴장하게 된다. 갑자기 그는 손을 허공 위로 들어 마치 뭔가를 내려치는 시늉을 한다. 바로 이런 자세로였어, 그는 말한다. 그게 언제였지? 이십 년도 더 되었을 거야. 그날 오후 집에 온 그는 안방 문을 연 다음 방 안에 누워 있는 그 희미한 형체를 잠시 지켜본 후 마당으로 나와 도끼를 들고 다시 방 안으로 들어갔지. 그는 도끼를 쥔 손에 힘을 더하며, 잠시 눈을 감았어. 그리고 그 틈을 이용해 그는 미소를 지었어. 그리고는 그가 오랫동안 꾸며왔던 계획을 실행에 옮겼어. 그는 자신이 저지르는 짓을 자신의 눈으로도 믿을 수 없는 광경으로 만들려는 듯 눈을 활짝 떴어. 그는 나를 향해 회심의 미소처럼 보이는 미소를 짓는다.

그가 온정을 베풀며, 그래, 그는 자신이 온정을 베풀고 있다는 생각을 했어, 높이 치켜든 도끼를 내려치는 순간 그의 어깨에 전달된 충격을 그대로 몸속에 지닌 채로, 그리고 그 느낌을 손에 쥐기라도 하듯 손을 불끈 쥔 채로 그는 어디론가 달려가기 시작했고, 곧 자신이 마을 앞을 흐르는 강이 있는 곳으로 달려가고 있다는 것을 깨달았지. 그는 걸음을 멈출 수가 없었고, 멈추고 싶지 않았어. 강가로 달려가는 동안 그는 그가 도끼로 내려쳐 잘린 목에서 떨어져나간 얼굴이 무사한 표정을 짓고 있는 것을 보았다는 생각이 들었고, 그것이 안심이 되었어. 그는 스스로 강물 속으로 뛰어드는 대신 도끼를 급류의 강 속에 던졌지. 강가에는 자갈밭이 있었고, 그는 그 위를 서성이며 자갈들이 부딪치며 내는 소리를 들으며 조금 전 그가 저지른 짓이 어떤 종류의 것인지를 깨달았어. 그때서야 그는 그 얼굴이 내지르는 비명 소리를 생생하게 들을 수 있었어. 그는 꼼짝 않고 서서, 기분이 이상해지려고 만반의 준비를 갖추었지만 끝내 그렇게 되지 않았어. 대신 그는 미소를 지었어. 그는 그 이상으로 잘 될 수 없게 모든 일이 잘 끝난 것만 같았어. 그는 그의 발에 부딪히며 소리를 내는 자갈 몇 개를 집어들어 강물 위로 던진 다음 근처에 있는 갈대밭으로 가 갈대 사이에 몸을 뉘었어. 그는 가만히 누운 채로 갈대가 바람에 몸소 흔들리는 것을 바라보았지. 갈대는 꺾일 것처럼 구부러졌지만 꺾어지지는 않았어. 그는 그 갈대 중 하나를 손에 쥐고 꺾었어.

이 순간 갈대는 굳이 이런 모습을 취하고 있어야 해, 그는 중얼거렸어. 그리고는 손을 내밀어 또다른 갈대 하나를 쥐고 아주 가만히, 아주 가만히 흔들다가 놓아주었지. 마음속으로 어떤 뭔가와 타협을 하는 사람처럼. 그런 다음 그는 자신에게 속삭였지, 그 어떤 경우에도 반성의 기미를 보여서는 안 된다고. 그는 나를 친근한 표정으로 바라본다. 나는 더이상 그를 경계하지 않는다. 그렇게, 내가 누군가에 대한 경계를 늦추게 된 것은 내게 처음 있는 일이다. 그에게는 사람을 안심시키는 어떤 힘이 있다.

그는 잠시 생각에 잠긴다. 지금까지 내가 한 얘기를 돌이켜보고 있는 거야, 그가 말한다. 나는 그가 지금 한 말이 무슨 뜻인지 묻고 싶은 마음을 억누른다. 지금 나는 어떤 모습이지, 그는 미소를 지으며 내게 말한다. 그의 표정은 도무지 읽을 수가 없다. 곧잘 나는 나를 미소 짓게 만드는 것들을 떠올리며 얼굴을 찡그렸지, 그가 말한다. 나는 그의 얼굴이 조금씩 일그러지기 시작하는 것을 본다. 나는 그를 이해할 수 있어, 그는 그의 일반적인 상황이 자신에게 유리하게 되는 일이 없게 조심을 했어, 그는 말한다. 나는 그가 그라는 인물을 내세워 한 이야기가 그 자신에 관한 것이라는 확신을 갖게 된다. 그는 나를 뚫어지게 쳐다본다. 경우에 따라 차라리 위악이 위선보다 나을 수도 있지만, 너의 이 위악은 그렇지 못해, 그는 자신에게 말하듯 혼잣말을 한다. 그는 부끄러운 듯 얼굴을 떨군다. 그는 탁월한 연기자처럼 보인다.

그런데 그 이야기는 그에게서 그전에도 들은 적이 있다. 이야기의 일부가 조금 달라지는 경우는 있지만 전체적인 내용은 비슷하다. 나는 그에게 일어난 어떤 일을 짐작한다. 그가 내려친 도끼날이 관통한 것은 그의 어머니였을까, 아니면 아버지였을까, 아니면 다른 누구였을까? 그것은 알 수가 없다. 아니면 그에게 그런 일은 없었는지도 모른다. 어쨌든 나는 그가 아주 가만히 흔들다가 놓아준 그 갈대가 내가 끝내 손을 대지 않은, 예의 그 창가를 서성이듯 흔들리던, 집 뒤꼍에 있던 잡초와 비슷한 것으로 여겨진다.

그 일이 있은 이튿날 아침, 갈대숲에서 잠이 깬 그는 자리에서 일어나 어디론가를 향해 걸어갔어. 집에서 멀리. 한참을 걸은 그는 강의 하구에 다다랐어. 그는 잠시 강가에 서서 강의 끝까지 떠내려온 쓰레기들이 바다로 흘러들어가기 전, 갈대밭 사이에서 주춤거리고 있는 것을 바라보았어. 그리고 그는 자신이 무엇을 하고자 하는지를 알아내려 애를 썼어. 그때 어떤 소리가 근처에서 들려왔어. 그는 귀를 집중했고, 그것이 자신이 내는 소리라는 것을 알게 되었어. 물 속으로 들어가라는, 그곳이 네가 처해 있어야 할 곳이라는. 그는 망설이지 않았어. 그의 마음은 그가 새삼스럽게 가다듬을 필요도 없게 이미 가다듬어져 있었어. 그는 신발을 벗은 후 강물 속으로 들어갔지. 그가 허우적거리는 모습이 잠시 강물 위로 보인 후 그의 모습은 물 속으로 사라졌지. 거기까지 얘기를 한 그는 잠시 생각에 잠긴다. 그는 그 이야기의 결말을 항상 그렇게 끝내기를 좋아했지. 그의 시신은 그 다음날 고기를 잡기 위해 쳐놓은 그물에 걸려 발견되었지. 하지만 나로서는 그의 이야기가 그렇게 끝나는 것이 마음에 들지 않아, 그가 말한다.

잠시 후 그는, 내가 보고 있는 앞에서 창가로 다가간다. 지금과 같은 여름이었지, 그가 말한다. 나로서는 그가 말하는 여름이 언제였는지, 또한 그것이 그 살인이 있던 때와 같은 무렵이었는지 알 수가 없다. 그 여름의 싱그러운 클로버 풀밭에서는 토끼들이 앞발에 침을 묻혀 얼굴을 닦아대고 있었어, 짝짓기를 준비하며. 가까운 곳에서 족제비가 침을 흘리며 소리없이 다가오는 것도 모르고. 그때 그는 그가 그 여름 내내 올라가 있던 커다란 느릅나무의, 보통 사람의 키 높이에 위치한, 갈라진 가지 사이에 아늑하게 몸을 기댄 채로, 무심한 태도로 위쪽 하늘을 바라보고 있었어. 그럼에도 그는 그의 발아래에서, 토끼와 족제비 사이에서 일어나는 일들을 모두 다 볼 수 있었어. 그의 눈에는 그게 다 보였으니까. 한참 후 나무에서 내려온 그는 족제비가 먹어치운 후 남긴 토끼의 털을 들어 손바닥 위에 올려놓은 다음 입김으로 그것들을 날려 보냈지. 입김에 날아오른 털은 바람에 실려 먼 곳으로 날아갔지.

나는 그의 얼굴을 유심히 쳐다본다. 어느새 그의 시선은 허공을, 아주 먼 어딘가를, 어쩌면 그의 과거를 향해 있다. 그는 시선을 떼지 않고 이미 어두워진 창 밖을 바라보고 있다. 그는 완전히 자신에게 사로잡혀 전혀 미동도 하지 않고 서 있다.

나는 그의 어깨가 측은하게 구부러져 있는 것을 보지만 그것을 무시한다. 나는 내 서랍에서 책을 한 권 꺼내 읽는다. 활자들 위로 나의 눈이 스쳐지나간다. 활자들이 창문을 흘러내리는 빗물처럼 책장 아래로 흘러내린다. 활자들은 나의 생각이 이를 수 없는 곳에 고여 있다. 나는 책의 내용에 집중을 할 수가 없다. 책의 내용은 내 안에서 본래의 내용과는 다르게 파악된다. 하지만 상관없다. 사실 뭔가의 내용이 내게 중요한 적은 없다. 그 무엇도 내 안에서는 아무런 내용도 갖추지 못한다. 세상의 모든 것이 내게는 내용이 아닌 형태로서만 난립할 뿐이다. 그 형태들은 비교적 혼란스럽거나 비교적 정돈되어 있을 뿐이다, 그럼에도 여전히 일그러진 채로. 나는 조금 후 다시 책을 덮은 다음 그것을 책상 서랍 속에 넣는다.

나는 다시 자리에 눕는다. 조금 있자 창가에 서 있던 그가 내 쪽으로 고개를 돌린다. 그 사이 그의 얼굴은 눈에 띄게 창백해져 있다. 그는 나를 빤히 쳐다본다. 그가 그렇게 나를 쳐다볼 때면 나는 난처해진다. 그 역시 난처함이 역력한 표정으로 나를 쳐다본다. 우리가 함께 있을 때면 서로 어떻게 해야 하는지, 또는 어떻게 해서는 안 되는지, 또는 어떻게 하지 않으면 안 되는지를, 우리 중 누구도 알지 못하고 있다.

내가 나를 어떻게 제시하면 네가 나를 제대로 알 수 있을까, 그가 말한다. 그런 다음 그는 다시 몸을 창가로 돌린다. 나는 내가 어떻게 해야 좋을지 알 수가 없다. 나는 나의 생각과 행동을 마비에 이르게 하려고 노력한다. 그것이 그 순간 내가 할 수 있는 최선이다. 나는 나 자신을 아무것도 할 수 없는 상태로 몰아넣는다. 보통 때에도 나는 내게 주어지지 않은 일들에 대해서는 할 생각을 않으며, 또한 주어진 일에 대해서는 생각 끝에 그것을 하지 않는다.

그런데 그 순간 그는 몸을 다시 돌린 다음, 뭔가를 꾸미는 사람처럼, 방 안을 서성이기 시작한다. 그렇게 그는 끊임없는 생각을 통해 그에게 주어지면 그가 하게 될 일을 떠올린다.

조금 있자 그가 나를 향해 걸어온다. 그는 내 좁은 침대 위에, 내 옆에 앉는다. 나는 마음속으로 나의 보호막을 친다. 네 옆에 누워도 되겠지, 그 말을 하며 그는 내 옆에 눕는다. 우리의 침대는 두 사람이 눕기에는 몹시 좁다. 그는 나를 조금씩 옆으로 밀친다. 나를 이 침대에서 밀어 떨어뜨릴 생각이 아니라면 옆으로 조금 가주겠어, 그가 말한다. 나는 침대에서 떨어지지 않게 그의 몸에 내 몸을 밀착한다. 조금 전 친 나의 보호막은 무력하게 찢어지고 만다.

어떤 방, 보통의, 가구가 전혀 없는 텅 빈 방이었어. 그가 말한다. 내가 기억하는 그는 그 방의 한쪽 구석에 있는, 아주 긴 발이 세 개 있는, 등받이가 없는 둥근 의자에 앉아 있었어. 어떻게 해서 그의 방에 그러한 의자가 있게 되었는지, 그가 어떻게 해서 그 높은 의자에 올라가 앉아 있게 되었는지, 그가 그 위에 앉아 무엇을 하는지는 아무도 알 수 없었어. 하지만 항상 그는 그 높은 의자 위에 앉아 있었지. 그는 머리가 천장에 닿아 고개를 숙인 채로, 천장을 떠받치고 있기라도 한 것처럼, 마치 어떤 이상한 그림 속에서처럼 그렇게 앉아 있었지. 그가 올라가 있게 된 높이를 내려다보며. 그는 어쩌면 그 높이에 의해 그와 나머지 세계가 양분되어 있다고 느꼈는지도 몰라. 그러면서 그는 스스로에게 언제까지 그러고 있을 거냐고 물어보았고, 그와 동시에, 그럴 필요가 없게 될 때까지, 라는 답변을 받아내기도 했지. 그가 하는 이야기는 얼마 전 그가 보여준 그림책에 등장하는 그림에 대한 묘사 같기도 하다.

천장에서 무슨 소린가가 희미하게, 그리고 끝없이 들려왔지만 그는 그 소리에는 신경을 쓰지 않았어. 그는 두 손으로 귀를 틀어막았어. 어쩌면 그 순간 그는 자신의 생각 속에서 왜곡을 만들어내는 어떤 방법을 떠올리고 있었는지도 몰라. 그 방에 들어오는 사람은 아무도 없었어. 그는 누군가가 그 방에 들어오기를 기다리지 않았어. 그는 그 의자 위에 있었지. 그는 가끔 어떤 시도를 하듯 손을 내저었지만 그것은 아무런 소용도, 의미도 없는 몸짓일 뿐이었어. 때로 어떤 혼란된 느낌이 그에게 말을 걸어오곤 했지만, 그는 그것이 어떤 내용인지 알 수 없었어. 그래서 그는 느낀다는 것, 또는 생각한다는 게 뭘까 하고 생각하곤 했어. 그의 그 이야기는 나를 유사한 어떤 기억의 공간 속으로 데려가준다. 그럼에도 그는 그 높은 의자 위에서만 편안함을 느꼈지. 그는 모든 것에 대해 완벽하게 무지했던 거야. 아니, 완전한 무지에 도달하고자 했지. 그럴 때면 이상한 형태의 영상들이 그에게 다가왔어. 무심하게. 그는 그와 동일한 무심함으로 그것들을 밀어냈어. 그는 그것들이 무엇인지 알고 있었어. 그로서는 그것들이 그가 모르는, 또는 모를 수도 있는, 또는 모를 수밖에 없는 어떤 것이 아닌, 단지 모르는 척할 수 있는 어떤 것이었지. 이제 나는 그의 얘기에 관심을 갖는 것이 어려워진다. 나는 나의 생각 속에 빠져든다.

이야기를 하다보면 어느새 그 이야기들이 스스로 늘어놓는 이야기들을 하게 되지, 그가 중얼거린다. 그런 다음 한동안 그는 아무 말이 없다. 무슨 생각을 하고 있지, 아니면 무슨 생각을 하지 않으려 하고 있지, 나를 쳐다보며 그가 묻는다. 나는 아무 말도 하지 않는다. 네가 나를 모르는 이상으로 나는 너를 모르겠구나.

나는 고개를 베개 위에 파묻는다. 왜 너는 항상 가만히 있기만 하지? 너의 이런 점이 싫을 뿐만 아니라, 더 싫은 건 내가 너의 이런 점을 닮아가고 있다는 사실이야, 그가 말한다. 내가 너를 어떻게 해야 좋을지를, 충고를 아끼지 말고 해줄래? 내게 무슨 말이라도 해보란 말야. 나는 아무 말도 하지 않는다. 나는 말을 하는 법을 완벽하게 잊어버렸다. 네가 나한테 이래도 되는지를 다시 한번 생각해봐야겠구나, 그가 말한다. 하긴 너의 그 침묵은 너로서도 견디기가 어려운 것이겠지. 사실 말이 말하는 건 거의 없지만, 그럼에도 말만큼 많은 것을 말하는 것도 거의 없지. 내가 무슨 말을 하는지 이해하려고 해보란 말야. 나는 아무 대꾸도 하지 않는다. 조금 있자 그의 표정이 조금씩 밝아지기 시작한다. 나는 네가 이렇게 아무 말도 하지 않는 게 좋아, 그는 말한다. 너는 말할 수 없는 것에 귀를 기울일 줄 아는 사람 같아. 하지만 그것은 사실이 아니다.

조금 후 그는 벌떡 일어나, 침대를 내려간다. 그는 뒷걸음질을 쳐 다시 그의 자리로 돌아간 후 서랍에서 면도날을 꺼내 화가 난 표정으로 그의 손바닥을 예리하게 긋는다. 그것은 최근 들어 그가 종종 하는 짓이다. 그의 손에서 붉은 피가 흘러내린다. 나의 혈관 속을 흐르는 이 붉은 액체는 머리를 풀어헤친 나의 말들이지, 그는 말한다.

내가 무슨 말을 하는지 알겠니? 모르겠지. 그는 나를 쳐다본다. 내가 좀더 당신의 얘기를 알아들을 수 없게 말해줘요, 하고 너는 말하는 것 같구나. 그렇다면 모두가 알아들을 수 있는 얘기를 하나 하지. 하지만 너로서는 이해하기 어려울지도 모르겠구나.

그에게는 종종 신기한 일들이 일어났어. 어느 날 저녁 그가 집에 돌아와 계단을 올라가고 있을 때 길이가 긴 어떤 물고기들이 그 계단을 따라 올라가려고 애를 쓰는 것이 보였어. 그는 그중 한 마리를 손으로 집으려 했지만 잘 집히지 않았어. 비늘이 없는 물고기가 틀림없었어. 그후에도 그가 그 기억을 떠올릴 때면 비늘을 만진 기억은 떠오르지 않았으니까. 그 기억과 관련해 그가 줄곧 생각하게 되는 것은 왜 그렇게 거기에 그런 물고기떼가 있었을까, 하는 것이 아니라, 그 물고기가 뱀장어가 아니었을까 하는 것이야. 그는 계단을 올라가고 있는 그 물고기 중 한 마리를 집긴 했지만 그것은 곧 그의 손가락 사이를 빠져나갔어. 그는 물고기를 집으려는 노력을 포기하고, 그것들을 밟지 않으려고 조심을 하며 계단을 올라갔어. 그는 그 물고기들이 어디를 향해 가고 있는지 궁금했어. 그의 집 현관 입구에도 물고기들은 여기저기 널려 있었어. 그는 물고기가 다치지 않게 그의 현관문을 조심스럽게 열었지. 그런데 집 안은 어떻게 해서 이미 들어온 물고기들로 넘치고 있었어. 그것들은 숫자가 너무 많았고, 그는 그것을 일일이 치울 엄두가 나지 않았어. 그래서 최대한 태연해지려고 노력하며 자리에 누웠지. 그때서야 그는 그 물고기들이 어디로 향하고 있는지를 깨닫게 되었지. 물고기들은 그가 있는 곳으로 모여들고 있었던 거야. 그것들은 화살처럼 그의 몸 속을 파고들기 시작했어.

그는 혼자서 계속해서 말을 잇는다. 그의 알아들을 수 없는 이야기는 나를 편안하게 만들어준다. 그의 이야기 속의 세계는 나의 세계와 아늑하게 겹쳐져 있다. 그리고 우리의 겹쳐진 그 세계는 어딘가의, 불분명한, 끝내 드러나지 않는 어둠 속에 펼쳐져 있다.

나의 이런 이야기들은 나로 하여금 나의 어떤 생각에 가까워지도록 해주지, 그가 말한다. 그의 이야기는 점점 더 맥락을 상실한다. 그는 내가 그의 얘기를 알아듣는지 그렇지 못한지에 대해서는 관심이 없다. 그는 혼잣말을 하고 있는 것이다. 그는 자신을 향해서만 얘기를 건네고, 또한 자신을 통해서만 그것을 들을 수 있을 뿐이다. 이제 그의 목소리는 조금씩 작아져 마침내는 중얼거림이 되고, 나는 그것을 더이상 알아들을 수가 없게 된다.

이제 밤이 늦었다. 자야 할 시간이다. 나는 침대에 누워 이불을 덮는다. 그는 그의 침대에 앉아 있다. 그의 표정이 환해진다. 그의 목소리가 다시 커지며, 그가 하는 말이 들려온다. 매일 밤 그의 어머니가 들려주는 은은한 자장가 소리, 그 소리에 그는 잠을 이룰 수가 없었어, 그의 어머니는 그 사실을 몰랐지만, 그는 말한다. 아직도 따라 부를 수 있는 그 자장가, 물고기가 등장하는 어떤 노래였지.

나는 얼굴을 옆으로 돌려 그를 쳐다본다. 그의 입가에 미소가 번진다. 미소 띤 얼굴로 그는 나를 쳐다본다. 그는 나를 좋아하는 것 같다. 나는 네가 좋아, 내가 너를 좋아하지 않는다고 말한다면 거짓말이겠지, 그는 말한다. 아니, 너를 싫어하는지도 모르겠다. 네가 싫은 것도 사실이야. 네가 보기에 내가 너를 좋아하는 것 같니, 그는 묻는다. 그건 아닐 거야, 그가 웃음을 지으며 말한다.

아니, 어쩌면 그는 나에 관해서는 아무런 관심도 없다고 하는 편이 옳을 것 같다. 우리는, 각자의 시선들이 자신에게만 쏠려 있는 사람들이다. 그럼에도 우리는 함께 존재한다. 나로서는, 더이상 내가 없는 그를, 그가 없는 나를 생각할 수가 없다. 그러니까 그는 나를, 나는 그를 필요로 하고 있는 것이다. 그는 그의 필요에 의해, 그가 필요로 하는 정도로 나를 필요로 하고 있다. 그것은 나 또한 마찬가지인 것 같다.

그에 관한 일화가 한 가지 더 떠오르는군, 그가 말한다. 그는 침대에 몸을 누인다. 어느 날 그는 저녁식사로 먹다 남긴 닭발 하나를 몰래 가져와 실에 묶어 그의 방의 벽 못에 걸어두었어. 어쩐 일인지 닭은 발이 잘려지지 않은 채로 식탁에 올랐던 거야. 하지만 누구도 그것에 손을 대지 않았지. 자리에 누운 그는 꼼짝 않고 벽에 걸린 닭발을 바라보았지. 발은 기이한 모양으로 벌어져 있었어. 그는 어떤 미신적인 생각을 떠올리고 싶었고, 그의 손가락을 모아 그것과 똑같은 모양을 만들었지. 그런데 그의 손가락에는, 씻어내지 않은 기름기가 묻어 있었어. 그는 미끈거리는 손가락을 서로 문질렀어. 그런데 그 순간 문득 닭의 발이 움직이기 시작하는 것 같았어. 그는 손가락을 다시 움직였어. 그러자 닭의 발 또한 분명히 움직이는 거였어. 그는 그것을 보며 전혀 놀라거나 하지 않았어. 그는 그의 두 눈을 의심하거나 하지 않았어. 그는 마치 닭발이 그렇게 움직일 거라는 것을 알고 있었던 듯했어. 닭발은 그가 그의 손가락을 움직이는 대로, 마치 그것을 따라 하듯 움직였어. 마치 그의 생각에 동조하는 것처럼. 그는 그의 손가락을 닭발처럼 만들어 그의 목을 움켜쥐는 시늉을 했지. 그러자 정말로 닭발이 그의 목을 죄며 파고드는 것 같았어. 점차 그는 숨이 막혔고, 그래서 손가락을 떼어내려 했지. 하지만 소용이 없었어. 이제 그의 손가락은 그의 의지와는 관계없이 그의 목을 죄고 있었던 거야. 그는 숨이 막혔고, 소리를 지를 수도 없었어. 불분명한 신음 소리를 낼 수 있을 뿐이었어. 그런데 그 순간 누군가가 그의 방문을 열고 들어왔어. 그의 아버지였어. 그리고 그 순간 그는 그의 목을 죄고 있던 손가락에 힘이 빠지는 것을 느꼈고, 다시 숨을 쉬는 게 가능해졌어. 아버지는 그에게 아무 일이 없는지를 물었어. 그는 조금 전 그에게 일어났던 기적을 아버지에게 들키지 않기 위해 꼼짝 않고 있었어. 닭발은 벽에 걸린 채로 움직이지 않고 있었어. 아버지는 벽에 닭발이 걸려 있는 것은 보지 못했어. 아버지는 곧 밖으로 나갔어. 아버지가 나간 후 그가 손가락을 움직이자 닭발은 조금 전처럼 움직이기 시작했어. 그는 그의 손가락을 벌린 채로, 마치 그것으로 뭔가를 노리기라도 하듯, 가만히 쥐고 있었지. 이렇게. 그는 그의 손가락을 구부려 가만히 들고 있다가 천천히 자신의 목을 움켜쥔다. 사람은 무용한 일에 기울이는 노력을 통해 자신이 누구인지를 알게 되지, 그가 말한다.

그를 보며 나는 어떤 슬픔이 내게 전해지는 것을 느낀다. 하지만 이곳의 모두에게 허용된 것, 그것은 비극은 아니다. 비극이 아닌 어떤 것이다. 어쩌면 그것은 비극 후의 일인지도 모르겠다. 더이상 비극일 수 없는 것. 나는 나의 모든 상황 속에서 완벽하게 무시될 수 있다는 사실이 기꺼워, 그가 말한다. 그게 어떤 의미인지 너도 알 거야, 그가 말한다. 나는 그의 말에 마음속으로 수긍한다.

그는 눈을 감은 채로 한참 동안 아무 말이 없다. 어떤 자극이 필요할 때면 이렇게 눈을 감은 채로 꼼짝 않고 있으면 돼. 그러면 여러 자극들이 느껴져, 서로 자신들에게 신경을 써달라고 보채는 자극들이, 그가 말한다.

잠시 후 그는 책상 서랍에서 쇠망치를 꺼낸 다음 의자에 앉아 그의 무릎을 한 대 세게 친다. 하지만 그의 무릎은 어떤 반사운동도 보이지 않는다. 당연한 일처럼 아무 일도 일어나지 않는군, 그가 말한다. 그는 망치로 그의 머리를 한 대 친다, 마치 누군가를 기절시킬 것처럼. 그는 옆으로 쓰러진다. 하지만 기절을 한 것은 아니다. 그는 똑바로 누운 채로 힘없이 미소를 짓는다. 나는 내가 왜 이러는지 알 수 있어, 그가 말한다. 하지만 내게는 더이상 나의 잘못으로 돌릴 수 있는 게 없어.

그 사이 바깥에는 비가 내리기 시작한 모양이다. 비는 조금씩 굵어진다. 그 역시 빗소리를 들은 모양이다. 그는 빗소리에 귀를 기울인다. 내가 잠이 들었다가 다시 깨어날 때쯤이면 이 비는 그쳐 있을 거야. 비가 그친 후에야 나는 깨게 될 테니까. 이제 잠이 들면 아주 오랫동안 일어나지 않게 될 거야. 그 말을 하며 그는 어둠 속의, 보이지 않는 빗줄기를 바라본다.

하지만 조금 후 그는 두 손에 사과 두 개를 들고 내 곁으로 온다. 그는 사과 하나를 내게 내민다. 내 것만 챙긴다는 게 깜빡 잊고 네 것까지 챙겨두었어, 그가 말한다. 나는 사과를 받지만 그것을 먹지는 않는다. 나는 나 자신도 알아차리기 어렵게 그 사과를 굴려 바닥으로 떨어지게 만든다. 그는 잠시 바닥에 떨어진 사과를 내려다보더니 갑자기 그것을 발로 밟아 부순다. 그는 으깨진 사과를 쳐다본다. 네가 왜 그러는지는 알 수 있어, 내가 모르는 건 내가 왜 이러는가 하는 거야, 그가 말한다. 비껴갈 수 없는 참을 수 없는 순간이 있어. 아냐, 그것은 이유가 될 수 없어, 그가 중얼거린다.

다시 한참을 서성인 후 그는 침대 위에 눕는다. 곧 잠이 찾아오기를 바라며 이렇게 눕지만 잠이 이내 찾아오는 일은 없지, 그는 말한다. 어린 시절 그는 밤늦게까지 잠을 이룰 수가 없었어. 그후 그가 사랑하게 된 어둠이 당시만 해도 그에게는 두려운 어떤 것이었어. 그래서 항상 어머니가 그의 방으로 와 그를 재워주어야만 했지. 어머니는 어떤 짧은 자장가를 여러 번 반복해 길게 불러주었지. 하지만 그 자장가 역시 소용이 없었어. 그것을 들으면 그는 더더욱 정신이 또렷해졌으니까. 그는 그 노래가 끝나기를, 어머니가 더이상 자장가를 부르지 않기를 기다렸어. 자장가로는 적당치 않은 노래였어. 바닷속 깊은 곳에 사는 것으로 여겨지는 거대한 문어에 관한 노래였어. 언제나 꿈을 꾸고 있는 문어였지. 그 문어를 상상할 때면 그는 세상 사람들이 꾸는 모든 꿈이 그 문어에게서 비롯된다는 생각이 들곤 했어. 아무리 해도 너를 재울 수가 없구나, 그 말을 한 다음 어머니는 그의 이마에 입을 맞춘 후 밖으로 나갔어. 그는 어떤 짧은 노래를 부른다. 이게 바로 그 자장가야, 내가 끝까지 부를 수 있는 유일한 노래지, 나를 보며 그가 말한다. 그것은 내가 매일 밤 듣게 되는, 나를 잠들게 하는 자장가다. 그는 그의 자장가를 다시 부른다. 나는 그가 부르는 노래를 마음속으로 따라 한다. 그의 노래가 반복되며 길게 이어진다. 나는 그 노래를 들으며 졸음을 느낀다. 나는 나 자신으로부터 멀어지며 점차 잠에 빠진다. 그의 자장가 소리가 조금씩 희미해진다. 나는 바닷속 깊은 곳에 있는 그 거대한 문어를 상상하며 그 문어의 꿈속에 빠진다. 나는 바닷속 깊은 곳에서 누군가가 줄이 긴 어떤 그네를 천천히, 아주 천천히 타고 있는 상상을 한다. 줄이 끊어진 그네는 점차 아래로 가라앉고 있다. 나는 내가 다시 잠에서 깨어났을 때에도 비가 그치지 않고 내리고 있기를 바란다.

# 후각 상실

뭔가가 이상했다. 그 음식에서는 그가 익숙하게 알고 있는 아무런 맛도 나지 않았다. 결국 그는 몇 숟갈을 떠먹다가 말았다. 그는 음식 위로 고개를 숙인 채로 코를 킁킁거리며 그가 알고 있는, 그 음식에서 나는 냄새를 떠올리려 했지만 소용이 없었다. 계산을 치른 그는 거리로 나섰고 깊게 숨을 들이켰다. 하지만 그가 기억하는 거리의 냄새는 맡아지지 않았다. 마치 모든 것이 하얗게 표백된 것처럼 느껴졌다. 그는 그 생소한 느낌을 혀를 내밀어 맛보았다.

몇 발짝을 떼던 그는 문득 걸음을 멈췄다. 여름 오후의 햇살 속에서 가로수들은 짙은 그림자를 드리우고 있었다. 하늘은 맑았고, 높은 구름들이 천천히 흘러가고 있었다. 눈부신 빛 속에서 그는 얼굴을 찌푸렸다.

많은 것이 변해 있었다. 모든 것이 좀더 사나워진 것처럼 느껴졌다. 눈에 보이는 모든 것들이 자신의 가장 흉물스런 모습을 내보이고 있는 것 같았다. 그가 서 있는 곳은 읍의 중심부였지만 사람들의 모습은 거의 눈에 띄지 않았다. 드물게 노인들이 나무 아래 그늘 속에서 쉬고 있는 것이 눈에 띌 뿐이었다.

다시 걸음을 떼기 시작한 그가 조금 더 가자 몇몇 사람들이 길가에 모여 있는 것이 보였다. 버스 정류소가 있는 곳이었다. 그는 잠시 그들 틈에 끼어 서 있었다. 사람들은 이따금 버스가 오는 곳을 향해 고개를 돌릴 뿐 잠자코 있었다. 더위 때문인지 다들 멍한 얼굴을 하고 있었다. 그는 무심히 하늘을 바라보았다. 나비들이 허공을 어지럽게 날고 있었다. 그는 그 나비들 중 한 마리를 지목해 그것을 눈으로 좇으며, 동시에 허공 속의, 나비가 날아다니는 곳을 손가락으로 헛되게 눌러 집어보았다. 하지만 손가락 끝에 만져지는 것은 아무것도 없었다. 그는 손바닥을 들어 손가락이 끝나는 지점에서 나비들이 날 수 있게 해주며 가만히 서 있었다. 뭔가가 그를 짓누르는 느낌이 들었고 그는 그 느낌을 그의 어깨 위에 살며시 올려놓았다.

조금 있자 버스가 왔고, 사람들은 그 버스에 오르기 시작했다. 그는 줄을 섰지만 마지막 순간 갑자기 마음이 돌변한 사람처럼 버스를 타는 것을 포기했다. 버스는 그만을 남겨놓은 채로, 매연을 시커멓게 내뿜으며 텅 빈 거리를 달려갔다. 그는 버스가 모습을 감춘 후에도, 또다른 버스를 기다리는 사람처럼 그곳에 가만히 서 있었다.

하지만 조금 후 그는 다시 걷기 시작했고, 어떤 가게 하나로 들어가 그곳에서 담배 한 갑과 아이스크림 하나를 샀다. 가게 안에 진열된 물품들에는 먼지가 수북하게 쌓여 있었다. 그가 묻지도 않았는데 가게 주인은 그 읍은 하류에 댐이 생기면서 곧 수몰될 예정이며, 그래서 대부분의 사람들이 이미 떠났다는 말을 했다. 그는 마음속으로 물에 잠긴 읍의 모습을 떠올려보았다. 물 속에 잠긴 읍은 물결에 흐늘거리고 있었다.

가게 밖으로 나온 그는 과일향이 나는 아이스크림을 한입 베어물었다. 하지만 그것은 아무런 맛도 전달해주지 않았다. 단지 딱딱하고 차가운 느낌만을 줄 뿐이었다. 그는 그것을 몇 입 베어먹은 후 길바닥에 내던졌다. 그는 담뱃불을 붙였고, 담배를 입에 물었지만 곧 그것 또한 내던졌다. 담배에서도 아무 맛이 나지 않았다. 그는 길바닥 위에서 계속해서 연기를 내뿜고 있는 꽁초를 발로 밟아 짓뭉갰다.

그는 다시 걷기 시작했다. 하지만 여름의 열기 속에서 보행은 쉽지 않았다. 마치 무수한 구멍이 뚫린 스펀지 속을 파고드는 것 같았다. 조금 더 가자 근처 공터에서 아이 하나가 바람이 빠진 공을 툭툭 차며 놀고 있는 것이 눈에 띄었다. 그는 잠시 그것을 구경했다. 아이는 그가 구경을 하는 줄도 모르고 계속해서 공을 차고 있었다. 아이는 마치 그 공으로 무엇을 할 수 있는지 모르기에 계속 그럴 수 있는 것처럼 그것을 가지고 놀고 있었다. 그는 잠시 눈을 감았고, 그 감은 눈 속에서 놀고 있는 아이를 지우려 했지만, 그가 눈을 떴을 때 아이는 그대로 있었다.

그는 다시 걷기 시작했고 길모퉁이 하나를 돌았다. 조금 전의 거리와 너무도 흡사한, 구별이 가지 않는 거리가 모습을 나타냈다. 그는 길을 잃은 사람처럼, 그래서 어떤 도움을 필요로 하는 사람처럼 교차로에서 서 있었다. 사거리에는 노란불만이 점멸하는 신호등이 걸려있었다. 거리는, 수평으로 나 있음에도 불구하고 넘어져 쓰러져 있는 것처럼 여겨졌다.

그는 길을 건넜고, 조금 전 가려던 길과는 반대쪽의 길을 따라 걷기 시작했다. 하지만 걸음을 옮길수록 자꾸만 길을 벗어나고 있는 것만 같았다. 그는 보폭을 좁힘으로써 길을 벗어나게 되는 것을 지연시켰다. 그는 다시 걸음을 멈췄다. 그의 앞으로 보이는, 그의 몸 밖의 세계가 그의 뱃속에 들어차 있는 것처럼 여겨졌다. 그는 그의 앞으로 나 있는 길들이 그의, 몸 밖으로 비어져나온 내장처럼 여겨졌다. 그는 그의 시선으로 그 길들을 쓸어담아 그의 시선이 닿지 않는 곳에 비웠다.

그는 다시 걷기 시작했다. 조금 더 가자 길가에 문을 닫은 목재소 하나가 눈에 띄었다. 야적장에 쌓여 있는 썩은 나무들 사이로 잡초들이 무성하게 자라고 있었다. 그는 사람들의 출입을 금지하며 닫혀 있는 문을 밀치고 목재소 안으로 들어갔다. 하지만 몇 발짝을 떼지도 않아 뭔가 예리한 것이 그의 신발 밑창을 뚫고 들어오는 것을 느꼈다. 널빤지에 박힌 커다란 못이 그의 신발에 박혀 있었다. 신발을 벗자 양말 밖으로 피가 흘러나왔다. 하지만 통증은 느껴지지 않았다. 신발에 박힌 못을 빼낸 후 그는 목재소를 나왔다. 그는 문에 박혀 있는 출입금지 표지판을 떼어냈는데 그것은 의외로 쉽게 떨어졌다. 그는 다시 그것을 거꾸로 걸어놓았다.

그는 계속해서 대로를 따라 걸어갔다. 하지만 분명 걷고 있음에도 발을 내딛는 동작의 한가운데에서 제자리걸음을 하고 있는 것처럼 여겨졌다. 그가 취하는 모든 동작들이 자신에 의해 수행되지 않는 것처럼 느껴졌다. 그는 어떤 힘든 고비를 넘기듯, 스스로를 다그치며 한 걸음 한 걸음을 뗐다. 하지만 길바닥이 그의 발 아래로 제대로 디뎌지지 않았다.

그는 부서진 간판만이 남아 있는, 이미 오래 전에 문을 닫은 듯한, 먼지가 자욱하게 낀 어떤 음식점 건물 앞에 멈춰 섰다. 음식점 앞에는 개 한 마리가 엎드리고 있었다. 개가 그의 길을 막고 있었던 것은 아니었지만, 그는 그것에 의해 길이 막히기라도 한 것처럼 걸음을 멈췄다.

공기의 흐름이 가로막힌 듯 그 어디에도 바람 한 점 없었다. 그는 숨이 막힐 것만 같았다. 그는 지면에서 올라오는 더운 공기를 향해 몸을 숙였다. 엎드리고 있는 개가 내쉬는 숨에 길바닥의 먼지가 힘겹게 피어올랐다가 가라앉기를 되풀이하고 있었다. 개는 고개를 비스듬히 한 채로 맥없이 위쪽을 올려다보고 있었다. 그는 개를 향해 허리를 숙였다. 개는 이상한 소리를 내고 있었다. 그는 뚜렷한 이유 없이 어떤 적대감이 이는 것을 느꼈다. 그 적대감을 떨쳐버리듯 그는 딴 곳을 바라보았다. 개의 시선이 향한 곳에 나비 한 마리가 날고 있는 것이 보였다.

그는 건물 쪽으로 물러나, 허물어진 외벽에 몸을 기댄 채로, 허튼 수작을 꾸미는 사람처럼 가만히 서 있었다. 거리에는 아무런 움직임도 없었다. 눈앞의 모든 것이 정교하게, 한치의 오차도 없이 정확하게 어긋나 있는 것처럼 느껴졌다. 이차선 도로의 반을 가르며 그어져 있는, 군데군데 색이 지워져 있는 노란 실선이 그에게 약간의 구역질을 느끼게 했다. 건너편 길가에는 유리창이 깨지고, 타이어가 찢어진 트럭 한 대가 버려져 있었다. 그곳의 모든 것은 이미 버려져 있거나 곧 버려질 운명에 놓여 있는 것처럼 보였다. 마치 그의 눈에 보이는 모든 것들이 그에게 맞서 어떤 전열을 가다듬고 있는 것처럼 느껴졌다.

그때 몇 마리의, 허름한 모습의 개들이 나타났고, 웅크리고 있던 개는 그들을 따라갔다. 그는 그 개들을 그 장소에서 쫓아내듯 눈을 감은 채로, 그것들이 길모퉁이 너머로 사라지는 것을 상상했고, 마침내 그것들이 사라진 순간 눈을 떠 그 사실을 확인했다.

무리한 힘이 가해져 고장이 난 기계처럼, 그는 계속해서 그 자리에 꼼짝 않고 서 있었다. 오랫동안 아무런 움직임도 일지 않았다. 한데 어느 순간 돌연히 오토바이 한 대가 굉음을 내며 저편 어딘가에서 나타나 텅 빈 거리를 질주하며 지나갔다. 그에 따라 거리에는 먼지가 자욱하게 피어올랐다. 오토바이는 환영처럼 빠르게 지나갔고, 그것이 지나간 후 더욱 커다란, 불편한 정적이 거리를 메웠다. 그는 뭔가 놀라운 일이 펼쳐지기를 기다리는 것처럼 그의 앞쪽을 주시했다. 하지만 더이상 아무것도 나타나지 않았고, 어떤 일도 일어나지 않았다. 그는 어떤 알 수 없는 불편함을 느꼈고, 그곳을 벗어나고 싶었다. 그런데 그때 정적 속에서 뭔가 윙윙거리는 소리가 희미하게 들려왔다. 그는 귀를 기울였고, 그것이 그의 앞쪽 길바닥에 떨어져 있는 어떤 동물의 배설물 주위를 맴도는 파리떼가 내는 소리라는 것을 알아차렸다. 그는 메말라빠진 똥 위로 들끓는 파리떼를, 마치 뭔가에 도취된 사람처럼 눈을 떼지 않고 바라보았다. 파리떼는 마치 그것들만이 아는 어떤 목적을 위해 서로 결속을 다지듯이 집요하게 똥 주위를 날고 있었다. 이상하게도 그 광경은 그를 들뜨게 만들었지만 그 광경의 어떤 요소가 그를 그렇게 만드는지는 알 수 없었다. 다만 그는 그를 향해 뭔가가 죄어오고 있는 느낌을 떨쳐버릴 수가 없었다. 그가 고개를 들자 그 위로 새떼가 지나갔고, 그는 그것들이 지나가기를 기다렸다. 그는 새들이 어떤 일정한 대열로, 그것들이 허공에 긋고 있는 임의의 선을 따라 날아가고 있는 것을, 마치 마음속으로 그것들을 어디론가로 날려보내듯 바라보았다. 잠시 후 그 새떼들이 모습을 감춘 후에야 그는 그것들이 사라진 후의 영향처럼, 또는 효과처럼 걸음을 떼기 시작했다. 하지만 스스로 자신의 걸음을 방해하듯 걷는 것이 어려웠다.

그는 읍을 관통하는 대로가 끝나는 곳에 이르렀고, 그 끝에 있는 다리를 건넜다. 다리는 중앙부분이 약간 내려앉아 있었다. 그는 다리 중간지점에서 멈췄다. 그 아래로 강이 보였고, 그 강물 속에 폐타이어 하나가 가라앉아 있는 것이, 물살로 인해 여러 겹으로 주름진 평면 속으로, 눈에 띄었다. 그는 무심히 다리 아래 강물 위로 손을 뻗었다. 강물은 그의 손이 미치지 못하는 곳에서 무심하게 흘러가고 있었다. 그는 뭔가에 대해 지나친 관심을 보이는 사람처럼 그것을 바라보았다.

그런데 그때 어디에서 나타났는지 모르게 어떤 미친 여자 하나가 모습을 나타냈다. 그녀는 미소를 지으며, 손가락으로 머리칼을 꼬며 그가 있는 곳으로 다가왔다. 그녀의 머리칼은 이미 헝클어질 대로 헝클어져 있었다. 그녀가 그의 앞을 지나는 순간 그는 뭔가를 말하고 싶었지만 여자가 웃음을 터뜨리는 바람에 아무 말도 하지 못했다. 그를 지나친 여자는 계속해서 큰 소리로 웃으며 걸어가고 있었다. 그는 그녀를 뒤따라가고 싶은 충동을 물리쳤다. 그는 잠시 자신의 그림자를 그대로 밟고 서 있었고, 그러자 마치 자신이 어떤 이유로 환생한 사람처럼 여겨졌다.

조금 후 그는 강가로 내려갔다. 그런데 다리 밑 응달 속에서 아이 하나가 유리잔으로 강물을 떠담았다가 그것을 강물에 쏟아부으며 비우기를 반복하고 있었다, 마치 강물에게 세례를 거행하듯. 그는 그 아이의 모습을 무시하듯 눈길을 돌린 후 강가를 따라 걸어내려갔다.

그런데 조금 더 가자 강가의 모래 속에 뭔가 눈길을 끄는 것이 있었다. 어떤 나무의 뿌리 하나가 모래 위에 얹혀 있었다. 그것은 뒤엉킨 채로 썩어가고 있었다. 하지만 그의 시선을 끈 것은 다른 어떤 것이었다. 나무뿌리 옆에는 부서진 의족 하나가, 놀라운 상상을 촉구하는 우연한 형태처럼, 모래 속에 파묻혀 있었다. 어떤 작은 오류가 거기에 저질러져 있는 것 같았다. 그는 자신도 모르게 내는 자신의 신음 소리를 크게 들었다. 그는 화가 난 사람처럼 그것을 집어들었다. 누군가의 다리의 일부를 이루었던 적이 있는 의족은 생각보다 무거웠다. 의족에는 곰팡이가 피어 있었다. 그는 무심결에 의족의 속에 팔을 집어넣었다. 의족이 그의 팔을 삼켰다. 그는 간신히 팔을 뺐고, 의족을 있는 힘을 다해 물 속으로 집어던졌다. 하지만 그 내던지는 행위를 통해 그의 몸이 수많은 의사(擬似)기관으로 이루어진 것만 같은 느낌 또한 내던지지는 못했다. 의족은 조금 떠내려간 후 곧 물 속에 가라앉았지만, 얕은 강물 속에서 그것의 모습은 더욱더 분명하게 보였다. 그는 강물 속에 누워 있는 자신의 모습을 상상했다.

조금 후 그는 강가의 모래 위에 누웠다. 뜨거운 모래에서 몸으로 전해지는 열기는 참기가 어려웠다. 그는 모래를 한줌 집어들어 손가락 사이로 흘러내리게 했다. 모래 위로 모래가 쌓여가고 있었다. 그는 모래로 이루어진, 가벼움으로 쌓아진 형태를 상상했다.

그는 다시 자리에서 일어났고, 천천히, 모래를 다지듯이 꾹꾹 밟으며 맴을 돌았고, 걸음이 지치게 되었을 때 멈췄다. 조금 후 그는 물속으로, 그 속으로 스며들 듯, 천천히 들어갔다. 수면에 의해 자신의 허벅지 부위에서 잘려진 동체를 구분해 바라보았다. 그의 허벅지 아래쪽이 의족처럼 느껴졌다. 그는 자신의 다리에서 한참 동안 시선을 떼지 않았다. 그는 자신이 발을 빼내기 어려운 어떤 곳에 발을 들여놓은 것만 같았다. 그런데 그때 물이 빠르게 차오르며 그의 허리와 가슴과 목과 머리를 차례로 적셨고, 곧 그는 물 속에 잠겼다. 그는 물에 빠진 사람처럼 허둥대기 시작했다. 그의 몸은 점점 바닥으로 가라앉고 있었다. 아니, 그것은 그의 상상이었을 뿐 강물의 수위는 그대로였다.

그는 강을 따라 좀더 아래쪽으로 내려갔다. 노인 하나가 그물을 건지고 있었고, 그는 그것을 구경했다. 고기는 별로 잡히지 않았다. 노인은 몇 번 더 그물을 던졌지만 힘에 부치는 모양이었다. 조금 후 노인은 고기 잡기를 포기하고 집으로 돌아갈 채비를 갖췄다. 그는 노인에게서 메기 세 마리를 샀다. 노인은 투명한 비닐봉지에 메기를 담아주었다. 노인이 떠났고, 그는 혼자 남게 되었다. 그는 얼마 후면 시야에서 사라지게 될 것들을 바라보았다. 그의 시야 속에서, 풍경의 가장자리로 좀더 많은 여백이 자리를 넓혀가고 있었다.

이제 해가 기울고 있었다. 그 무엇에도 불구하고 해는 여느 날과 마찬가지로 지고 있었다. 하지만 이날따라 노을은 핏빛에 가까운 붉은색으로 물들어 있었다. 그는 눈을 감아 그 붉은색을 그의 눈 속에 담았고, 그러자 그 붉은색은 그의 눈 속에서 넘실대며 몸 속으로 퍼져나가기 시작했다. 해와 그것의 붉은색과 그 붉은색의 선명함이 그의 체내에서 뚜렷하게 느껴졌다.

주위가 완전히 어두워져서야 그는 다시 읍의 중심가로 향했고, 그곳에 있는 어떤 식당으로 들어가 음식을 주문했다. 천장에 매단, 끈끈이액이 발린 테이프에는 파리들이 죽어 다닥다닥 붙어 있었다. 음식은 무척이나 더디게 나왔고, 마침내 그것이 나왔을 때 그는 그것을 바로 떠먹지 않고 가만히 내려다보았다. 그는 음식점 주인이 그를 쳐다보고 있는 것을 보았고, 그때서야 음식을 떠먹기 시작했다. 하지만 뭔가가 이상했다. 그 음식에서는 그가 익숙하게 알고 있는 아무런 맛도 나지 않았다. 결국 그는 몇 숟갈을 떠먹다가 말았다. 그는 음식 위로 고개를 숙인 채로 코를 킁킁거리며 그가 알고 있는, 그 음식에서 나는 냄새를 떠올리려 했지만 소용이 없었다. 음식점 주인은 창문 가까운 곳에 앉아 손을 저으며 파리를 쫓고 있었다. 계산을 치른 그는 거리로 나섰고 깊게 숨을 들이켰다. 하지만 그가 기억하는 거리의 냄새는 맡아지지 않았다. 마치 모든 것이 하얗게 표백된 것처럼 느껴졌다. 그는 그 생소한 느낌을 혀를 내밀어 맛보았다.

그는 자신도 모르게 어떤 방향으로 걸음이 옮겨지는 것을 느꼈다. 이제 어둠 속에서, 읍은 더욱 황량한 느낌을 주었다. 읍은 오래 전에 사라졌다가 우연히 다시 발굴된 유적지처럼 느껴졌고, 그는 자신이 그 읍과 함께 오래 전에 사라진 사람처럼 여겨졌다.

조금 후 그는 어떤 과일가게에 들어갔고, 그곳에서 사과 한 봉지를 사서 나왔다. 사과 하나를 꺼내 향기를 맡아보았지만 그것은 여전히 아무런 냄새도 전달해주지 않았다. 그때서야 그는 비로소 자신의 코에 이상이 생긴 것을 알았다. 마치 갑작스럽게 시각이나 청각을 잃게 된 것처럼 후각을 상실한 것이었다. 더이상 그가 냄새를 맡을 수 없게 된 세상은 이제까지 그가 경험한 것과는 전혀 다른 세상처럼 느껴졌다. 그는 자신이 눈으로 뒤덮인 벌판 위에 서 있는 것처럼 느껴졌다. 그는 그가 후각을 잃게 된 이유를 떠올려보았지만 그것은 분명치 않았다. 얼마 전 감기를 앓은 적이 있긴 했지만 이제는 완전히 나은 상태였다. 그가 알지 못하는 다른 어떤 이유로 그렇게 된 것이 틀림없었다. 어쩐지 그것은 그가 알아서는 안 되는 이유처럼 생각되었다.

그는 다시 발걸음을 옮겼고, 어느새 그의 어머니의 집이 있던 곳으로 향하고 있는 것을 깨달았다. 그는 계속 앞으로 나아가고 있었지만 뒷걸음질을 치고 있는 것만 같았다. 그는 자신의 몸이 오동작을 일으키고 있는 것 같았다.

한참을 걸은 후 마침내 그는 어머니의 집 앞에 이르러 있었다. 하지만 그 집에는 더이상 그의 어머니가 살고 있지 않았다. 문은 굳게 닫혀 있었고, 사람이 드나든 흔적을 없앤 먼지가 집 앞에 수북하게 쌓여 있었다. 그는 계단 앞에서 잠시 멍히 서 있었다. 그때 맞은편 집의 문이 열리며 나이 든 이웃집 여자가 모습을 드러냈다. 그녀는 수상한 사람을 대할 때의 경계하는 표정으로 그를 훑어보았다. 처음 보는 여자였다. 여자는 맞은편 집에는 이제 아무도 살지 않는다는 말을 했다.

건물을 나온 그는 그가 어머니에게 주려고 산, 검은 봉지 속에 든 사과를 길바닥에 쏟아부었다. 이제는 어머니가 자신과는 무관한 존재가 된 것처럼, 또는 어떤 관계가 있다 하더라도 회복할 수 없게 된 것처럼 느껴졌다. 아니 처음부터 그녀와 자신은 무관한 관계였던 것처럼 여겨졌다.

그는 근처에 있는 허름한 여인숙에 투숙했다. 이층에 있는 여인숙은 시장 한가운데 있었다. 그는 창문 커튼을 열고 창 밖을 바라보았다. 눈앞의 풍경이 친숙하게 여겨졌다. 그 풍경은 그의 눈길로 하여금 한 곳을 지칭하게 하는 것처럼 시선을 어떤 건물로 모아주었다. 그곳은 어린 시절, 그가 그 집에서 나는 온갖 기름 냄새에 코를 킁킁거리곤 했던, 기름집이 있던 곳이었지만 그곳 역시 문을 닫은 상태였다. 그는 그 집을 시선을 떼지 않고 바라보았다. 하지만 오래 전의 과거를 떠올리는 데에는 어려움이 따랐다. 기름집에서 나는 그 모든 냄새들이 뒤섞인 냄새가 유년 시절로부터 찾아왔지만 그것은 완벽하게 무미했다. 과거는 전혀 다른 차원의 세계 속에 단절된 채로 고립되어 있었다. 점차 그 집은 그의 시선 속에서 먼 곳으로 물러나기 시작했다. 그는 시선을 가까운 곳으로 가져왔고, 그 또다른 시선을 통해 바깥을 내다보았다. 방충망 밖의 세상은 그물에 걸린 것처럼 꿈쩍 않고 있었다. 그는 모눈종이 위에 그려진 것 같은 그 세상을 잘 게 부수어 바라보았다. 하지만 어느 순간 그는 흠칫 놀란 듯이 창가로부터 물러났고, 액자처럼 그것을 고정시킨 채로 바라보았다. 이내 그 광경은 흐려지고 있었고, 그때서야 그는 그것으로부터 제대로 눈을 뗄 수 있었다.

침대에 걸터앉은 그는 뭔가 해야 할 일이 떠오르기를 기다렸다. 하지만 곧 그는 자신이 어쩔 줄 몰라 하고 있다는 것을 깨달았다. 그는 갑작스럽게 자리에서 일어나 화장실의 세면대에 물을 받은 후 방 한쪽 구석에 놓아둔 비닐봉지에서 메기를 꺼내 세면대 속에 넣었다. 메기들은 움직임이 둔해지긴 했지만 아직 살아 있었다. 그것들은 물 속에서 배를 옆으로 한 채로 누워 있었다. 그는 메기 한 마리를 손에 든 후 가만히, 마치 그것의 가치를 느끼듯이, 쥐고 있었다. 하지만 메기는 미끈거리는 감촉을 그의 손에 남기고 빠져나갔다. 그는 마치 그 느낌을 좀더 분명하게 지니려는 듯 손바닥을 움켜쥐었지만 그 안에서는 아무 느낌도 들지 않았다. 그는 자신의 손바닥을 편 채로, 그것이 뭔지 알 수 없는 뭔가로부터 뭔가를 추적해내려는 듯이 그것을 한참 동안 들여다보았다. 그는 자신이 들여다보고 있는 것이 자신의 손바닥이라는 것을 새삼 깨닫게 된 순간 그것에서 눈길을 뗐다.

침대에 누운 그는 눈을 감았다. 그때 바깥으로부터 어떤 소리가 들려왔고, 그는 그 소리에 정신이 든 사람처럼 눈을 떴다. 그는 모든 감각을 청각에 집중시킨 채로 귀를 기울였다. 하지만 아무런 소리도 들리지 않았다. 여름밤의 더운 공기가 그의 귀에 느껴졌다. 그는 두 손으로 귀를 막았다. 그는 방 안의 사물들을 둘러보았다. 그것들은 시간을 자신 속에 머금고 있는 것처럼 보였다. 그는 몸을 뒤척이기 시작했고, 결국 몸을 완전히 웅크린 채로 잠이 들었다.

그날 밤 그는 이상한 꿈을 꿨다. 그는 어떤 집의 어두운 거실에 앉아 있었는데, 부엌에서 뭔가가 끓는 소리가 들렸다. 그는 부엌으로 달려갔다. 가스스토브 위에 냄비 하나가 놓여 있었는데 그것이 끓고 있었던 것이다. 그런데 놀랍게도 물이 끓어넘치며 냄비와 뚜껑 사이로 사람의 것이 분명한 머리칼이 길게 국수처럼 흘러내리고 있었다. 냄비를 열었을 때 그 안에는 쉽게 알아볼 수 없는, 하지만 그의 것이 분명한 사람의 얼굴이 끓는 물 안에서 익고 있었다. 그는 계속해서 몸을 뒤척였고, 헛소리를 하기도 했다. 그의 알아듣기 힘든 헛소리 중에는, 네가 생각하는 것과는 달라, 라고 외치는 소리도 있었다. 그날 밤을 그는 거의 뜬눈으로 보냈다.

다음날 일어났을 때 메기들은 배가 뒤집힌 채로 이미 죽어 있었다. 그것은 어떤 상태의 불가피한, 예정된, 애매한 종결처럼 보였다. 그는 죽은 메기들을 손으로 집어 변기 속에 던진 다음 물을 내렸다. 이미 죽은 메기들이 꿈틀대며, 서로를 밀치며 변기의 구멍 속으로 내려갔다. 하지만 완전히 사라지진 않았고, 변기의 구멍이 막히며 꼬리들만 남아 있었다. 그는 잠시 그 흔들리는 꼬리에 그의 시선을 고정시켰다가 놓아주었다. 그는 어떤 기대를 갖고, 손을 들어 코에 대고 냄새를 맡아보았지만 비린내는 나지 않았다.

그는 서둘러 여인숙을 나왔다. 이미 오후 늦은 시간이었다. 여인숙

주인은 어딜 간 듯 모습이 보이지 않았다. 전날 다친 발이 따끔거렸다. 걸음을 내딛는 것이 불편했다. 그는 한 음식점에서 식사를 했지만 여전히 음식에서는 아무런 맛도 냄새도 나지 않았다. 그는 후각이 상실된 그 상태가 지속될 수도 있다는 생각에, 약간은 우려가 되기도 했지만 어떤 기대 또한 동시에 느꼈다. 그것은 그의 삶의 어떤 상태를 반영하는 것처럼 느껴졌다. 그는 음식점을 서둘러 나왔다.

길거리는 쓰레기들로 넘치고 있었다. 그는 숨을 길게 들이켰지만 아무런 냄새도 맡을 수 없었다. 그는 악취가 그리웠다. 그는 전날 갔던 다리가 있는 곳으로 갔다. 조금 있자 저 멀리서 전날 보았던 미친 여자가 마치 약속이라도 한 듯 그가 있는 쪽으로 걸어오고 있는 것이 보였다. 여자는 그가 전날 보았던 것과 똑같은 웃음을 터뜨리며, 손가락으로 머리칼을 꼬며 그의 옆을 지나쳐갔다. 그는 몸을 팽팽하게 긴장시킨 채로, 그대로 서 있었다. 그는 자신도 모르게 자신의 머리칼을 꼬고 있는 것을 발견했다. 하지만 그녀가 모습을 감추게 된 순간 웃음이 터져나왔다. 한데 이상하게도 그 웃음을 통해 그녀와의 교감이 이루어진 것처럼 느껴졌다.

한참 동안을 그대로 서 있던 그는 문득 어떤 생각이 떠오른 듯, 걸음을 옮겼고, 다시 전날 걷던 길들을 걸어다녔다. 걷는 것은 쉽지 않았지만 그는 꾸준히 걸었다. 해가 진 후에야 그는 그 읍의 변두리에 있는, 한때 같이 살던 여자를 찾아갔다. 여자의 집은 멀지 않은 곳에 있었다. 그녀의 집은 그대로 있었다. 그가 대문을 두드리자 중년의 살찐 여자가 대문을 열었다. 그녀는 믿을 수 없다는 듯 놀라는 표정을 지었다. 들어가도 돼, 그가 말했다. 여자는 아무 말 없이 그를 집 안으로 들어오게 했다. 여자의 얼굴에는 당혹스런 표정이 역력했다.

겉모습이 허름한 집의 내부는 인상적일 정도로 초라했다. 집이라기보다는 임시 거처처럼 여겨지는 집 안 역시 인적이 느껴지지 않았다. 마당에는 이미 죽은 꽃나무가 엉거주춤한 자세로 서 있었다. 집 안의 어디에서도 뭔가를 가꾸거나 손질을 한 흔적은 찾아볼 수 없었다.

아이들은 어디 갔지, 집 안으로 들어온 그가 말했다. 없어졌어요, 여자가 말했다. 없어졌다는 건 무슨 말이야, 그가 말했다. 입양되었어요, 그녀가 말했다. 그는 그 말을 이해하지 못하는 표정을 지었다. 나 혼자서는 아이들을 키울 수가 없었어요, 여자가 말했다. 할 수 없지, 어쨌든 그들은 당신의 아이들이었으니까, 그가 말했다. 이런 식으로 말해서 섭섭할 수도 있겠군. 여자는 아무 대답 없이 그를 바라보았다.

조금 후 여자가 차와 사과를 꺼내왔다. 그는 말할 수 없는 식욕을 느꼈다. 마치 그의 앞에 보이는 모든 것을 먹어치울 수도 있을 것만 같은 주체할 수 없는 식욕이 밀려왔다. 하지만 차를 입에 댔지만 아무런 맛도 나지 않았다. 이게 무슨 차야, 그가 말했다. 모과차예요, 모과향기가 나지 않아요, 여자가 말했다. 모과라기에는 너무도 모과 맛이나, 그가 말했다. 그는 무를 끓인 물을 마시고 있는 것 같았다.

여자는 사과를 하나 들어 껍질을 깎기 시작했다. 그녀는 사과의 껍질이 중간에서 잘리지 않도록 신경을 쓰며 깎고 있는 것처럼 보였다. 그 모습을 보며 그는 자신의 몸이 깎이고 있는 것만 같은 느낌이 들었고, 그 느낌을 떨치기 위해서 끊어지지 않고 길게 깎여 나온 사과의 껍질을 쥐어 손가락으로 조각조각 끊어 놓았다.

방 안은 숨이 막힐 정도로 후텁지근했다. 그는 그곳을 찾아간 것을 후회하기 시작했다. 내가 어떻게 지냈는지 궁금하지 않아, 그가 말했다. 어떻게 지냈어요, 여자가 말했다. 모르겠어, 그가 말했다. 여자는 그가 묻는 말에만 대답을 했다. 그는 아무 이야기도 꺼내고 싶지 않았다. 여자는 사과를 깎는 동안에는 아무 말도 할 수 없다는 듯, 또는 하지 않아도 된다는 듯 아무 말 없이 또다른 사과를 깎기 시작했다. 그는 사과 한 조각을 집어들어 한쪽을 베어물었다. 하지만 사과는 돌을 베어문 것처럼 단단한 느낌을 주었고, 그래서 그는 남은 사과를 내려놓았다.

내가 어떻게 지냈을 것 같아요, 또다른 사과 하나를 다 깎은 후 여자가 말했다. 짐작은 돼, 그가 말했다. 짐작대로일 거예요, 여자가 말했다. 또다시 대화가 끊겼다. 그는 자신이 여자에게 할말이 아무것도 없다는 것을 느꼈다. 그는 그가 먹다 만, 그의 이빨 자국이 난 사과를 내려다보았다. 그것은 의아한 모습으로 접시 위에 놓여 있었다. 나의 생각을 반쯤은 알 수도 있을 것 같지만 그 이상은 알 수가 없어, 그가 중얼거렸다. 뭐라고요, 무슨 말인가를 했어요, 그녀가 말했다. 아니, 아무것도 아냐, 그가 말했다. 그런데 모과는 모가 난 데가 있는 것도 아닌데도 심하게 모가 난 것 같아, 그가 중얼거렸다.

그는 한쪽 구석에 쌓아놓은 이불 위에 몸을 기댔다. 피로가 엄습했지만 졸립지는 않았다. 그는 방을 둘러보았다. 천장에 매달린 모빌이 눈에 들어왔다. 나비 모양의 모빌이었다. 모빌은 그 일부가 부서져 있었다. 그는 균형을 잃은, 그래서 한쪽으로 기울어진 모빌을 눈을 떼지 않고 바라보았다. 열어놓은 창문 사이로 들어온 바람에 모빌은 조금씩 흔들리고 있었다. 모빌은 그의 시선을 산만하게 만들고 있었다. 그는 어떻게든 그의 시선을 한 곳으로 모으려고 했지만 그것은 지나치게 어려운 일이었다. 그는 그의 위로 손을 뻗어보았다. 마치 흔들리는 모빌이 더이상 흔들리지 못하게 하기라도 하려는 듯이. 하지만 모빌은 그가 몸을 일으키지 않는 한 닿을 수 없는 곳에 무심하게 매달려 있었고, 그는 손을 그냥 내렸다.

그는 시선을 내렸다. 껍질을 깎아낸 사과 조각들이 통명스럽게 접시 위에 놓여 있었다. 두 사람은 한동안 아무 말도 없이 있었다. 그는 어떤 마땅한 말도 떠오르지 않았다. 그럼에도 그는 무슨 말인가를 꺼내다 말았다. 무슨 얘기를 한 거예요, 여자가 말했다. 아무 얘기도 하지 않았어, 그가 말했다. 나는 당신이 무슨 얘길 하는 줄 알았어요, 여자가 말했다. 그는 고개를 떨구었다. 그 동안 어떻게 지냈어요, 여자가 말했다. 그건 아까 물었던 말이잖아, 그가 말했다. 그렇군요, 여자가 말했다. 그 사이 깎은 사과 조각들이 두 사람으로부터 잊혀진 채로 갈색을 띠어가고 있었다. 그는 갈색을 띠어가고 있는 사과 조각으로 눈길을 돌렸고 그것에서 눈을 떼지 않았다. 자신이 갈색을 띠어가고 있는 사과를 보고 있는지, 그 사과의 갈색을 보고 있는지 분명치 않았다. 뭘 그렇게 보고 있는 거예요, 여자가 말했다. 내가 뭘 보고 있는 것처럼 보여, 그가 말했다. 모르겠어요, 그녀가 말했다. 그는 조금 전 자신이 아무것도 보고 있지 않았다는 생각이 들었다.

그는 눈을 감았다. 그러자 전날 저녁 강가에서 본 지는 해의 선명한 붉은빛이 눈 속을 파고들었다. 자신의 생각이 피로 얼룩져 있다는 느낌을 가져본 적 있어, 그가 물었다. 여자는 아무 말 없이 그를 바라보았다. 그는 눈길을 딴 데로 돌렸다. 그냥, 나 자신이 무슨 생각을 하고 있는지 한번 떠본 것뿐이야, 그 이상은 아냐, 그가 중얼거렸다. 당신, 좀더 이상해진 것 같아요, 여자가 말했다. 그는 아무 대답도 하지 않았다. 두 사람은 한동안 아무 말이 없었다. 뭔가, 비린내 같은 게 맡아지는 것 같지 않아, 그가 말했다. 여자는 영문을 알 수 없다는 듯 그를 쳐다보았다. 이 방 전체가 비린내로 가득 찬 것 같아, 그가 말했다. 여자는 약간 경계하는 표정으로 그를 바라보았다. 내가 어떻게 이상해진 것 같아, 그가 물었다. 뭐랄까, 넋이 나간 사람 같아요, 여자가 말했다. 내가 보기에도 그래 보여, 그가 말했다. 다시 침묵이 흘렀다. 무슨 생각을 하고 있어요, 한참 후 여자가 말했다. 아무 생각도 하지 않고 있어, 그가 말했다. 그는 자신의 머릿속에서 생각들이 커다란 부작용을 일으키고 있는 것 같았다.

내가 다시 돌아오게 되어서 어때, 조금 후 그가 말했다. 모르겠어요, 그리고 이렇게 나를 다시 찾아올 줄은 몰랐어요, 그녀가 말했다. 나는 가석방된 거야, 말하자면 완전하게 풀려난 게 아냐, 그가 말했다. 여자의 얼굴이 조금 굳어졌다. 그는 사과를 다시 바라보았다. 이제 사과의 표면은 완전히 갈색으로 변해 있었다. 그 상태의 변화에, 그는 눈을 고정시켰다. 모든 것이 표면적인 차원에서만 이루어지는 것처럼 여겨졌다. 그리고 그것들은 그 표면적인 것을 통해 건재해 있었다. 그는 사과의 갈색이 그의 생각에 착색되고 있는 것처럼 느껴졌다.

나를 어떻게 생각해, 그가 말했다. 여자는 대답을 하지 않았다. 좋지 않게 생각하고 있겠지, 그가 물었다. 그런 건 아니지만…… 여자는 말꼬리를 흐렸다. 좋지 않게 생각해도 돼, 그가 말했다. 그는 여자를 바라보았고, 여자가 그의 시선을 가로막고 있는 것처럼 느껴졌고, 그래서 눈길을 돌렸다. 어머니의 집에 갔었어, 그가 말했다. 당신 어머니의 집에 갔었다고요, 그녀가 말했다. 그래, 그런데 더이상 그 집에 살지 않더군, 그가 말했다. 지금 무슨 소리를 하는 거예요, 당신 어머니는 오래 전에, 당신이 떠나기 전에 이미 돌아가셨는데, 그녀가 말했다. 그랬던가, 그가 말했다. 내가 잘못 알고 있었군. 내가 당신 어머니로 알고 있는 분이 당신 어머니가 맞다면요, 그녀가 말했다. 그의 어머니가 오래 전에 죽었다는 사실이 그를 안심시켰다.

그는 방 안을 둘러보았다. 그런데 이 방 안의 뭔가에 신경이 쓰여, 그가 말했다. 뭐가 그렇다는 거죠, 여자가 말했다. 모르겠어, 그냥 뭔가가, 그가 말했다. 그러면서 그는 모빌을 가리키며, 저걸 좀 치우면 안 돼, 하고 말했다. 여자가 자리에서 일어났다. 그녀는 천장에 매달린 모빌을 떼어내려 했다. 아냐, 그냥 놔두지, 그가 말했다. 하지만 여자는 끝내 그것을 떼어냈다. 이제 괜찮아요, 여자가 물었다. 아니, 신경이 쓰이는 건 그게 아닌 것 같아, 이 방에 있는 어떤 것도 아닌 것 같아, 그가 말했다. 여자는 그를 내려다보았다.

강가 포도밭 근처에 버려진 무덤 하나가 있는 것이 눈에 띄었어, 조금 후 그가 말했다. 무덤이 있었다고요, 여자가 말했다. 하지만 이 근처에 포도밭 같은 건 없는데요. 아냐, 분명히 보았어, 그가 말했다. 이곳에서는 아무도 포도를 재배하지 않아요, 여자가 말했다. 그럼 내가 본 건 뭐지, 그가 말했다. 뭘 보았는지는 모르지만 포도밭이 아니었던 건 분명해요, 여자가 말했다. 댐이 완공되면 그 무덤은 수장되겠지, 그가 말했다. 시신은 두 번 묻히게 되겠군. 여자는 아무 대답도 하지 않았다. 두 사람의 시선이 어색하게 교차했다. 여자는 하품을 하기 시작했다. 무슨 냄샌가가 맡아지지 않아, 잠시 후 그가 물었다. 무슨 냄새가 맡아진다는 거예요, 여자가 말했다. 여자는 숨을 들이켜며 냄새를 맡는 시늉을 했다. 무슨 냄새인가가 나고 있는 게 틀림없어, 그가 말했다. 아무 냄새도 나지 않는걸요, 여자가 말했다. 그는 코를 킁킁거렸다. 하지만 그가 생각하는 냄새는 끝내 그에게 이르지 못하고 있었다. 여자는 그의 모습을 가만히 바라보고 있었다.

우리가 함께 살 때 어땠지, 조금 후 그가 말했다. 여자는 그의 말을 듣지 못한 듯, 다른 생각에 잠겨 있는 듯 보였다. 그 역시 대답을 구하기 위해 질문을 던진 것은 아니었다. 그는 과도를 집어들어 이미 깎아놓은 사과 조각에 칼집을 내기 시작했다. 여자는 불안한 얼굴로 그를 쳐다보았다. 잠시 후 또다시 두 사람의 시선이 마주치면서 그것들은 아래로 내려졌고, 바닥으로 떨어졌다. 그는 발이 몹시 쑤셨다. 살이 곪은 것이 틀림없었다. 그는 그것을 전혀 대수롭지 않은 것으로 생각하려 애썼다.

이곳에 살던 사람들은 다 어디로 간 거야, 그가 말했다. 여기서 조금 떨어진 곳에 새로 읍이 생겼고, 길 또한 새로 뚫렸어요, 여자가 말했다. 나 또한 얼마 후면 그곳으로 이사를 갈 거예요. 이곳은 없어질 테니까요. 그곳은 이곳이 없어지기를 기다리고 있는 셈이겠군, 그가 말했다. 그런 셈이죠, 여자가 말했다. 댐이 건설되는 것을 반대하는 사람들이 있는 모양이더군, 그가 말했다. 건물의 벽에 그런 뜻으로 씌어진 문구를 보았어. 댐이 건설되는 것을 반대하는 사람들이 있긴 해요, 여자가 말했다. 당신은 어때, 그가 말했다. 모르겠어요, 여자가 말했다. 아무래도 좋아요, 마치 자신이 방금 한 말을 수정하듯 여자가 덧붙였다. 언젠가는 사라질 것이 좀더 일찌감치 사라지는 것뿐이니까요. 내 생각도 그래, 그가 말했다. 그는 여자와 함께 있는 것을 더이상 견딜 수가 없었다.

그는 고통스런 얼굴로 시선을 들어 허공을 쳐다보았다. 파리 한 마리가 공중을 떠돌고 있었다. 그의 얼굴이 조금씩 굳어져갔다. 여자는 그의 얼굴에서 눈을 떼지 않고 있었다. 그가 여자를 바라보자 여자는 눈길을 돌렸다. 당신 머리가, 그가 말했다. 여자가 그를 바라보았다. 유난히 까맣게 보이는군, 그가 말했다. 염색을 했거든요, 여자가 말했다. 그랬군, 그가 말했다. 나는 모든 것에 대한 준비가 되어 있어, 단 그러한 자신을 마주할 준비가 되어 있지 않다는 것만 빼면, 그가 혼잣말을 하듯 말했다. 여자는 아무 말 없이 그를 바라보고 있었다. 왜 그렇게 무서운 얼굴로 나를 쳐다보는 거야, 여자를 쳐다보며 그가 말했다. 내가 무서운 얼굴을 하고 있나요, 여자가 말했다. 그렇게 보여, 그가 말했다. 두 사람의 시선이 다시 마주쳤다. 그가 눈을 떨구었을 때, 방바닥에 파리 한 마리가 죽어 있는 것이 보였다. 그는 천천히 발을 뻗어 죽어 있는 파리를 가렸다.

방이 너무 건조하지 않아, 잠시 후 그가 말했다. 하지만 방은 건조하기는커녕 오히려 눅눅한 편이었다. 어제도 비가 왔는걸요, 여자가 말했다. 어제도 비가 왔다고, 그가 말했다. 그래요, 그것도 꽤 많이요, 여자가 말했다. 내 기억으로는 어제 비가 온 적이 없는걸, 그가 말했다. 분명히 왔는걸요, 여자가 말했다. 밖에 나갔다가 비까지 맞은걸요. 소나기였나, 그가 말했다. 아뇨, 꽤 오랫동안 왔어요, 여자가 말했다. 그는 더이상 거기에 대해서는 아무 말도 하지 않았다. 그럼에도 방 안은 지나치게 건조하게 느껴졌다. 그에게는 그 방 전체가 목말라하고 있는 것처럼 느껴졌다.

내가 저지른 짓을 생생하게 떠올려줘, 한동안 말이 없던 그가 불쑥 내뱉었다. 여자는 잠시 생각에 잠긴 듯했다. 그 일이라면 나는 다 잊어버렸어요, 그녀가 말했다. 그게 뭐지, 그가 물었다. 모르겠어요, 아무 일도 없었던 것 같아요, 그녀가 말했다. 어쨌든 그렇게 끔찍한 일은 아니었던 것 같아요. 그는 아무 말도 하지 않았다. 나 또한 그래, 아무 기억도 나지 않아, 한참 후에야 그가 입을 열며 천천히 말했다. 내가 저지른 그 어떤 짓도 내가 한 짓으로 여겨지지 않아. 여자는 그를 바라보고 있었다. 그래서 다행이라는 생각은 들지 않아, 그가 중얼거리듯 말했다. 그 사이 당신에게 무슨 일이 있었던 거예요, 여자가 말했다. 분명한 건, 분명한 그 어떤 일도 일어나지 않았다는 거야, 그가 천천히 말을 내뱉었다. 그는 발의 상처의 통증이 점점 더 심해지는 것을 또렷이 느꼈다.

또다시 침묵이 그들 사이를 파고들었다. 이곳도 많이 변한 것 같아, 어쩌면 몰라보게, 한참 후 그가 입을 뗐다. 하지만 전혀 변하지 않은 것들도 있어요, 여자가 말했다. 하지만 그는 그녀의 말을 듣고 있지 않았다. 그는 맞은편 벽에 걸린 낡은 거울을 바라보고 있었다. 먼지 낀 거울은 원근감을 더욱 강조하고 있었다. 거울 속에 비친 사물들은 그 실체를 인정하기 어렵게 흐려져 있었다. 그는 벽에 걸린 커다란 거울 속에 함께 비친 그 자신과 그녀를 바라보았다. 그는 점차 자신의 앞에 있는 여자가 누구인지 분명치 않았다. 그녀를 바라보고 있는 그 자신이 자신처럼 여겨지지 않았다. 시점의 혼란이 일어났고, 그는 가볍게 몸을 비틀었다. 하지만 그는 자신의 허상을 좇는 사람처럼 거울 속의 자신의 모습을 뚫어지게 바라보며 손을 들어 가볍게 흔들어보았다. 그는 또다시 자신의 몸이 죄어드는 느낌이 들었다. 그는 그 느낌에서 벗어나려는 듯 불쑥 몸을 일으켰다. 그만 가야겠어, 그가 말했다. 어디로요, 여자가 말했다. 모르겠어, 그가 말했다. 하지만 걸음을 뗄 수 없을 정도로 발의 통증이 심했다. 결국 그는 다시 자리에, 불편한 자세로 앉았다. 조금 있자 통증이 조금 진정되면서 그는 자기 자신으로 다시 돌아온 것처럼 느껴졌다.

여자는 졸음을 이길 수 없는 듯 연거푸 하품을 했다. 졸리면 먼저 자도 돼, 그가 말했다. 그녀는 그 말을 기다리고 있었던 것처럼 자리에서 일어나 화장실로 향했고, 조금 후에 세수를 한 다음 다시 돌아와, 마치 그 방에 그녀 혼자 있기라도 한 듯 태연하게 화장을 하기 시작했다. 그는 거울 속에 비친, 여자의 화장하는 모습을 지켜보았다. 그녀가 바르는 분이 얼굴의 주름살을 없애며, 그녀의 모습은 좀 더 창백하게 나타났다. 당신 살이 많이 쪘군, 그가 말했다. 나이 때문이겠죠, 그녀가 말했다. 여자는 거울 속의 자신의 모습에만 시선이 팔려 있었다. 그는 거울 속의 그녀의 모습을 보고 있는 그 자신의 모습을 바라보았다. 그는 어떤 사진 속의 인물이 누구인지 알아내려고 애를 쓰는 모습이었다. 여자가 거울을 통해 그의 얼굴을 쳐다보았다. 화장을 끝낸 여자의 모습은 조금 전과는 전혀 달라 보였다. 그녀는 처음 보는 여자처럼 보였다. 두 사람은 잠시 아무 말 없이 앉아 있었다. 그 와중에도 여자의 하품은 계속되었다. 이제 여자는 이부자리를 마련했고, 요 위에 누웠다. 여자는 그가 눕기를 기다렸지만 그는 눈을 감은 채로 벽에 기대어 앉아 있었다.

여자는 곧 잠이 들었다. 내가 무슨 짓을 저질렀던 거지, 맞은편 벽을 향한 채로 그가 말했다. 하지만 잠이 든 여자는 아무 말이 없었다. 그만 가야겠어, 그가 중얼거렸다. 하지만 그는 그대로 앉아 있었다. 그는 여자를 내려보았다. 흰머리를 감추기 위해 염색한 머리칼 속으로 새로 흰머리가 자라고 있었다. 그는 마치 그날 하루를 뜬눈으로 지새운 것처럼 눈이 피로했고, 그래서 손바닥으로 눈을 비볐다. 감은 눈의 검은 어둠 속에서 작은 빛들이 어른거렸다. 빛들은 일정하지 않은 크기로 출현해 갑작스럽게 가는 꼬리를 남기며 흩어졌다. 그의 몸이 조금 기울어졌다. 그는 다시 몸을 바로 일으켜세웠다. 나 자신을 감당하려고 할수록 나의 몸은 이렇게 기울어지는 거야, 그가 중얼거렸다.

조금 후 그는 마치 뭔가에 홀린 사람처럼 자신의 주위를 더듬기 시작했다. 그는 천천히 방 한쪽 구석에 놓여 있던 쟁반 속의 과도를 집어들었다. 칼을 집어든 그의 손이 떨렸고, 손에서는 가벼운 열기가 느껴졌다. 그걸로 뭘 하려는 거지, 마치 앞에 있는 누군가에게 참견을 하듯, 자신이 하는 말에 유의하며, 그는 자신에게 말했다. 그런 다음 그는 사과의 썩은 부분을 도려내듯 천천히 자신의 옆구리를 베기 시작했다. 그는 자신이 하는 행동이 자신을 배제시킨 채로 이루어지고 있는 것처럼 느껴졌다. 칼은 예리하지 않았고, 그는 애를 먹어야했다. 당연하게도 피가 흘렀고, 그는 흐르는 피를 도취된 표정으로 바라보았다. 칼이 살 속을 파고들수록 점점 더 많은 피가 쏟아졌다. 그의 콧속으로 강한 피비린내가 맡아졌다. 하지만 이건 지나친 상상이야, 그의 머릿속으로 그러한 생각이 떠올랐다. 실제로 그는 여전히 아무런 냄새도 맡을 수가 없었다. 그는 좀더 사납게 자신의 몸에 칼자국을 내기 시작했다. 하지만 그의 얼굴에는 아무런 표정도 떠오르지 않았다. 아니, 일종의, 아무렇지 않은 만족스런 표정이 스쳤다. 이것으로는 처리가 미흡한 거지, 그는 자신이 가까스로 내는, 제대로 들리지 않는, 중얼거리는 소리를 들으려고 애를 썼다.

# 보이지 않는 균열

그리고 기다렸어요. 어떤 열정 같은 것을 느끼며, 그의 호흡이 조금씩 느려져 마침내는 끊기는 것을, 마치 투명한 주전자 속의 물이 끓어오른 후 식으면서 물방울이 조금씩 잦아드는 것을 바라보듯, 목격했어요. 그런데 그 사이 내 쪽을 향한 그의 눈동자는 나를 똑바로 쳐다보고 있었어요. 나는 숨이 멈춘 그의 입술에 내 입술을 살며시 갖다댔어요. 그런 다음 입술을 그의 귀에 갖다댄 후 말했어요. 혹시 이런 말을 하려 했던 건 아닐까요, 라고.

"나는 시야가 탁 트인 어떤 곳에 서 있어요. 내 발 아래로는 목초지 같은 것이 넓게 펼쳐져 있는데, 완만한 구릉을 이루고 있어요. 나는 그 위로 걸음을 옮기기 시작해요. 여러 가지 것들이 보여요. 다소 무거운 느낌을 주는 작은 구름들이 땅 위로 낮게 떠다니고 있어요. 그 아래로, 땅 위에, 새의 날개 같은 것들이 떨어져 파닥거리고 있어요. 그리고 배추벌레 같은 파란색의 뭔가가 땅 위를 기어다니고 있어요. 그 사이로 이상한 모양의 장난감 인형들이 작은 다리를 떼어놓으며 걸어다니고 있어요. 그리고 여러 가지 모양의 유모차들이 초원의 경사를 따라 굴러내려가고 있어요. 그리고 뭔가, 하늘을 향해 다리를 치켜들고 있는 게 보여요. 양처럼, 또는 돼지처럼 보이는 것들이에요. 그런데 다들 죽어 있어요. 불에 검게 타버린 것 같아요. 그것들의 죽어 빳빳해진 다리들이 하늘을 향해 벌려져 있어요. 약간 이상한 장면이긴 하지만 그다지 끔찍해 보이지는 않아요."

잠시 그는 말을 멈춘다. 그의 호흡이 점차 빨라지고 있다.

"또다른 장면이 떠올라요. 어떤 고층건물이에요. 나는 아주 빠른 속도로 엘리베이터를 타고 내려가고 있어요. 내 몸이 붕 뜨는 것 같은 느낌을 통해 그 속도를 느낄 수 있어요. 어느 순간 엘리베이터가 멈추며 문이 열려요. 하지만 몇 층인지는 알 수 없어요. 나는 엘리베이터를 내려요. 그런데 내가 엘리베이터를 내렸을 때 복도에 다음과 같은 문구가 적혀 있는 게 보여요, 이곳에서부터 이곳은 끝나고 있다, 라는. 복도를 지나 그 끝에 있는 문을 열자 그곳에는 계단이 나 있어요. 흔히 볼 수 있는 계단이에요. 한데 내가 그 계단을 오르려 하자 계단이 저절로 끊기기 시작해요. 이제 계단은 허공에 떠 있어요. 나는 있는 힘을 다해 훌쩍 뛰어 끊어진 계단의 끝을 간신히 붙들어요. 나는 계단을 기어올라가요. 그런데 계단은 뱀의 똬리처럼 스스로를 말아올리고 있어요. 그러면서 계단은 점점 좁아져가요. 그것은 저절로 움직이며 나를 위쪽으로 실어 나르는데, 계단의 꼬리에 해당되는 끝부분이 조금씩 떨어져나가고 있어요. 나는 그 계단 위에서 떨어지지 않도록 안간힘을 써야만 해요. 하지만 소용이 없어요. 계단이 점점 축소되면서 나의 몸 또한 줄어들고, 결국에는 그 계단과 함께 사라지니까요."

그가 천천히 눈을 뜬다. 그의 시선은 그것이 머물 수 있는 곳을 찾고 있는 것처럼, 하지만 그런 것을 찾지 못하는 것처럼 흔들리고 있다. 나는 그의 주의를 끌기 위해 펜으로 책상을 두드린다. 하지만 그는 아무런 반응을 보이지 않는다.

"괜찮니?"

내가 묻는다. 하지만 그는 아무 대답도 하지 않는다. 책상을 마주한 채로, 나는 그에게로 상체를 구부려 그의 얼굴 앞으로 내 손을 흔든다. 그가 내가 그를 바라보고 있다는 것을 알아차린다. 그는 나를 바라본다. 그의 얼굴은 스물두 살로는 보이지 않게 앳되어 보인다. 나는 스물두 살의 아이에게 어울리는 모습이라는 것이 어떤 것일까를 생각해본다. 하지만 그런 모습이라는 게 따로 있는 것은 아닐 것이다.

"어때?"

"나의 이런 이야기가 선생님이 나를 이해하는 데 도움이 될 수 있을까요?"

그가 말한다.

"어떤 이야기들은."

나는 그의 말처럼, 지금껏 그가 자신에 대해 한 이야기들, 또는 조금 전 내가 하게 한 자유연상을 통해 그가 한 이야기들이 도움이 되는지 생각해본다. 어떤 점에서 그것들은 도움이 되기도 한다. 하지만 또다른 어떤 점에서는, 그것들은 그를 이해하기 어렵게 만드는 데 도움이 되기도 한다. 그의 이야기들은 너무도 혼란스러워 하나의 그림으로 짜맞춰지지가 않는다. 무엇보다도 그가 하는 이야기들 중 어떤 것이 사실이고, 어떤 것이 지어낸 것인지조차 분명치가 않다.

나는 지난 며칠 동안 그를 상담해왔다. 얼마 전 그에게는 사고가 있었다. 자신의 생식기를 도려낸 것이다. 그것을 두고 사고라고 할 수 있을까? 어쨌든 그는 그후 외과수술을 받은 다음 내게 보내졌다. 그 일이 있었던 건 교회에서였다. 그의 말을 빌리면 주일날의 화창한 오후였다고 한다.

"기도시간이었어요. 나는 눈을 감은 채로 목사님의 기도 소리를 마음속으로 따라 하고 있었죠. 그런데 기도에 집중할 수가 없었어요. 머릿속으로 자꾸만 어떤 영상이, 정확히는, 어떤 성기의 모습이 떠올랐어요. 그 영상을 지우려고 했지만 소용이 없었어요. 성기는 점차 커졌어요. 동시에 나의 성기 또한 발기하기 시작했어요. 그래서 나는 눈을 감은 채로 조용히 바지에 손을 넣고 성기를 쥐고 있었어요. 그런데 그 발기한 성기는 너무도 이상하게 느껴졌어요. 단단하면서도 매끄럽고, 따뜻하면서도 촉촉한 느낌이었는데 그 느낌들이 어우러져 아주 이상한 느낌을 주었죠. 어쩌면 내가 만지고 있었던 건 나의 발기한 성기가 아니라 그것이 주는 이상한 느낌이었는지도 모르겠어요."

며칠 전 나는 그의 어머니를 면담했다. 그의 어머니는 자신의 아들에게 일어난 일을 이해하지 못했고, 그 사실을 수긍하려 들지 않았다. 그녀는 자신의 성기를 손에 쥔 채로 쓰러져 있는 아이를 보았고, 그 충격으로부터 쉽게 헤어나지 못하고 있었다.

—아이가 그 일을 저질렀던 건 내가 부엌에서 국수를 준비하기 위해 밀가루 반죽을 하고 있던 때였죠, 그의 어머니가 말했다. 우리는

점심 한 끼는 꼭 국수 종류를 먹었거든요. 그런데 그날따라 양념이 한 가지 부족했고, 그래서 아이에게 그것을 사오라는 심부름을 시키려고 아이를 불렀지만 대답이 없어서 아이 방으로 갔죠. 그런데 놀랍게도 침대 위에서 아이가 아랫도리를 내린 채로 피를 흘리고 있는 거였어요. 침대는 피로 흥건하게 젖어 있었죠. 아이는 한쪽 손에 뭔가를 꼭 쥔 채로 있었어요. 내가 그의 손을 잡으려 하자 그는 손을 입가로 가져가 그 안에 든 것을 입 안에 넣으려 했어요. 그런데 놀랍게도, 그가 쥐고 있던 것은 그의 잘려진 성기였어요. 그것만으로도 섬뜩했지만 그 무엇보다도 섬뜩했던 건 그가 그 순간 웃고 있었다는 거예요.

"사고가 있던 그날 일을 기억하니?"

"네, 점심시간쯤이었어요. 아버지는 마당에서 물뿌리개로 화단에 물을 주고 있었어요. 나는 그가 화단을 가꾸는 일을 돕다가 내 방에 들어와 잠시 침대에 누워 있었어요. 멀리서 어머니가 부엌에서 뭔가를 써는 듯 도마질을 하는 소리가 들려왔어요. 소리는 일정한 간격으로, 일정한 크기로 꾸준하게 들려왔어요. 탁, 탁, 탁, 하고요. 나는 그 박자에 맞춰 손가락을 두드렸어요."

그는 어느새 손가락으로 그의 무릎을 두드리고 있다.

"평화로운 날이었고, 모든 게 평온하게 느껴졌어요. 그 무엇도 그 평온함을 방해할 수 없을 것만 같은. 창 밖으로 높은 구름이 떠 있는 게 보였어요. 조금 있으면 점심으로 국수를 먹게 되겠구나, 하고 나는 생각했어요. 우리 가족은 점심으로 항상 국수를 먹었거든요."

"항상이라고?"

"네. 내 기억으로는 그래요."

"그렇게 매일같이 국수를 먹는 것에 질리거나 하지는 않았니?"

"우리 가족 모두가 국수를 좋아했죠. 나 또한 그것을 먹는 데 익숙해졌어요. 점심으로 국수를 먹어야만 아침이 오후로 넘어갈 수 있다는 생각이 들 정도로요."

그는 잠시 말을 멈춘다. 나는 창 밖을 내다본다. 오후의 봄 햇살이 창문에 쳐진 자주색 커튼 너머로 그 커튼의 명암과 두께만큼 희미해진 채로 파고들고 있다.

"그런데……… ."

그가 말한다.

"그런데 ……… ."

"이건 지금 문득 든 생각이에요. 다소 이상했던 건 우리가 아무 말 없이 국수를 먹었다는 거예요. 서로 단 한마디도 건네지 않고. 아니, 그건 점심을 먹을 때만이 아니었어요. 식사를 할 때면 늘 그랬죠. 마치 얘기를 나누는 것이 식사를 하는 것을 방해하기라도 하는 듯이. 조용히 음식물을 씹어 삼키는 것이 시끄럽게 느껴질 정도였어요."

그는 나를 쳐다보며 미소를 짓는다. 그것은 내가 그에게서 처음 보는 미소이다.

"그런데 그때, 내가 침대에 누워 있는데 어떤 굉장한 소음이 들렸어요. 어쩌면 비행기가 지나가는 소리였던 것 같아요. 소리는 점차 커졌어요. 어느 순간 창문이 심하게 흔들렸어요, 부서질 것처럼. 그리고는 작아졌어요. 다시 조용해졌고, 나는 가만히 누워 있었어요. 그런데 모르겠어요, 왜 그랬는지. 나는 내 손가락이 떨리고 있는 것을 느꼈어요. 마치 비행기가 지나간 후 갑자기 나 자신이 어떤 낯선 곳에 내동댕이쳐진 것 같았어요. 손가락의 떨림을 멈추려고 했지만 되지 않았어요. 왜 이러는 거지, 하고 나는 생각했어요. 마치 내 손 안에서 뭔가가 싹을 틔우려 하는 것 같았어요. 나는 손을 어디에다 둘지를 알 수가 없었어요. 그런데 그 다음 순간 나는 손을 내려 바지를 내리고 내 성기를 꺼냈어요. 아마 자위행위를 하려 했던 것 같아요."

그는 잠시 말을 멈추고 나를 쳐다본다.

"당시 나는 종종 그 짓을 했거든요. 그런데 그날은 어떤 행위도 하지 않고 물끄러미 성기를 바라보기만 하고 있었어요. 그냥 이상한 느낌이었어요, 내 몸에 그런 게 달려 있다는 게. 내 몸을 뚫고 나온 뭔가처럼 느껴졌어요. 그리고는, 모르겠어요, 어떤 힘에 이끌린 듯, 책상 위에 놓여 있던 면도날로 천천히 그것을 자르기 시작한 거예요. 조심스럽게요, 정교함이 요구되는 어떤 작업을 할 때 처럼요. 한데 전혀 아프거나 하지 않았어요. 그건 마치 미술시간에 가위로 종이를 자르는 것처럼 느껴졌어요. 먼 곳에서 일어나는, 누군가에 의해 이루어지는 어떤 광경을 지켜보는 것 같았어요. 그리고는 점차 정신을 잃었어요."

"네가 의식을 잃었다가 다시 깨어났을 때 처음 한 말은, 나는 그곳에 있고자 했어요, 라고 하던데. 그곳이 어디지?"

"내가 나를 알아볼 수 없는 곳이요. 그런 곳이 어딘지는 모르겠어요. 하지만 그렇게 밖에는 얘기를 못 하겠어요."

"네 생각에는 왜 네가 그런 짓을 하게 된 것 같니?"

"모르겠어요. 하지만 한때 자위행위를, 내가 생각하기에도 심하게 한 적이 있었어요, 지금은 아니지만. 다소 격렬하게 했던 것 같아요. 마치 나 자신의 뭔가를 망쳐놓으려는 듯이. 나 자신이 훼손되고 있다는 느낌에 마음이 편해지곤 했어요. 나 자신이 뭔가에 의해, 또는 누군가에 의해 범해지거나 유괴되는 것을 꿈꾼 적도 있어요."

잠시 말을 중단한 그는 나를 바라본다. 그의 섬약한 얼굴 위로 어두운 그늘이 스친다.

"가끔 나 자신의 몸 전체가 커다란 종양처럼 느껴지는 경우가 있어요."

한참 후 그가 문득 입을 연다.

"종양이라고?"

"네. 터뜨려야 할 것만 같은. 전체를 다 잘라낼 수도, 짜낼 수도 없으니까요."

나는 성적인 억압이 그의 증세와 어떤 관련이 있을 수도 있다는 추리를 해본다. 그리고 그의 그 이해하기 힘든 자해행위는 그가 자신을 직시하기를 거부하는 어떤 욕망과 관련이 있을 수도 있을 것이다. 그의, 스스로 받아들이길 거부하는, 그래서 외면하고자 하는 어떤 측면을 알아내는 것이 그의 상태를 이해하는 데 있어 단서가 될 수도 있을 것이다. 그가 며칠 전 얘기한, 그가 꾼 어떤 꿈에 관한 이야기 또한 그러한 점에서 어떤 단서가 될 수도 있을 것이다.

"그날 오후 나는 그 얼마 전 갑자기 뇌경색으로 쓰러져 병원에 입

원해 있는 아버지에게 갔어요. 그는 중환자실에 있었는데 의식이 없는 상태였어요."

"내가 갔을 때 어머니는 그의 병상 옆 의자에 앉은 채로, 그 사이 제대로 잠을 이루지 못한 듯, 목을 떨군 상태로 잠이 들어 있었어요. 의사나 간호원의 모습은 눈에 띄지 않았어요. 눈을 감고 있는 아버지의 얼굴에는 인공호흡기가 부착되어 있었고, 팔의 혈관에도 투명한, 가느다란 튜브가 연결되어 있었어요. 그의 호흡은 미약하게, 아직은 살아 있다는 것을 표시하기라도 하듯, 느리게 이루어졌어요. 나는 아무 감정 없이 그의 그 모습을 잠시 구경했어요. 조금 있자 어머니가 눈을 떴어요. 그녀의 얼굴 역시 아버지의 것 못지않게 초췌했어요. 아버지가 쓰러진 이후로 여러 날 동안 제대로 쉴 사이가 없었으니까요. 어머니는 그 사이 아버지의 상태에는 아무 변화가 없었다는 말을 했어요. 이제 그녀는 최초의 충격에서 벗어나 어느 정도 진정이 되었고, 이후에 아버지에게, 그리고 우리 가족에게 일어날 변화를 받아들일 준비가 되어가고 있는 것처럼 보였어요. 그것은 다행스런 일이었어요. 조금 후 나는 어머니와 교대를 했어요. 이제 어머니는 집에 돌아가 쉴 필요가 있었어요. 나는 어머니가 자리에서 일어나는 것을 도와주었어요. 그 며칠 사이 그녀 역시 기력이 쇠해 환자처럼 힘들게 걸음을 옮겼어요. 우리는 함께 병실 밖으로 나왔고, 나는 병원 현관에서 그녀를 배웅했어요. 병원 로비는 환자들과 그들의 가족들로 북적였어요. 나는 현관에서 담배를 한 대 피운 후 아버지가 있는 병실을 향해 올라갔어요. 병실은 오층에 있었던 것 같은데, 내가 오층에서 엘리베이터를 내렸을 때 그곳에는 중환자실은 없었어요. 중환자실은 육층에 있는 게 분명해, 나는 그 생각을 하며 복도 끝에 있는 계단을 통해 올라가기 위해 복도를 걸어갔어요. 그런데 복도 중간에 신생아실이라는 팻말이 붙어 있는 게 눈에 띄었고, 나는 그 앞에서 문득 걸음을 멈췄어요."

나는 그의 이야기에서 계단이 반복적으로 등장하는 것에 유의한다. 그것은 어떤 의미를 갖는 것일까?

"복도는 조용했고, 사람들의 모습은 보이지 않았어요. 나는 커튼이 조금 열려 있는 창문 사이로 신생아실 안을 들여다보았어요. 열 명도 넘는, 이제 갓 태어난 아기들이 요람에 담겨 누워 있었어요. 이제 막 부화한 애벌레 같은 아기들 모두는 잠이 든 듯 조용히 있었어요. 나는 어떤 무서운 장면을 볼 때처럼 손바닥으로 얼굴을 가린 채 손가락 틈 사이로 그들을 바라보았어요. 아기들은 너무도 가만히 있었고, 그래서 나는 그들이 과연 살아 있는지 의심스러운 생각마저 들었어요. 나는 창문에 얼굴을 가까이 댄 채로, 그 아기들을 향해, 이제 눈을 떠봐, 하고, 어떤 주문을 외듯 조용히, 하지만 엄숙하게 말했어요. 그런데 그 순간 놀랍게도, 꼼짝도 않고 있던 아기들이 일제히 눈을 번쩍 뜨며 천천히 상체를 일으킨 후, 나를 향해 손가락을 가리키며, 마치 나를 비난하듯, 또는 내게 어떤 지시를 내리기라도 하듯, 뭐라고, 내가 알아들을 수 없는 소리를 지르기 시작했어요. 나는 몸이 얼어붙는 공포를 느끼며 간신히 걸음을 옮겨 복도를 지나 계단을 뛰어올라갔어요. 다행히도 육층에는 내가 예상했던 대로 중환자실이 있었고, 나는 아버지 병실 안으로 뛰어들어간 후 문을 단단히 잠갔어요. 조금 전의 그 이상스런 경험으로 인한 공포를 털어내며, 나는 아버지 옆에 살며시 앉았어요. 그는 조금 전 내가 보았던 모습 그대로 누워 있었는데, 이제는 눈은 뜬 채로였어요. 나는 조금 전 있었던 일을 그에게 얘기해주었어요. 물론 그는 내가 하는 말을 알아듣지 못했어요. 아니면, 알아들을 수는 있지만 그것을 내색할 수는 없었는지도 모르죠. 내가 뭔가를 잘못 본 걸까요, 내가 말했어요. 나도 모르게 내 손은 그의 얼굴에 부착된 인공호흡기를 살며시 잡고 있었어요. 아버지는 아무 말도 하지 않았어요. 하지만 내가 본 건 사실이었던 것 같아요, 내가 말했어요. 여전히 그는 아무 말도 없었어요. 내가 헛것을 본 게 분명하다는 것을 확인하기 위해 다시 내려가볼 필요가 있을까요, 내가 말했어요. 그의 눈동자가 내 쪽으로 조금 움직였어요. 그는 마치 모든 것을 다 알고 있다는 표정으로 나를 바라보았어요. 그들은 내게 무슨 말을 하려 했던 걸까요, 내가 말했어요. 마치 내가 무슨 말을 하려는지 안다는 듯 아버지의 눈동자가 딴 곳을 향했어요. 나는 호흡기를 잡고 있는 나의 손에 힘이 가해지는 것을 느꼈고, 조금씩 의식적으로 그것을 그의 얼굴에서 떼기 시작했어요."

그가 잠시 말을 멈춘다. 대부분의 정신적인 외상이 어린 시절 가족과의 관계에 그 뿌리를 두고 있다는 점에 비춰본다면 그와 그의 아버지와의 관계에 대한 정밀한 조사가 필요할 것이다. 물론 모든 것을 그것으로 환원시키는 것이 위험할 수도, 또는 그것이 함정일 수도 있지만.

"그와 동시에 나는, 혹시 이런 말을 하려 했던 건 아닐까요, 하고 말했어요."

"무슨 말을?"

"나는 그의 호흡이 가빠지며 얼굴이 붉어지며 일그러지는 것을 똑똑히 보았어요."

그는 대답을 회피한다. 이것은 의식적인 것인가, 아니면 무의식적인 것인가?

"그리고 기다렸어요. 어떤 열정 같은 것을 느끼며, 그의 호흡이 조금씩 느려져 마침내는 끊기는 것을, 마치 투명한 주전자 속의 물이 끓어오른 후 식으면서 물방울이 조금씩 잦아드는 것을 바라보듯, 목격했어요. 그런데 그 사이 내 쪽을 향한 그의 눈동자는 나를 똑바로 쳐다보고 있었어요. 나는 숨이 멈춘 그의 입술에 내 입술을 살며시 갖다댔어요. 그런 다음 입술을 그의 귀에 갖다댄 후 말했어요. 혹시 이런 말을 하려 했던 건 아닐까요, 라고."

그는 거기서 말을 멈춘다.

"어떤 말이었지?"

"기억이 안 나요. 내가 기억하는 건 그 순간, 조금 전 그 아기들이 외친, 내가 알아듣지 못한 말들이 내 귓속에서 요란하게 울려퍼지기 시작했다는 거예요."

"정말 기억이 안 난단 말야?"

"네, 전혀."

나는 약간 짜증이 난다. 그런 식으로, 그는 그의 이야기를, 결정적인 부분에서 누락시키거나 또는 왜곡시키는 것처럼 보인다. 어쩌면 그러한 누락과 왜곡이 있는 부분에 좀더 주의를 기울일 필요가 있을 것이다. 어쨌든 그에게는 스스로가 알아볼 수 없을 정도로 훼손되거나 유린당하고 싶어하는 욕망이 잠재해 있는 것처럼 보인다. 그것은 궁극적으로는 자신의 존재의 부정에 이르고자 하는 욕망에서 나오는 것 같다. 하지만 나는 지금으로서는 그 점에 대한 판단을 유보하고 싶다.

"네가 기억하는 최초의 기억은 어떤 거지?"

"최초의 기억이요?"

그는 잠시 생각에 잠긴다.

"무슨 공원 같은 곳이에요. 나는 혼자 놀고 있어요. 그런데 누군가가 내게로 걸어오는 게 보여요. 내 아버지예요. 나는 그를 향해 달려가요. 아버지는 나를 번쩍 들어 공중으로 여러 차례 던져올려요. 나는 아버지가 웃고 있는 것을 보고, 그래서 같이 웃어요. 그런데 어느 순간, 이것이 마지막이라는 듯 그가 있는 힘을 다해 나를 하늘 높이 던져올려요. 높이, 아주 높이. 마치 나를 그 위에 있는 어딘가에 올려놓기라도 하려는 듯이. 하지만 나는 그 순간, 이러다가는 자칫 머리가 천장에 부딪힐 수도 있겠어, 하는 생각을 해요. 그 위로는 아무것도 없는데도 말예요. 그래서 이제 나는 그가 나를 내려놓아주었으면 좋겠다는 생각을 해요. 그런데 어떻게 된 일인지 그 기억을 떠올릴 때면 내가 아래로 다시 떨어지는 것을 떠올릴 수가 없어요. 나는 공중 높은 곳에 그대로 있는 거예요. 내가 아래를 내려다보았을 때 그곳에는 아버지의 모습이 더이상 보이지 않아요."

그는 잠시 생각에 잠긴다.

"너는 친구가 있니?"

"아뇨, 없는 것 같아요."

"가족과의 관계는 어떠니?"

"잘 모르겠어요. 부모님은 나를 염려하시는 것 같아요."

"그들이 너를 사랑한다고 생각지는 않니?"

"잘 모르겠어요. 사랑하지 않는 것 같지는 않아요. 그런데……."

"그런데……?"

"사람은 서로를 침해하는 정도로 관계할 수 있을 뿐인 것 같아요."

"왜 그렇게 생각하지?"

"그냥, 그런 것 같아요."

"그 점에 대해 다른 할말은 없니?"

그는 손을 들어 자신의 입을 가린 채로 가만히 쥐고 있다.

"어떤 물음에 대한 결론은, 그럴 수 있는 한에서, 미뤄야만 하는 것들이 있는 것 같아요. 어떤 것들은, 그대로의 그것 이상을, 그 너머를, 그 이후를 섣불리 알 수 없는, 그래서 그것에 관해서는 말할 수 없는, 말해서는 안 되는 어떤 것들이 있는 것 같아요."

나는 지금의 이 상담이 올바른 방향으로 나아가고 있는지 점차 자신이 없어진다. 어쨌든 내가 이야기를 이끄는 식이 되어서는 안 될 것 같다. 그가 뭐든 자유롭게 얘기하게 해주는 것이 필요할 것 같다.

"또다른, 기억나는 것들을 얘기해볼래? 어렸을 때의 일이든, 다른 뭐든."

"내게는 쌍둥이 동생이 하나 있었어요. 하지만 어릴 때 죽었죠. 어느 겨울에 저수지에서 동네 아이들과 함께 스케이트를 타다가 얼음이 깨지면서 빠져 죽은 거예요. 그애가 물 속에서 허우적거리는 것을 보았지만 나는 아무 도움도 되지 못했어요. 그가 죽어가는 것을 지켜볼 수밖에 없었어요."

그는 잠시 말을 멈추고 나를 쳐다본다. 그의 얼굴에 곤혹스런 표정이 떠오른다.

"그를 구하지 못한 것에 대해 죄책감 같은 것을 느낀 적이 있니?"

"아뇨, 그런 것 같지는 않아요. 그건 나로서도 어쩔 수가 없는 일이었으니까요. 한데 시체를 금방 찾지 못했죠. 봄이 되어 얼음이 모두 녹은 후에야, 저수지 물을 완전히 뺀 뒤에야, 이미 살이 모두 떨어져나간, 뼈밖에는 남아 있지 않은 그 아이를 건져낼 수 있었죠. 아니, 그 뼈들조차 조금씩 떨어져 있어 그것들을 주워모은 후 꿰맞춰야 했죠. 나는 그의 유골을 보면서 몸서리치는 느낌을 가지려고 했어요, 그것은 몸서리쳐지는 광경이었으니까요. 그런데 그렇게 되지 않았어요. 그냥 아무렇지 않았어요, 적어도 그 순간에는. 한 가지 인상적이었던 건 물이 빠져 파닥거리는 붕어와 미꾸라지들의 모습이었어요. 수없이 많은 물고기들이 마지막 숨을 다해 파닥거리고 있었어요, 저수지 전체에서. 그리고 지금도 잊혀지지 않는 또다른 것이 있어요. 그건 무릎까지 빠지는, 저수지 바닥의 수렁의 느낌이에요. 지금도 그 느낌을 느낄 수 있어요. 지금도 그때 생각을 하면 그 수렁이 내 발목을 붙들고 있는 것 같아요."

그는 잠시 말을 멈춘다. 나는 그의 표정의 변화를 관찰한다. 하지만 이렇다 할 표정의 변화는 눈에 띄지 않는다.

"그후로도 가끔 시간이 날 때면 혼자 그 저수지를 찾곤 했어요. 가만히 둑에 앉아 저수지를, 시간에 따른 햇빛의 각도의 차이가 빚어내는 수면의 다양한 색상의 변화를 지켜보곤 했죠. 그러고 있으면 그 변화하는 색상은 내 안에서 알 수 없는, 변화하는 느낌을 빚어내곤 했어요. 그럴 때면 이상하게도 가슴이 벅차오르는 느낌이 들었어요. 때로는 그것이 무섭기도 했지만 때로는 아늑하기도 했어요. 내 부모님은 내가 종종 그곳에 가 있곤 한다는 걸 알고는 걱정을 했지만요."

그는 말을 멈추고 눈을 감는다. 나는 그가 다시 이야기를 잇기를 기다린다.

"차라리 아이를 저수지 속에 그대로 내버려두었다면, 그래서 그의 모습을 다시 볼 수 없었다면 나았을 거예요. 어쩌면 그렇게 해서 그 아이는 그대로 저수지 속에서 살아 있을 수도 있었겠죠."

"네 어머니 말로는 네게 쌍둥이 동생은 없었다던데."

"아뇨, 분명히 있었어요. 지금도 그가 살아 있을 때의 모습이 기억이 나는걸요. 그리고 한편으로는 그는 아직도 살아 있어요. 번번이 내 앞에 모습을 드러내곤 하니까요. 어느 날은 화장실에서 치약을 입안 가득히 머금은 채로 거울을 보며 웃고 있기도 했어요. 또다른 어느 날에는 회전목마를 타며 웃고 있기도 했고요. 그리고 또 어떤 날에는 훌라후프를 돌리고 있었어요. 아니, 정확히는 허리를 돌리고 있었어요. 그가 돌리던 훌라후프는 바닥에 떨어져 있는데도, 그는 그것을 모르는 듯 계속해서 훌라후프를 돌리고 있었어요. 그리고 꿈속에서 종종 그를 보았어요. 특히 기억나는 한 가지 꿈이 있어요. 그 꿈속에서 그날은 그애의 생일이었어요. 그런데 그애가 어디선가 죽은 새를 한 마리 주워온 거예요. 나머지 가족들이 부엌에서 식사를 하고 있을 때였죠. 그는 새를 손에 쥐고 있었는데, 그의 손에는 붉은색 고무장갑이 끼여 있었어요. 그는 우리를 쳐다보며 그것을 살려낼 수 없는지 물었어요. 아버지가 이미 죽은 건 다시 살려낼 수 없다고 했지만 그는 그 말을 곧이듣지 않았어요. 그는 고집을 피웠어요. 나는 나도 모르게 벌떡 자리에서 일어나, 아버지가 안 된다고 하잖아, 하고 소리치며, 새를 빼앗아 유리창을 향해 던졌어요. 하지만 유리창이 깨어지지도, 새가 피를 흘리며 떨어지지도 않았어요. 내가 던진 건 냅킨이었으니까요."

나는 그의 표정을 살핀다. 그의 얼굴은 섬뜩하리만치 태연해 보인다. 내가 그의 말에 말려들고 있는 것인지도 모른다는 생각이 든다.

"또다른, 네게 있었던 일을 얘기해볼래?"

"군대의 훈련소에서 있었던 일이에요. 우리는, 그곳에서…… 훈련소에 있는 운동장을 뭐라고 하죠? 갑자기 생각이 안 나요."

"연병장이라고 하지."

"그래요, 우리는 연병장에서 제식훈련을 받다가 잠시 쉬는 중이었죠. 겨울이었고, 눈이 조금씩 흩날리고 있었어요. 오후 늦은 시간이었죠, 저녁시간이 가까워진. 나는 지칠 대로 지쳐 있었어요. 다른 동료들은 잠시 자리에 앉아 쉬고 있거나 담배를 피우고 있었어요. 나는 선 채로 눈이 흩날리고 있는 하늘을 보았어요. 그리고는 운동장 여기저기에 있는 점차 어둠 속에 묻혀가는 몽롱한 검은 형상들을 보았어요. 그런데 그 모든 것들이 너무도 비현실적으로 여겨졌어요. 모든 게 멍하게 느껴졌어요. 모든 게 있는 그대로 보이는 대신, 그곳에 있던 모든 것들이 사라진 후의 잔영처럼 보였어요. 그리고 내 안에서 뭔가, 보이지 않는 균열이 일어나고 있는 것처럼 느껴졌어요. 그리고는 나도 모르게 걸음이 옮겨졌어요. 몽유병 환자처럼. 마치 땅 위를 걷고 있지 않은 것처럼 여겨졌어요. 걸음을 멈출 수가 없었어요. 나는 계속해서 걸었고, 결국에는 훈련소의 정문에 이르렀던 것 같아요. 하지만 거기서부터는 기억이 나지 않아요. 누군가가 나를 제지했던 것 같아요. 정문을 지키고 있던 병사였을 거예요. 그리고는 의식을 잃었죠. 그후에 일어난 일은 기억이 나지 않아요. 한참 후에야 다시 깨어났던 것 같아요. 눈을 떴고 링거가 내 팔뚝에 꽂혀 있는 것을 발견했어요. 주사 바늘이 꽂혀 있다는 게, 나의 몸에 뭔가가 연결되어 있다는 게 낯설게 느껴졌어요. 하지만 모든 게 멍하게만 느껴졌어요. 그리고 그 멍한 느낌이 너무도 강하게 느껴졌어요. 나를 붙들고 있는 그 느낌 속에서 꼼짝도 할 수 없을 정도로."

그는 잠시 말을 멈춘다. 그의 유난히 하얀 얼굴에는 생기가 보이지 않는다.

"그 일로 인해 군대를 일찍 제대하게 된 거니?"

"아뇨. 복무기간을 다 마친 후에야 제대를 했어요. 약간은 의외이

기도 하지만, 나는 군대생활에 잘 적응했어요. 나의 의지와는 무관하게 이루어지는 모든 결정들에 대해, 나는 그것들을 따르기만 하면 되었거든요. 그곳에서는 생각이라는 것이 소용이 없었고, 생각을 할 필요도 없었죠. 그래서 어쩌면 생각의 완벽한 마비상태에 이르게 할 수 있었던 것 같아요. 그 마비상태의 아늑함에 자신을 맡길 수만 있다면 그것은 그다지 가혹하지 않은 것이기도 해요."

그는 말을 멈춘 후 나를 바라본다. 나는 점차 내 머릿속에서 생각들이 빠져나가며 텅 빈 상태가 되는 것 같다.

"그런데 그후로도, 그때만큼은 아니지만 모든 게 멍해지는 순간이 있어요. 그 순간에는 생각이라는 것이 직선이 아닌 방사형으로 뻗어나가는 것 같아요. 그리고 그 끝에 이른 모든 생각들은 갑자기 희미해지죠. 그럴 때면 나도 알 수 없는 어떤 일을 벌이곤 하죠. 하지만 그 모든 것들은 내가 행한 것이 아니라 내게 행해진 어떤 것처럼 느껴져요. 때로는 나 자신을 수동태의 문장으로만 서술할 수 있는 때가 있어요."

말을 끝낸 그는 얼굴을 돌려 창 밖을 내다본다. 나는 그의 옆모습을 바라본다. 그의 얼굴이 가벼운 경련을 일으키고 있다. 나는 그에게 연민을, 그리고 뭐라고 표현하기 힘든, 그에게 이끌리는 어떤 감정을 느낀다. 솔직히 말하면 그러한 느낌을 처음 받은 것은 그를 처음 본 순간부터였다. 나는 나 자신이 그에게 이끌리고 있다는 사실을 부인하기가 어려워진다. 이것은 환자를 대하는 의사로서의 본분에 어긋나는 것이기도 하다. 하지만 본분이라는 것이 그렇게도 중요한 것인가? 그것이 자연스런 감정의 발현을 억압하게 한다면?

"내가 이런 이야기들을 지어내고 있다고 생각하나요?"

그가 다시 얼굴을 내 쪽으로 돌리며 말한다.

"네 생각은 어떠냐?"

"지어낸 이야기로는 생각되지 않아요. 아니, 솔직히 잘 모르겠어요."

"동생을 생각하면 어떤 느낌이 들지?"

"그가 죽었다는 생각을 하면 측은한 마음이 들어요. 하지만 그를 떠올릴 때면 웃음이 나기도 해요. 그애는 엉뚱한 데가 있었거든요. 어느 날에는 배추벌레를 두 손 가득히 잡아와 내게 건네주기도 했어요. 그의 책상 서랍에는 그가 잡아온, 이미 죽었거나 아직 죽지 않은 개구리들이 가득하게 들어 있기도 했어요. 또다른 어느 날에는 가족들이 모두 거실에 모여 있는데 그가 무슨 동물의 심장을 봉지에 넣어와 놀라게 한 적도 있죠. 나중에 알게 된 것이지만 그건 고양이의 심장이었어요."

나는 담배를 한 대 태운다. 담배연기 속에서 나의 생각은 또다른 생각을 구하고 있다. 나는 나 자신이 조금은 무력하게 느껴진다. 나는 하나의 까다로운 수수께끼를 상대하고 있는 것 같다. 나는 벌떡 자리에서 일어나려다 말고 가까스로 나의 몸을 다시 자리 위에 앉힌다. 그는 눈을 감은 채로 소파에 파묻혀 있다.

"가끔 어둠 속에 누워 있으면 나의 손톱과 머리칼이 자라고 있는 것이 보여요. 마치 무덤 속의 시체에게서 그런 일이 일어나는 것처럼. 그런데 놀라운 건 그것을 보고 있는 나 자신의 모습이 보인다는 거예요. 헛것을 보고 있는 내가 보여요."

"헛것이 보인다고?"

"그래요, 이따금 헛것들이 보이곤 해요. 때로는 어떤 공간이 몇 개의 겹으로 약간 어긋나게, 다른 깊이를 이룬 채로 보이곤 해요. 그런데 그 어떤 것이 진짜인지를 모르겠어요. 특히 계단을 따라 내려갈 때 그런 일이 자주 있어요. 그래서 발을 헛디디기도 하죠."

그의 표면적으로 가장 심각한 증상은 구토다. 그는 음식물을 거의 섭취하지 못하고 있다. 그래서 그는 항상 허기를 느낀다고 한다. 구토와 허기, 그것들은 무엇에 대한 구토와 허기이며, 그 두 가지는 어떤 연관성을 갖고 있을까?

"무슨 생각을 하고 있니? 그냥 생각나는 것들을 얘기해볼래?"

"한 곳으로 모아지는 여러 개의 화살표들이 향해 있는 곳에 웃고 있는 어떤 얼굴이 보여요."

그가 말한다.

"그런데 점차 그 화살표들이 얼굴을 향해 이동하고 있어요, 마치 그 얼굴을 찌를 것처럼."

"그게 누구의 얼굴인지 알 수 있니?"

"모르겠어요. 피투성이가 되어 있거든요."

나는 자리에서 일어나 방 안을 서성이기 시작한다. 그가 눈을 감는다.

"이렇게 눈을 감고 있으면 어떤 영상들이 머릿속에 떠올라요. 마치 그 영상이 내게 주어지듯이요. 그래요, 지금 머릿속에 떠오른 건 해마예요, 바닷속에 사는. 하지만 지금 그것은 바닷속을 헤엄치고 있지 않아요. 누군가의, 어떤 여자의 품에 안겨 있어요. 그녀의 젖을 먹고 있는 것 같아요, 젖꼭지를 물고 있는 걸 보면. 그런데 그 모습이 약간은 우습기도 해요. 해마는 고깔모자를 쓰고 있거든요."

그의 지나친 상상력이 망상의 수준에 이른 것일까? 어쩌면 그는 자신만의 기만적인 세계 속에 살고 있고, 그 기만적인 세계를 완전한 것으로 만들려고 하고 있는지도 모른다.

"이상하게도 바닷속에 사는 뭔가가 머릿속에 떠오르는 일이 많아요. 어떤 때는 그것이 뭔지 알 수 없는 어떤 생물에게 달린 무수한 촉수들이 나를 휘감는 장면이 떠오르기도 해요. 국수처럼 가늘고 하얀 촉수들이요. 그 촉수들이 내가 숨을 쉬는 것을 어렵게 만드는 경우도 있어요."

나는 다시 방 안을 서성인다. 나는 내게 너무도 익숙한 공간인 내 방을 걷고 있음에도 내게 허용된 범위를 벗어나고 있다는 느낌이 든다.

"지금 내가 하는 이야기는 누구의 공감도 살수 없는 것인가요?"

그가 말한다.

나는 고개를 젓는다. 아니, 나는 너의 많은 이야기에 공감하고 있어, 진심으로, 나는 중얼거린다.

"때로는 누구의 공감도 살 수 없는 이야기를 하고 싶기도 해요, 나 자신으로부터도 공감을 살 수가 없는. 실제로 혼자 있을 때면 그러기도 하는데, 그럴 때면 기분이 좋아져요."

나는 그의 뒤쪽에 가 선다. 나는 나도 모르게 그의 어깨 위로 향하는 나의 손을 거둔다. 지금에라도 나는 이 상담을 그만두어야 할지도 모르겠다. 나는 나의 감정이 내가 통제할 수 없을 정도로 개입되고 있다는 것을 느낀다.

"진실이라는 게 있다고 생각해요?"

"그럴 수도 있겠지."

"그럴 수도 있겠죠. 하지만 내 생각에 진실은 추구할 수 있는 것이 아니라 추궁할 수 있는 것일 뿐인 것 같아요."

나는 그를 바라본다. 이 아이는 어떤 존재일까? 그가 지금껏 한 이야기들을 종합해볼 때 그가 그만의 완전히 고립된 세계 속에서 살고 있는 것처럼 보이지는 않는다. 단지 과도한 환상이 때로 그의 현실감각을 굴절시키며, 그에 따라 그는 현실과 환상 사이의 경계를 분명하게 긋지 못하는 것처럼 보인다. 나는 그가 속해 있는, 누군가의 접근을 쉽게 허용하지 않는 그 세계가 부럽기도 하다. 그것은 그 자체로 풍요로운, 자족적인 세계다.

"정말 내 머리가 어떻게 된 걸까요?"

그가 말한다. 나는 그를 쳐다본다.

"내가 비정상인 것처럼 보이나요?"

그가 말한다.

어쩌면 그럴 수도 있겠지, 라는 머릿속의 생각과는 달리 나는, 그렇지 않을 수도 있겠지, 라고 말한다.

나는 창가로 가 바깥을 내다본다. 하늘이 뿌옇다. 황사 때문이다. 나는 황사의 발원지를, 모래폭풍으로 시야가 가려진 사막을 떠올린다.

"오해가 필요한 곳이 있는 것 같지 않아요? 끝내 오해가 요구되는……."

나는 그의 말에 귀를 기울이는 것이 점차 어려워진다.

"이제 나는 어떻게 해야 되는 거죠?"

"어떻게 되었으면 좋겠니?"

"모르겠어요."

그는 눈을 감는다. 나도 모르게 그의 어깨 위로 내 손이 올려놓여진다. 내 손 안에 쥐어진 그의 어깨는 조금이라도 힘을 더하면 부서질 것만 같다.

"새들이 지저귀는 소리가 들려오지 않아요?"

그가 말한다.

나는 귀를 기울여보지만 차량의 소음 외에 다른 소리는 들려오지 않는다.

"어딘가에서 새들이 지저귀고 있겠죠, 서로가 서로를 부르며, 아니면 또다른 어떤 이유로."

그가 말한다.

"그런데 내 경우에는 뭔가에 대해 직접적으로 말할 수 있는 것은 없는 것 같아요. 모든 것은 간접적으로 체험되고 느껴질 수 있을 뿐인 것 같아요. 나와, 나의 느낌, 그리고 내게 어떤 느낌을 일으키는 대상 사이에 다른 뭔가가 있는 것처럼요. 항상 나는 내게 일어나는 모든 일에 대해, 그러한 것이 일어나는 이유와는 다른 이유에서 그것을 느끼고 반응했던 것 같아요."

그는 그의 어깨 위에 올려놓은 내 손 위로 그의 뺨을 댄다. 그의 체온이 손에 느껴진다. 나는 나의 손에 어떤 흥분이 느껴지는 것을 쉽게 물리치지 못한다. 나는 내 손을 거두는 손쉬운 일을 하지 못한다. 대신 나는 나의 손에 점점 더 힘이 가해지는 것을 느낀다. 그의 뒷모습이 잔상처럼 어른거리기 시작한다.

# 더없이 어렴풋한 일요일

이상하게도 조금 전까지의 그 생생한 느낌은 오간 데 없고 모든 것이 너무도, 더없이 어렴풋하게 느껴져. 모든 것이 간신히 느껴질 뿐이야. 그리고 나와 함께한 오늘 하루가, 아직 다하지도 않은 하루가 왜 이렇게 멀게만 느껴지지, 까마득하게, 아주 오래 전의 어느 날처럼, 간신히 떠올릴 수 있는 어린 시절의 어느 날처럼. 모든 날들이 일요일처럼 느껴져, 일요일밖에 없는 것처럼, 그가 중얼거린다.

요란한 자명종 소리에 그가 눈을 뜬다. 그는 잠시 멍히 있다가 눈을 끔벅거리며 시선을 들어 벽에 걸린 달력을 쳐다본다. 또다시 주일이 되었군, 반갑지 않은, 반가울 수 없는 날이, 그가 중얼거린다. 그는 조금 후 자리에서 일어난다. 그런데 일요일은 한 주가 시작되는 날인지 끝나는 날인지를 모르겠단 말야, 아무리 해도.

옷을 주섬주섬 챙겨입은 그는 마당으로 나가 한쪽 구석에 있는 허름한 닭장 안을 들여다본다. 지저분한 닭장 속에는 살이 쪄 통통해 보이는 암탉 한 마리가 배를 깔고 엎드려 있다. 그는 암탉을 옆으로 가게 하지만 암탉은 꼼짝도 않는다. 그는 꼼짝 않고 있는 암탉을 억지로 옆으로 밀친 다음 그 아래에 있던 달걀을 꺼낸다. 아직 따뜻하군, 그가 중얼거린다. 그리고 고맙게도 오늘은 알을 두 개씩이나 낳았군, 암탉을 향해 그가 말한다. 생긴 건 뭐 같아도 알은 잘 낳는단 말야, 알을 잘 낳는 것과 생긴 거는 관계가 없다는 듯. 그는 닭의 머리를 쓰다듬지만 닭은 그것이 싫은 듯 피한다. 달걀을 낳았으니 모이를 줘야지. 그리고 오늘은 두 개씩이나 낳았으니 모이도 그만큼 더 줘야지. 그는 닭장 옆에 있는 모이통에서 모이를 한줌 집어 닭장 속에 넣어준다.

다시 집 안으로 들어온 그는 부엌으로 가 투명한 유리냄비에 물을 부은 다음 달걀을 넣고 삶기 시작한다. 달걀이 삶아지는 동안 그는 화장실에 가 세수를 하고 나온다. 다시 부엌으로 온 그는 의자에 앉아 물이 부글부글 끓고 있는 냄비를 골똘히 바라본다. 저 냄비는 꼭 금방이라도 깨질 것 같지만 깨지는 일은 없단 말야, 그가 중얼거린다. 그는 냄비에서 계속 눈을 떼지 않는다.

잠시 후 그는 냄비에서 달걀을 건져내 식힌 다음 그것을 그의 머리에 두드려 금이 가게 한 후 정성스럽게 까기 시작한다. 하지만 달걀은 껍질이 고스란히 까지지 않는다. 그가 껍질을 벗길수록 껍질과 함께 흰자위가 떨어져나온다. 달걀을 삶은 후 찬물에 담가두는 것을 깜빡했군, 그가 중얼거린다. 마치 쥐가 파먹은 것 같아. 그는 껍질에 달라붙은 흰자위를 떼어내 소금에 찍어먹기 시작한다. 하지만 괜찮아, 내가 좋아하는 노른자위는 그대로 있으니까. 그는 반숙이 되어 아직 물컹한 노른자위를 입 안에 털어 넣는다. 언젠가부터 이렇게 달걀을 반드시 반숙을 해서만 먹는단 말야, 전혀 익지도, 완전히 익지도 않은 설익은 것을. 그는 잠시 생각에 잠긴다. 어쩌면 그렇게 된 건 마누라가 죽은 후부터인 것 같아, 마누라가 죽은 것과는 아무 상관 없이. 하지만 그녀가 죽은 후로 여러 면에서 내 식성이 바뀐 건 사실이야. 단순해졌지, 내 손으로 직접 해먹어야 했으니까. 그리고 덜 까다로워졌지, 나 자신한테 까탈을 부릴 수는 없는 노릇이니까.

달걀을 먹은 그는 안방으로 가 옷장을 연 후 몇 벌 되지 않는 양복들을 하나하나 만져본다. 계절이 바뀌고 있는 이 계절에 입기에 적당한 게 없군, 그가 중얼거린다. 계절에 뒤늦거나 앞선 양복밖에는 없어. 그는 그중 가장 두꺼운 양복 한 벌을 꺼내 입는데, 넥타이는 매지 않는다. 옷을 얇게 입고 나갔다가 추위에 떠는 것보다는 약간 두껍게 입고 나갔다가 더워지기라도 하면 벗는 게 낫지. 그렇게 하는 것이 나중에라도 잘 했다는 생각이 들 거야.

그는 다시 부엌으로 가 남은 달걀 하나와 종이에 싼 소금을 호주머니에 넣은 다음 집 밖으로 나온다. 그는 마당에 뉘어 있는 자전거를 일으켜 세워 집 밖으로 밀고 나간다. 집 앞 골목길에서, 자전거에 올라탄 그가 페달을 밟지만 자전거는 헛바퀴가 돌 뿐이다. 그는 헛바퀴가 돌고 있다는 것을 알면서도 계속해서 페달을 밟는다. 아무리 해도 뭔가가 겉돌고 있다는 느낌을 씻을 수가 없군, 그가 투덜댄다. 결국 그는 자전거에서 내려 체인을 살펴본다. 체인이 벗겨져 있다. 고쳐놓는다는 걸 깜빡 잊었군, 그가 중얼거린다. 그런데 헛바퀴를 돌 걸 왜 그렇게 열심히 돈 거야? 그는 자전거를 한 번 걷어찬다. 그런 다음 그는 자전거를 집 안에 들여놓고 다시 집을 나선다.

그는 눈에 들어오는 것이 아무것도 없다는 듯 몸을 꼿꼿하게 세운 채로 곧장 앞만 보고 걷는다. 이렇게 함으로써 눈길을 줄 필요가 없는 것들에 대해 눈길이 가지 않게 할 수 있지, 그가 중얼거린다. 이따금 그는 누군가로부터 인사를 받기라도 한 것처럼 고개를 까닥하지만 그에게 인사를 건네는 사람은 없다.

교회는 멀지 않은 곳에 있고, 곧 그는 교회에 도착한다. 하지만 교회 입구에 이른 그는 잠시 걸음을 멈추고 그대로 서 있는다. 그는 시계를 본다. 나대로는 서두른다고 서둘렀는데도 늦었군, 그가 중얼거린다. 하지만 많이 늦지는 않았어, 평소에 비해서도. 그는 잠시 교회 안에서 새어나오는 찬송가 소리에 귀를 기울인다. 마치 그 소리 때문이기라도 한 듯 그는 손가락으로 귀를 후빈다. 그런 다음 그는 손수건을 꺼내 얼굴을 닦는다. 그는 그가 입고 나온, 계절에 어울리지 않는 두꺼운 옷 때문에 땀을 흘리고 있다. 좀더 얇은 옷으로 입고 나올걸, 그가 중얼거린다.

잠시 후 그는 교회 문을 살며시 밀고 들어간다. 규모가 작은 교회 안에는 그 작은 규모에 비해서도 숫자가 적은 신도들이 앉아 있다. 아직 젊어 보이는 목사는 설교를 하다 말고 그가 들어오는 것을 보고는 흘낏 그를 쳐다보며 아는 척을 하지만 그는 그것을 무시한다. 교회 안에 있던 몇몇 사람들이 고개를 돌려 뒤를 돌아보다가 말고는 앞쪽으로 고개를 다시 돌린다.

그는 뒤쪽에 있는 기다란 의자에 가 앉는다. 그는 앞쪽에 앉아 있는 사람들을 훑어본다. 뒤통수들 밖에는 보이지 않는군, 그가 중얼거린다. 한데 뒤통수만 봐도 그게 누구의 뒤통수인지 알 수 있는 뒤통수들

뿐이야, 그게 누구의 뒤통수인지 알 수 없는 뒤통수라곤 없군. 그리고 여기 있는 대부분이 나로서는 차라리 얼굴을 마주하기 보다는 이렇게 뒤통수에다 대고 얘기하는 게 나은 사람들이지. 그는 잠시 아무 말 없이 앉아 있다. 그런데 이상하게도 교회 안에선 항상 서늘한 느낌이 든단 말야, 그리고 그것은 꼭 바깥에 비해 어두워서만은 아닌, 다른 어떤 이유에서인 것 같아, 그가 중얼거린다. 오싹함이 더해진 것 같은 서늘한 느낌이야. 어쨌든 옷을 두껍게 입고 나오길 잘했군.

잠시 후 그는 누군가를 찾는 듯 고개를 들고 주위를 두리번거린다. 그는 맨 앞자리에 앉아 있는, 파마를 한 머리가 하얗게 센 노파를 바라본다. 저 앞에 있군, 내가 올 줄 알고 와 있군, 그가 중얼거린다. 저 여자가 오늘따라 머리를 위쪽으로 틀어올렸군, 젊은 여자처럼. 그런데 그렇게 한 게 약간은 어색해 보여. 있다가 예배가 끝난 후 이 얘기를 해줘야겠어. 그리고 같이 산책이나 하자고 해야지. 그러면 그녀는 좋다고 하겠지? 싫다고는 말 못 하겠지?

그 사이 목사는 성경 속의 욥에 관해서, 그의 고난에 관해서 얘기를 하고 있다. 그는 잠시 목사가 하는 얘기에 귀를 기울인다. 귀담아 들어도 좋을 이야기나 아니면 감명을 받아도 좋을 이야기는 조금도 하지 않는군, 그가 중얼거린다. 언제 들어도 좋은 얘기라고 할 수 없는, 언제 들어도 그게 그거인 얘기뿐이야. 목사는 욥기를 인용하며 자신의 죄를 회개하라는 설교를 하고 있다. 잠시 그는 생각에 잠긴다. 나한테 회개할 만한 죄가 있는지 생각해봤는데 그런 건 없다는 생각이 드는군, 그가 중얼거린다. 이럴 거면 작은 죄라도 저질러둘

걸, 죄질이 그다지 나쁘지 않은 죄로. 아니, 어쩌면 죄질이 나쁜 만큼 회개를 하는 기쁨과 보람이 클 수도 있겠지?

그때 파리 한 마리가 날아와 그의 왼손 손등에 앉는다. 그는 손을 휘저어 그것을 쫓는다. 하지만 잠시 공중으로 날아오른 파리는 이번에는 그의 오른손 손등에 내려앉는다. 그는 다시 오른손을 휘저어 그것을 쫓는다. 그러자 이번에는 파리는 그의 이마에 앉는다. 그는 다시 이마를 흔든다. 공중으로 날아오른 파리는 잠시 모습을 감췄다가 조금 후 다시 나타나 계속해서 그의 주위를 맴돈다. 그는 파리가 그의 몸에 앉지 못하게 하려는 듯 몸을 비스듬히 한다. 하지만 파리는 계속해서 그의 주위를 떠나지 않는다. 여기 나 말고도 다른 사람들도 있는데 왜 나한테 이러는 거야, 그가 큰 소리로 중얼거린다. 마치 나한테 각별히 애착이 간다는 듯이. 앞에 앉아 있던 사람들이 고개를 돌려 그를 쳐다본다. 그는 아무 일도 없었던 것처럼 태연히 앞쪽을 쳐다본다.

조금 후 목사의 설교가 끝나고 몇 명 되지 않는 성가대가 피아노 반주에 맞춰 노래를 시작한다. ……내 주를 가까이…… 그는 한 소절을 따라 한다. 하지만 그는 박자를 맞추지 못한다. 그는 노래를 따라 하기를 그만둔다. 반주가 시원찮아, 그가 중얼거린다. 그리고 내 주를 가까이하는 게 생각만큼 쉬운 일이 아냐. 가까이하려 하면 할수록 멀어질 뿐이야. 그건 주께서도 마찬가지겠지? 나를 가까이하는 게 쉽지 않을 거야.

성가대의 합창이 끝난 후 목사의 선창에 따라 교인들이 주기도문을 외기 시작한다. 그는 입을 우물거리긴 하지만 따라 하지는 않는다. 기도를 하면 뭘 해, 그가 중얼거린다. 지금껏 열심히 기도를 했건만 기도한 대로 된 건 하나도 없는데. 기도에 힘입은 바가 한 번도 없었는데. 오히려 기도와는 거꾸로 되었을 뿐이지. 그래서 말인데 지금 내가 하는 기도대로 되는 일은 없도록 해달라고 기도를 할 수는 있겠지. 하지만 그런 기도는 해도 소용이 없어. 모든 게 내가 기도하는 대로는 안 되니까. 그는 잠시 중얼거리기를 멈춘다. 어쩌다가 보니까 마음에도 없는 기도를 하게 되었군.

기도가 끝나고, 아이 하나가 나와 헌금을 시작한다. 조금 후 아이가 그의 앞에 오자 그는 호주머니 속에 손을 넣어 뒤적이는 시늉을 하다가 빈손을 꺼내 모금함 깊숙이 넣었다가 뺀다. 아이는 잠시 못 믿겠다는 듯 그를 빤히 쳐다보다가 앞쪽으로 걸어간다. 나한테 있는 걸 다 주었으니까, 이만하면 된 거지, 그가 중얼거린다. 헌금이 끝난 후 사람들이 자리에서 일어나기 시작한다.

그는 재빨리 자리에서 일어나 누구보다 먼저 교회를 나와 교회 앞 한쪽 구석의, 뜰이 있는 곳으로 간다. 교회 입구에서는 목사가 그의 아내와 함께 교인들과 얘기를 나누고 있다. 그는 못마땅한 표정으로 그들을 바라보다가 눈길을 돌려, 뜰에 심어진 모과나무를 쳐다본다. 올해는 모과나무에 모과라곤 열리지 않았군, 그가 중얼거린다. 아니면 언젠가 열렸던 모과가 다 떨어진 후인가? 하지만 올해 들어, 내 기억으로는, 이 모과나무가 모과 열매를 맺은 기억은 없어. 저렇게, 모과라곤 맺지 못하는 모과나무를 모과나무라고 할 수 있는지 모르겠군.

조금 있자 교인들이 하나둘씩 교회를 떠나기 시작한다. 교인들과 얘기를 나누던 목사가 그가 있는 곳으로 다가온다. 목사는 살이 찌고, 배가 불룩 나와 있다. 그는 목사의 얼굴을 쳐다보는 대신 그의 배를 못마땅한 듯 쳐다본다. 하지만 목사는 아직까지 떠나지 않고 있던, 갑작스럽게 떠나는 게 못내 아쉬운 듯 서성이다 이제 떠나기 시작한 사람들이 하는 인사를 일일이 받느라고 정신이 없다. 내 자식이 목사라니, 내가 목사의 아버지라는 사실이 믿어지지가 않아, 그가 중얼거린다. 그리고 목사가 저렇게 배가 나와서 어떻게 하겠다는 건지? 목사라고 해서 배가 나와서는 안 된다는 법은 없지만, 그래도 목사라면 눈에 띄게 배가 나와서는 안 되지.

사람들이 모두 떠난 후 그와 목사 부부만이 남게 된다. 그간 별고 없었어요, 목사가 묻는다. 별고가 많았지만, 너한테 그걸 일일이 다 얘기해주고 싶지는 않구나, 그가 말한다. 일일이 다 기억도 나지 않기도 하지만. 오늘은 안 오시는 건 아닌가 했어요, 목사가 말한다. 어떻게 하다보니까 이렇게 오게 되었다, 그가 말한다. 같이 제 집에 가 같이 식사나 하시죠, 목사가 말한다. 네 집에 가 식사나 같이 하자고, 그가 말한다. 식사라도 같이 하잔 말이지? 그의 말에 무안해진 목사는 이내 대꾸를 하지 못한다. 그때 그녀가 다가온다. 그 동안 별일 없었어, 그녀가 말한다. 예상 밖의 나쁜 일은 없었지, 그가 말한다. 나쁜 일만을 예상했는데도, 예상한 나쁜 일도 일어나지 않았고, 그렇다고 예상치 못한 좋은 일도 없었어. 무슨 소리를 하는지 모르겠군, 그냥 아무 일도 없었다고 하면 될걸, 그렇게 스스로도 무슨 말을 하는지 모르게 얘기해야겠어, 그녀가 말한다. 그건 그렇고, 시간 있으면 산책이나 같이 하지. 시간이 많은 건 아니지만 산책 정도는 할 수 있지, 그가 말한다. 우선은 점심이나 먹지, 얘가 모처럼 점심을 대접하겠다고 하니까. 이 사람도 같이 가도 되겠냐, 그가 아들을 향해 말한다. 그럼요, 아들이 말한다. 두 분이 같이 오시면 더 좋죠.

그들은 함께 교회 뒤쪽에 있는 교회에 딸린 그의 아들 집으로 향한다. 오늘 점심은 뭐냐, 그가 말한다. 아버님이 좋아하시는 만두를 빚어놓았어요, 며느리가 말한다. 내가 언제 만두를 좋아했다고 그런 말을 하는 거냐, 그가 말한다. 만두 말고는 다른 먹을 게 없을 때면 만두를 먹긴 하지만 좋아해서 먹는 건 아니다. 만두 말고도 다른 먹을 게 있을 때면 나는 만두는 손도 대지 않는다. 며느리는 풀이 죽어 고개를 숙인다.

그들은 곧 집에 도착한다. 조금 있자 며느리가 점심식사를 내온다. 목사는 식사 전 기도를 준비한다. 또 기도냐, 기도를 한지 얼마나 됐다고, 그가 말한다. 주께서도 기도를 너무 자주 하는 건 좋아하지 않으실걸. 사람들이 시도 때도 없이 하는 기도를 일일이 다 들어주자면 얼마나 귀찮으시겠냐? 목사는 그의 말은 못 들은 척, 주기도문을 외기 시작한다. 하늘에 계신 우리 아버지…… 오늘도 우리에게 일용할 양식을 주옵시고…… 조금 줄여서 할 수는 없겠냐, 그가 말한다. 그의 말에 기도가 끊긴 목사는 기도를 처음부터 다시 시작한다. 하늘에 계신 우리 아버지, 오늘도 우리에게 일용할 양식을 주옵시고…… 너무 길어, 그냥 마지막 구절만 해, 그가 다시 말한다. 이러다가 만두가 다 불어터지겠군. 목사는 그의 말에 아랑곳하지 않고 기도를 계속해 끝을 낸다. 길기도 하군, 그가 말한다. 한마디면 족할 것을, 오늘따라 먹을 게 만두밖에는 없지만 그것만으로도 고맙게 생각하고자 한다고 하면 될걸.

그들은 식사를 하기 시작한다. 이 만두는 속을 뭘로 채운 거냐, 만두 한 점을 집어든 그가 며느리에게 말한다. 각종 야채와 고기로요, 며느리가 말한다. 그는 한 입을 베어문다. 그런데 별로 속이 채워진 것 같지 않구나, 속이 텅 빈 것 같아, 그가 말한다. 하지만 그 말을 하면서도 그는 누구보다도 잘 먹는다. 결국 한 그릇을 비운 그는 며느리가 더 갖다준 만두까지 다 먹어치운다. 더 드릴까요, 며느리가 말한다. 나를 돼지로 아느냐, 그가 말한다. 내가 좋아하지도 않는 만두를 이렇게 배불리 먹었다는 생각을 하니까 꺼림칙하군, 그가 중얼거린다.

식사를 마친 두 사람은 집을 나선다. 하나님께 살이 빠지게 해달라는 기도라도 해보지 그래, 그를 배웅하는 목사를, 그의 아랫배를 쳐다보며, 그가 말한다. 그건 기도로 이룰 수 있는 게 아닌걸요, 그런 걸 기도하는 것은 올바른 것도 아니고요, 목사가 말한다. 너의 하나님도 너의 불어나는 체중은 어떻게 하시지 못하는 모양이지, 그가 말한다. 하나님은 그 이상의 것을 주관하시는 분이세요, 목사가 말한다. 그렇겠지, 신경 쓸 다른 일들이 많이 있으시겠지, 그가 말한다. 목사는 못마땅한 표정으로 그의 아버지를 쳐다본다. 어쨌든, 네가 살을 빼는 일은 너와 너의 하나님 아버지끼리 잘 알아서 하거라, 그가 말한다. 그럼 이 아버지는 그만 가보겠다. 그의 아들 부부는 그가 멀어지는 모습을 한참 동안 멍히 쳐다보다 집 안으로 들어간다.

읍내를 벗어난 두 사람은 이제 시냇가로 이어지는 길로 들어선다. 오늘따라 하늘이 무척이나 푸르군, 그가 말한다. 파랗게 질려 있는 것 같아. 너무도 푸른 나머지 푸르뎅뎅한 느낌마저 주는군, 꼭 뭔가에 얻어맞아 푸른 멍이 든 것처럼. 보기 좋은데 뭘, 그녀가 말한다. 그리고 아까 아들한테 그렇게 심하게 굴 건 없었잖아. 괜히 옆에 있는 나까지 민망했어. 심하게 군 것도 아닌데, 뭘, 나로서는 심했는지 모르지만 걔한테는 심할 것도 없었어, 그가 말한다. 그리고 그에게는 늘상 그를 지켜주는 하나님이 있으니까 그런 것쯤은 아무것도 아니겠지. 사람하고는, 그녀가 말한다. 그런데 그놈은 친아버지보다도 의붓아버지와 더 가까운 사이란 말야, 그가 말한다. 나 또한 그 편이 더 편하기도 하지만. 그런데 오늘은 왜 자전거는 안 끌고 왔어, 그녀가 말한다. 그냥 쉬게 해줬어, 그가 말한다. 고장이 나서이기도 하지만.

잠시 그들은 아무 말 없이 걷는다. 나의 대가 이어졌다는 생각을 하면 억장이 무너지는 것 같아, 그가 불쑥 말한다. 진작에 씨를 말렸어야 하는 건데. 자식이 있는 게 다행인 줄 알아, 그녀가 말한다. 그런데 아무리 해도 그렇게는 생각이 안 돼, 그가 말한다. 그런데 장사는 좀 어때? 요즘은 거의 가게에 안 나가, 그녀가 말한다. 딸년이 다 알아서 해. 장난감은 좀 팔려, 그가 말한다. 그런 대로, 그녀가 말한다. 당신이 가게를 할 때가 좋았는데, 그곳에 놀러가는 건 좋았어, 그가 말한다. 인형과 장난감들 사이에 둘러싸여 있으면 꼭 다른 세계에 와 있는 것 같았는데. 그런데 나한테 뭘 하나 갖다달라니까, 왜 안 갖다주는 거야? 인형은 좀 뭐하니까, 총이라도. 그걸로 뭐 하게, 그녀가 말한다. 그냥 호주머니에 넣고 다니지, 뭐, 그가 말한다. 심심할 때면 그것을 꺼내서 내 관자놀이를 겨누고 방아쇠를 당기는 놀이를 할 수도 있겠지. 나이에 어울리게 처신하는 게 그렇게 어려워, 그녀가 말한다. 나이에 맞지 않게 처신하는 것도 쉬운 일만은 아냐, 그가 말한다.

조금 후 그들은 더이상 사용하지 않는 물레방앗간을 지나 둑길로 접어든다. 그들이 조금 더 가자 둑길 한가운데에서, 그들의 길을 가로막은 채로, 염소 한 마리가 말뚝에 매인 채로 풀을 뜯고 있는 것이 보인다. 그는 잠시 걸음을 멈춘 후 염소를 바라본다. 염소는 풀을 뜯다가 말고 누군가가 있다는 사실을 알아채고는 둑 아래로 내려간다. 내가 저를 어떻게 해보겠다는 것도 아닌데 나를 피하는군, 그가 말한다. 염소는 경계하는 눈빛으로 그를 바라본다. 그는 주위에 아무도 없는 것을 확인한 후 말뚝을 뽑아 줄을 당기지만 염소가 그대로 버티자 조금 전 그것이 박혀 있던 곳과는 조금 떨어진 곳에 다시 말뚝을 박는다. 괜히 염소를 괴롭힐 생각은 하지 마, 그녀가 말한다. 저것은 염소로 태어난 것만으로도 충분히 괴로움을 겪고 있을 거야. 하긴 그렇기도 하겠지, 그가 말한다. 그렇다고 나보다도 더하지는 않겠지.

그들은 염소를 뒤로 하고 다시 걷기 시작한다. 그런데 염소만큼 적응력이 뛰어난 가축도 없는 것 같아, 그가 말한다. 염소는 어디에 갖다놔도 잘 지내지. 그건 아마 염소 자신으로서도 자신이 어디에 갖다놓아졌는지 몰라서일 거야. 그리고 그거 알아? 섬에 사는 사람들은 그들이 사는 섬과는 떨어진, 작은 무인도에 염소를 갖다놓고 방목을 하는 거? 몰랐어, 그녀가 말한다. 언제 그런 걸 봤어? 염소들은 절벽위에서 절벽 아래를 내려다보며 태연히 풀을 뜯지, 그가 말한다. 다른 누군가가 보기에는 외롭고도 애처로운 모습으로. 염소 자신은 그런 생각을 않겠지만. 그러다가 주인이 그것을 데리러오면 가기 싫다는 듯이, 주인을 따라가는 것은 싫다는 듯이, 혼자 있는 게 좋다는 듯이 뻗대는 거야. 그런 것까지 안단 말야, 그녀가 말한다. 나로서는 그 점에 대해서는 아는 바가 없는 것도 당연한 것처럼 여겨지는군.

잠시 후 그들은 시냇가의 둑 위에 자리를 잡고 앉는다. 시내에서는 물이 얕은 곳에서 아낙들이 고둥을 줍고 있다. 잠시 그는 아낙들을 물끄러미 바라본다. 내 마누라가 고둥국 하나는 잘 끓였는데, 그가 말한다. 고둥을 줍고 있는 아낙들을 보자 마누라 생각이 나는 모양이지, 그녀가 말한다. 그녀가 죽은 후로 더이상 맛있는 고둥국을 먹을 수 없게 되었어, 그가 말한다. 마누라를 잃어 그 이상으로 안타까운 일은 없다는 듯이 말하는군, 그녀가 말한다. 그리고 그게 그렇게 먹고 싶으면 당신이 직접 끓여 먹으면 되잖아. 그런데 나는 그녀가 끓이는 것처럼은 못 끓여, 그가 말한다. 같은 재료를 갖고 하는데도 같은 맛이 나지 않아. 그래, 당신 마누라 고둥국 하나는 잘 끓였지, 그녀가 말한다. 이제 더이상 맛있는 고둥국을 먹을 수 없게 되었다는 생각을 하니까 죽은 마누라 생각이 생생하게 나는군, 그가 말한다. 그리고 그녀가 잘 하던 건 또 있지. 호박죽도 잘 끓였어. 덕분에 몸에도 좋은 호박죽을 실컷 얻어먹을 수 있었지. 어쩌면 당신이 아직까지 이렇게 살아 있는 건 그녀가 끓여준 고등국과 호박죽을 먹은 덕분인지도 몰라, 그녀가 말한다. 그래, 그리고 한번은 어느 식당에서 보기 좋으라고 진열해놓은 호박 하나를 훔쳐온 적도 있지, 그가 말한다. 그녀의 외투 속에 넣어서 나왔어. 내가 그렇게 하게 했으니까. 배가 불룩한 게 마치 애를 밴 것 같아 보였지. 식당 주인여자가, 약간은 이상하다는 듯이, 조금 전에 보았을 때는 그렇게 배가 부른 여자로 보이지는 않았다는 듯이, 그래서 자신이 뭘 잘못 본 건 아닌가 하는 듯이, 애가 몇 개월이나 된 거죠, 하고 묻자, 그녀는, 만삭이에요, 하고 말했지. 사실은 임신 두 달째였는데.

그는 잠시 아무 말이 없다. 무슨 생각해, 그녀가 말한다. 당신이 먼저 죽게 되면 당신에 대한 생각으로 무슨 생각이 떠오를까 생각하고 있었어, 그가 말한다. 무슨 생각이 날 것 같아, 그녀가 말한다. 아무 생각도 안 날 것 같아, 마치 당신이라는 여자가 처음부터 없었던 것처럼, 그가 말한다. 당신은 어때, 내가 먼저 죽게 되면 나에 대한 무슨 생각이 떠오를 것 같아? 당신이 끌고 다니던 자전거가 생각이 날 것 같아, 당신이 어딜 가든 함께한, 그녀가 말한다. 내 생각은 안 나고 내 자전거 생각만 날 거란 말이지, 그가 말한다. 그 자전거 생각을 하면 당신 생각도 조금은 나겠지, 그 자전거는 당신과는 떼어놓고 생각할 수가 없으니까, 그녀가 말한다. 그리고 당신이 언젠가 준 원피스 생각도 날 거야. 당신이 나한테 해준 거라곤 그것밖에는 없으니까. 그리고 그 생각이 들면 한번 입어보기도 하겠지? 그리곤 그 자리에서 벗겠지? 나한테는 안 맞으니까. 그건 당신 마누라한테나 맞는 치수였어. 혹시 당신 마누라가 입던 걸, 아니면 그녀가 사긴 했지만 입지는 않던 걸 나한테 준 건 아니겠지? 나를 뭘로 보는 거야, 그가 말한다. 당신이라면 그러고도 남을 사람이니까, 그녀가 말한다. 어떻게든 남의 성의를 모르고자 하는군, 그가 말한다.

그들 주위로 잠자리떼가 날아다니기 시작한다. 그는 잠시 잠자리들이 날아다니는 것을 넋을 잃고 쳐다본다. 그녀 또한 잠자리떼를 바라보고 있다. 그런데 잠자리들은 왜 항상 저렇게 우왕좌왕하듯 날아다니는 거지, 그녀가 말한다. 정신들이 없는 것처럼. 저렇게 정신없이 날아다니다보면 정말 정신이 없어지기도 하겠지, 그가 말한다. 그래서 계속해서 정신없이 날아다니는 거겠지. 잠시 어디 내려앉아 정신을 차린 다음 정신을 차리고 보니까 정신이 든 게 별로여서, 정신을 차리고 싶지 않아서, 다시 정신없이 날아다니는 걸 거야. 정신이 없을 때만 자신이 자신으로 여겨지는 거야. 당신 얘기가 더 정신이 없군, 그녀가 말한다. 그 말을 들으니까 생각나는 게 있군, 그가 말한다.

그는 호주머니에서 달걀을 꺼낸다. 궁상맞기는, 그녀가 말한다. 당신 주려고 가져온 거야, 그가 말한다. 나도 줄 거면 하나를 더 가져왔어야지, 그녀가 말한다. 나눠먹지, 뭐, 그가 말한다. 두 개 있었는데 하나는 내가 아침에 먹어버리고 말았어. 오늘은 닭이 알을 두 개를 낳았거든. 보통 때도 두 개씩 낳으면 좋으련만 보통 때는 하나씩만 낳다가 어쩌다가 두 개를 낳아. 그래도 하루에 하나라도 낳는 게 어디야, 그녀가 말한다. 하루에 하나도 안 낳을 수도 있는데. 그리고 그 닭이 당신이 키우는 것이라는 사실에 비춰보면 하나라도 낳는 게 기특하기도 한걸. 그래도 모이는 제때 주는 모양이지? 내 끼니는 제때 못 챙겨먹어도 닭 모이는 제때 주지, 그가 말한다. 닭으로서는 주인을 잘 만난 거지. 그리고 닭 모이를 주다보면 나 또한 식사를 할 때가 되었다는 사실을 깨닫고는 식사를 하지. 그 모든 게 닭 덕분인 줄 알아, 그녀가 말한다. 결국 그렇게 해서 끼니를 다 챙겨먹는 모양이지? 꼭 그렇지는 않아, 그가 말한다. 종종 입맛이라곤 없어 아무것도 먹지 않기도 하니까. 그런데 신기하지 않아? 내 끼니 생각은 못 하면서도 닭 끼니 생각은 어김없이 한다는 게. 마치 내 배보다는 닭의 배를 통해 허기를 느끼는 것처럼. 신기하기도 하군, 그녀가 말한다.

그 사이 그는 달걀을 손에 꼭 쥐고 있다. 그런데 안 까고 뭐 하고 있어, 그녀가 말한다. 손에 달걀을 쥐고 있다는 걸 깜빡했군, 그가 말한다. 그는 달걀을 그녀에게 건네준다. 당신이 까도록 해, 그가 말한다. 왜, 당신이 직접 까지 그래, 그녀가 말한다. 누군가에게 시킬 수 있는 일인데도 내가 그 일을 손수 할 것 같아, 그가 말한다. 심술하고는, 그녀가 말한다. 나이가 들수록 더 심해지는 것 같아, 당신 심술은, 줄어들지는 않았지, 그가 말한다.

그녀는 달걀을 받아 까기 시작한다. 제대로 까지지가 않는걸, 그녀가 말한다. 찬물에 담그는 걸 잊었어, 그가 말한다. 요즘 들어 부쩍 건망증이 심해졌어. 하루는 냄비에 달걀을 넣은 후 불을 올리는 것을 잊고는 달걀이 익기를 기다린 적도 있어. 속이 제대로 삶아지지도 않았군, 그녀가 말한다. 제대로 삶아진 거야, 그가 말한다. 반숙을 한 거니까. 소금은 없어, 그녀가 말한다. 그는 호주머니에서 종이 봉지를 꺼낸다. 하지만 봉지 속에는 소금이 남아 있지 않다. 이런, 소금이 모두 호주머니에 쏟아져버렸어, 그가 말한다. 그는 호주머니를 털어 소금을 손바닥에 담는다. 먹어, 그는 그녀 앞으로 손바닥을 내민다. 찍어먹기 꺼려지는데, 그녀가 말한다. 그럼 달걀을 삼킨 후 내 손바닥을 핥아먹던가, 그가 말한다. 그보다는 차라리 찍어먹도록 하지, 그녀가 말한다. 그녀는 달걀 흰자위를 그의 손바닥에 든 소금에 찍어먹는다. 그런데 왜 삶은 달걀은 꼭 소금에다 찍어먹는 걸까, 그가 말한다. 그냥 먹을 수도 있을 텐데. 그것까지는 생각을 못 해봤는데, 그녀가 말한다. 그녀는 노른자위를 그에게 건네준다.

두 사람은 말없이 달걀을 입에 넣고 씹은 다음 삼킨다. 아침에, 부엌에서, 달걀이 담긴 물이 끓고 있는 것을 빤히 바라보고 있었어, 그가 말한다. 그런데 물이 끓고 있는 냄비를 가만히 바라보고 있으면 어떤 생각들이 머릿속에서 들끓어. 가라앉히기 어려운 생각들이. 마치 머릿속이, 머릿속을 떠나지 못하는 생각들로 부글부글 끓는 것 같아. 정리도, 분류도 안 되는 생각들로. 그리고는 마치 머리가 깨지며 그 생각들이 쏟아질 것처럼 머리가 아프지.

그녀는 자신의 가슴을 손으로 두드린다. 왜 그래, 그가 말한다. 목이 메여, 그녀가 말한다. 그래서 달걀을 먹은 것 같지 않아, 그가 묻는다. 이상하게도 달걀은 그것을 먹어 목이 메일 때에 비로소 먹은 것 같아진단 말야. 그녀는 목이 메여 아무 말도 하지 못한다. 그는 물끄러미 그녀를 쳐다본다.

우리 같이 합칠까, 조금 후 침을 몇 번씩 삼킨 후 그녀가 말한다. 이 나이에 우리가 합친다고 누가 흉을 보지는 않겠지? 서로 합치는 것도 나쁘지 않겠지, 그가 말한다. 그런데 당신과 합친다고 좋은 점이 뭘까? 아니면 그냥 이대로 있을까, 그녀가 말한다. 그것도 좋지, 그가 말한다. 그런데 당신과 합치지 않는다고 안 좋은 건 또 뭘까? 어쩌고 싶다는 거야, 그녀가 말한다. 아무래도 좋아, 나는, 그가 말한다. 그녀가 그를 흘겨본다. 당신이라는 사람은 항상 이런 식이지, 입장이라는 게 없어, 그녀가 말한다. 아니, 분명한 입장이 있지, 아무래도 좋다는. 맞아, 아무런 입장이라는 게 없어 아무런 주장도 하지 않을 수 있고, 그래서 어떤 주장에도 귀를 기울이지 않을 수 있지, 그가 말한다. 그래서 말인데, 나는 이 세상과는 아무 상관도 없이, 아직 이 세상에 있으면서도 이 세상을 이미 떠난 사람처럼, 살아 있는 것 같아. 한데 나도 갈수록 그렇게 되어가는 것 같아, 그녀가 말한다. 더 오래 살아도, 아님 오늘 죽어도 괜찮아. 나보다는 더 오래 살도록 해, 그가 말한다. 그래서 내가 어떻게 살다 죽어갔는지 보고 죽도록 해.

두 사람은 다시 입을 다물고 있다. 당신과 나란히 묻혔으면 좋겠어, 조금 후 그녀가 말한다. 아니, 그건 어렵겠지? 당신은 당신 마누라 옆에 나란히 누일 테니까. 나를 사이에 두고 두 여자가 내 옆에 나란히 뉘어 있는 것도 괜찮겠는걸, 그가 말한다. 우리 셋이 그렇게 되는 것도 괜찮겠지, 그녀가 말한다. 한데, 개인적으로 땅에 묻히는 건 싫어, 그가 말한다. 나도 그래, 그녀가 말한다.

둘은 잠시 아무 말 없이 먼산을 바라본다. 그런데 염소란 놈은 마치 자신이 제왕이라도 되는 것처럼, 언덕 위에서건, 절벽 위에서건, 꼭대기에 우뚝 서 있곤 한단 말야, 마치 그곳에서 있는 것이 모든 것의 위에 우뚝 서 있는 것처럼, 그가 말한다. 무슨 이유에선지. 그런다고 결코 제왕처럼 늠름해 보이는 일은 없는데도. 그녀는 아무 대답도 하지 않는다.

그는 다시 멍히 먼산을 바라본다. 뭘 그렇게 보고 있는 거야, 한참 후 그녀가 묻는다. 들판을, 시내를, 산을, 하늘을 보고 있어, 그가 말한다. 그런데 펑퍼짐한 들판이, 그 들판 사이를 흐르는 시내가, 그 너머의 들판이, 그 들판 너머의 산이, 그 산 너머로 산에 가로막힌 하늘이 보일 뿐이야, 그게 다라는 듯이. 그 모든 것들이 보란 듯이 펼쳐져 있는 것이 보여. 그리고 그 사이에는 아무것도 생략될 수 있는 게 없다는 듯이 꽉 차 있어. 그녀는 들판과 시내와 산과 하늘로 눈길을 옮긴다.

그런데 무슨 일이지, 오늘따라 내가 보고 있는 이 모든 것들이 너무도 내 눈앞에서 생생하게 느껴져, 그가 말한다. 마치 나의 느낌들이 동물원의, 깃털을 한껏 활짝 펴고 있는 공작새의 선명한 색상의 깃털처럼 생생하게 느껴져. 평소에는 아무 느낌도 들지 않는데, 어떤 느낌이라는 것을 내 안에서 재현해내기가 어려운데. 동시에 이런 생생한 느낌이 마지막은 아닐 텐데도 마치 마지막인 것처럼 느껴지기도 하는군. 그게 무슨 이유에선지는 모르겠지만, 나 또한 그렇지는 않은걸, 그녀가 말한다. 죽을 때가 가까워져서일까, 그가 말한다. 여느 날과 다르지 않은 날인데도 여느 날 같지가 않아. 그냥 지나치게 되는 여느 하루로는 여겨지지 않아. 그녀는 잠자코 그가 하는 말을 듣고 있다. 두 사람은 잠시 침묵에 빠진다.

그런데 왜 보이는 모든 것들이 이다지도 따분하게 보일 뿐인 거지, 그가 말한다. 왜 이 나라에는 드넓은 호수도, 끝이 보이지 않는 초원도, 걸어도 걸어도 끝이 없는 사막도, 하루 만에 오를 수 없을 정도로 높은 산도, 그 속으로 몸을 던질 수도 있는, 용암이 끓어오르는 화산도 없는 거지? 이미 죽은 화산은 있지, 그녀가 말한다. 심지어는 지진조차 일어나는 법이 없어, 그가 말한다. 그저 눈에 보이는 것들이라곤 멍하니 바라볼 수밖에 없는 것뿐이야. 그것을 바라보고 있으면 가슴을 파고드는 감동이나 영감을 주는 것이라곤 하나도 없어. 그것을 가만히 바라보다보면, 뭘 하러 이런 걸 이렇게 가만히 바라보고 있는 거지, 라는 생각이 들게 하는 것들뿐이야. 그래서 주위를 두리번거리며 혹시 다른 뭔가가 있나 쳐다보면, 또다시 조금 전과는 비교가 되게, 아니, 비교도 안 되게 다르지 않은 것들 밖에는 보이지 않아. 눈에 보이는 거라곤 산에 가로막힌 하늘과, 그 산 속에 갇힌 좁디좁은 평지와, 평지 사이를 간신히 흐르는 시내뿐이지. 그 밖에 뭐가 더 필요하냐는 듯이. 평생을 봐왔던 것들이. 평생을 봐온 것으로는 모자라다는 듯이.

그들은 그들 앞으로 보이는 것들에서 눈을 떼지 않는다. 이렇게 그 하늘을, 시내를, 들판을 바라보고 있으니까, 어릴 적, 염소를 잘못 건드렸다가 그것이 나를 들이받는 바람에 논두렁 아래로 굴러떨어진 기억이 나는군, 그가 말한다. 염소한테 무슨 짓을 했기에 그렇게 된 거야, 그녀가 말한다. 그냥 살며시 염소에게 다가가 살며시 염소의 뿔을 쥐고 있었지, 염소가 자신의 뿔이 누군가의 손에 쥐어져 있다는 사실을 모르게, 그리고 나 또한 내가 뭔가의 뿔을 쥐고 있다는 사실조차 잊은 채로, 그가 말한다. 그런데 갑자기 무슨 생각에서인지 나를 들이받은 거야. 평소에는 그렇게도 겁이 많은 게 화가 나면 무모한 짓을 저지르기도 한단 말야, 정신이 나간 것처럼.

그 말을 들으니까, 여러 가지 생각이 나, 어릴 때 저 들판에서 메뚜기 잡아먹던 거 기억나, 그녀가 말한다. 그래, 메뚜기에서부터 개구리까지, 가재에서 뱀까지 잡아먹곤 했지, 그가 말한다. 나는 뱀은 못 먹어봤어, 그녀가 말한다. 무슨 맛이야, 뱀은? 그건 뱀을 먹어보지 않은 사람한테는 설명하기 어려운 맛이야, 그가 말한다. 그런데 그거 알아, 그녀가 말한다. 뱀을 잘못 먹었다가는 뱀에 기생하는 벌레에 의해 살이 파먹히기도 한대. 더욱 놀라운 건 그 기생충이 십 년도 넘게 살아남아 머리 쪽으로 이동해 뇌 속을 파먹기도 한다는 거야. 생각만 해도 끔찍한 일이군, 그가 말한다.

그리고 그거 기억나? 그가 묻는다. 우리가 아주 어렸을 때, 여섯 살 무렵, 모두가 발가벗은 채로 시냇가 수양버들나무 아래에서 남자애, 여자애 짝을 지어, 남자애가 수양버들 가지로 여자애의 사타구니를 간질이던 거, 여자애에게 먼저 오줌을 찍 싸게 한 편이 이기는 놀이를 했던 거? 그래, 지금 생각하면 음탕한 짓인데 그때는 그렇게 여겨지지 않았어, 그녀가 말한다. 그리고 옥수수 밭에서 우리가 그 짓 하던 거 생각나? 그래, 당신이 아무것도 모르는 나를 꼬드겨, 나로서는 어쩔 수 없이 했지, 그가 말한다. 내가 당신을 꼬드겼다고, 그녀가 말한다. 나한테 눈독을 들인 게 누구인데. 어쨌든 그후로 한동안 우리 둘 다 꽤나 밝혔지, 그가 말한다. 그런데 그 모든 게 다 옛날 얘기가 되어버렸어, 거의 잊혀진 언제 그런 적이 있었는가 하는 생각이 드는. 두 사람은 다시 아무 말이 없다.

옛 시절을 생각하며 저 들판에 숨어들어가 그 짓을 다시 해볼 수는 없겠지, 그가 말한다. 그래, 그건 불가능한 일처럼 여겨져, 생각으로조차도, 그녀가 말한다. 지금의 이 들판도 그때의 들판은 아니겠지? 두 사람은 잠시 아무 말이 없다. 그는 몸을 뒤척인다. 뭔가 자극이 필요한 것 같지 않아, 그가 말한다. 그러기엔 때늦은 감이 없진 않지만. 그녀는 혀를 내민다. 이런 자극이, 그녀가 말한다. 아니, 그런 거 말고, 그가 말한다. 뭔가, 그 자극에 대해 아무런 반응을 보이지 않으면서도 치를 떨 수 있는 자극이. 그는 눈을 감는다. 그녀는 눈을 감고 있는 그를 가만히 쳐다본다.

무슨 생각 해, 그녀가 말한다. 우리가 함께 해온 시간을 생각하고 있었어, 그가 말한다. 내 마누라 몰래 우리가 만났을 때가 좋았는데. 그때만 해도 당신을 만난다는 생각을 하면 많이는 아니지만 그래도 조금은 가슴이 두근거리기도 했는데. 마누라가 우리 사이를 의심하긴 했지만 결정적인 증거를 잡지는 못했지. 몇 가지 단서를 남겨놓기까지 했는데도. 어쩌면 그냥 모르는 척했는지도 몰라, 그녀가 말한다. 그랬을 수도 있겠지, 그가 말한다.

두 사람은 잠시 그들 앞의 들판을 바라본다. 올해는 풍년이 든 것 같지 않아, 그녀가 말한다. 흉년 같지는 않아 보이는군, 그가 말한다.

나한테야 아무래도 상관이 없는 일이긴 하지만. 그들은 계속해서 누렇게 벼가 익어가는 들판을 바라본다.

조금 후 그가 배를 움켜쥔다. 배가 이상해, 그가 말한다. 아파? 그녀가 말한다. 아니, 그가 말한다. 아픈 건 아니고, 뱃속에 뭐가 들어 있는 것 같아, 뭔가가 꾸물거리며 기어다니는 것만 같아. 회충이 있는 거 아냐, 그녀가 말한다. 얼마 전에, 생일날 회충약을 먹었는데, 그가 말한다. 생일날이라고 특별히 딴 건 못 먹고 회충약만 먹었어. 그날따라 속이 좋지 않았으니까. 아들놈이 생일을 챙겨주지 않았어, 그녀가 묻는다. 챙겨주지 못하게 했지, 생일을 챙겨준다는 게 그여서이기도 했지만, 그보다는, 생일 따위는 챙겨먹고 싶지 않았으니까, 그가 말한다. 회충이 있을 수도 있겠지, 회충약을 먹는다고 회충이 다 없어지는 건 아니니까, 그녀가 말한다. 회충은 끈질기게 살아남으니까. 혹시 뱀을 먹어 생긴 회충이 아직까지 살아 있는 건 아닐까? 그런 끔찍한 얘기는 하지 마, 그가 말한다. 곧 괜찮아질 거야. 걱정하지 마. 누가 걱정이 된대, 그녀가 말한다.

이제 두 사람은 시내를 바라본다. 고둥을 줍던 아낙들이 떠나기 시작하는군, 그가 말한다. 좀더 있다가 가도 될 텐데, 지금껏 잡은 것만으로도 충분하다는 듯이 가버리는군. 다들 오늘 저녁에는 고둥국을 끓여먹겠지, 그녀가 말한다. 그래, 맛있는 고둥국을 식구대로 둘러앉아 먹겠지, 그가 말한다. 한 그릇으로 모자란다는 듯이 두 그릇씩 먹겠지? 그렇게 고둥국이 먹고 싶으면 내가 끓여줄 수도 있어, 그녀가 말한다. 그 얘기를 한 게 언젠데 아직까지 한 번도 끓여주지 않은 거야, 그가 말한다. 그 점은 미안하게 생각해, 그녀가 말한다. 한데 나도 이제 더이상 뭘 하는 게 귀찮아. 뭔가를 한다는 생각을 하며 뭘 하는 게 엄두가 나지 않아. 다시 두 사람은 아무 말이 없다.

그만 갈까, 한참 후 그녀가 말한다. 조금만 더 있다가 가, 그가 말한다. 조금 더 있다 간다고 해서 달라지는 건 없을 테니까, 아무 차이도 만들어지지 않을 테니까. 차이라곤 없는 차이가 빚어질 뿐일 테니까. 두 사람은 고둥을 잡던 아낙들이 떠나간 시내를 바라본다. 물살이 좀더 빨라진 것처럼 보이지 않아, 그녀가 말한다. 모르겠는걸, 그가 말한다. 어쩐지 그렇게 여겨져, 그렇게 들려, 그녀가 말한다.

조금 후 그녀는 시선을 들어 하늘을 쳐다본다. 저기 기러기떼가 날아가는 게 보이는군, 그녀가 말한다. 어디, 그가 말한다. 그녀는 손가락으로 하늘을 가리킨다. 그는 그녀의 손가락을 바라본다. 그렇게 손가락을 바라보면 어떻게 해, 손가락이 가리키는 곳을 바라봐야지, 그녀가 말한다. 그는 그녀의 손가락이 가리키는 곳을 바라본다. 하지만 아무것도 안 보이는데, 날아가고 있는 건 아무것도 없는 것처럼, 그가 말한다. 저기 저렇게 날아가잖아, 그녀가 말한다. 한 마리, 두 마리, 세 마리, 네 마리, 다섯 마리, 여섯 마리…… 다 해서 몇 마리야, 그가 말한다. 가만있어봐, 그녀가 말한다. 일곱 마리, 여덟 마리, 아홉 마리, 열 마리…… 열 마리가 넘어, 열한 마리, 열두 마리…… 열 마리도 넘는다고, 그가 말한다. 열 마리도 넘는 기러기떼가 하늘을 수놓는 광경은 장관이겠군. 조용히 하라니까, 그만 세는 걸 놓쳐버렸잖아, 그녀가 말한다. 그녀는 다시 숫자를 세기 시작한다. 한 마리, 두 마리, 세 마리…… 더 못 세겠어. 그녀가 말한다. 그만 해, 뭐, 그게 그렇게 셀 만한 것이라고 세고 있는 거야, 그가 말한다. 한꺼번에 다 세기에는 숫자가 너무 많아, 그녀가 말한다. 무슨 모양을 이루고 있어, 그가 말한다. 시옷자 편대를 이뤄 날아가고 있어, 그녀가 말한다. 그런데 이제는 점점 멀어지고 있어, 점점 가물가물해지고 있어. 그리고 마침내 기러기떼 전부가 한 마리로밖에는 안 보여, 하나의 점으로밖에는. 그녀는 고개를 떨군다. 정말로 기러기떼가 날아가긴 한 거야, 그가 말한다. 내가 날아가지도 않은 기러기떼가 날아갔다고 할까봐, 당신처럼, 그녀가 말한다. 그녀는 다시 하늘을 쳐다본다. 그리고 이제는 여러 마리가 하나로 보인 그 한 마리도 사라져 더이상 아무것도 보이지 않아, 처음부터 없었던 것처럼, 그녀가 말한다. 그렇게 금방 없어질 거면 뭐 하러 모습을 나타낸 거지? 또다른 기러기떼는 안 보여? 그가 묻는다. 안 보여, 더이상은, 그녀가 말한다. 그걸로 다라는 듯이. 어디에도, 그가 말한다. 응, 어디에도, 그녀가 말한다. 하늘이 그냥 텅 빈 느낌이야, 텅 빈 것으로 꽉 채워진 것처럼.

두 사람은 다시 침묵에 빠진다. 물고기들이 수면 위로 뛰어오르고 있는 게 보이는군, 그녀가 말한다. 한 마리, 두 마리, 세 마리…… 한꺼번에 여러 마리가 뛰어오르기도 해. 그렇게 뛰어올라 어쩌겠다는 건지. 하지만 그는 그의 생각 속에 깊이 빠져 있다. 이제 그만 갈까, 조금 후 그녀가 말한다. 하지만 두 사람은 그대로 앉아 있다. 그가 몸을 움츠린다. 무슨 생각 해, 그녀가 말한다. 약간 한기가 드는 게 옷을 두껍게 입고 나오길 잘했다는 생각이 들어, 내 판단이 옳았던 거야. 두 사람은 잠시 아무 말이 없다.

어쩐지 내년에는 기러기떼가 날아가는 것을 볼 수도, 기러기떼가 날아가는 것을 누가 얘기해주는 것을 들을 수도 없을 것만 같아, 그가 말한다. 내가 그렇게 된다 해도 기러기떼는 저 위를 날아가겠지? 궁상 좀 떨지 마, 그녀가 말한다. 내년에도 기러기떼는 저렇게 날아갈 거야. 그래서 그것들이 날아가는 것을 당신이 볼 수는 없다 해도, 기러기떼가 날아가는 것을 내가 얘기해주는 것을 당신이 들을 수는 있을 거야. 그래서 나 또한 당신이 이렇게 궁상을 떠는 것을 볼 수 있을 거고. 아니, 궁상이 좀더 심해진 것을 보게 되겠지.

두 사람은 다시 아무 말이 없다. 서산 너머로 해가 지고 있군, 조금 후 그녀가 말한다. 그는 하늘을 쳐다본다. 노을이 지는 건 보이는군, 그가 말한다. 그런데 노을이 붉은 이유를 알아? 몰라, 그녀가 말한다. 공중의 수증기가 햇빛을 받아 붉게 보이는 거야, 그가 말한다. 그렇다고 왜 붉어, 그녀가 말한다. 그렇다고 왜 붉냐니, 그래서 붉은 건데, 그가 말한다. 그 이유가 무엇이냐니까, 그녀가 말한다. 그것까지는 나도 몰라, 그가 말한다. 내가 아는 건 공중의 수증기가 햇빛을 받으면 붉게 보인다는 거야. 그들이 바라보고 있는 동안 노을이 지기 시작하며 땅에서 시작된 어둠이 하늘로 번져간다.

그는 어두워지고 있는 하늘을 쳐다본다. 이상하게도 조금 전까지의 그 생생한 느낌은 오간 데 없고 모든 것이 너무도, 더없이 어렴풋하게 느껴져, 그가 말한다. 모든 것이 간신히 느껴질 뿐이야. 그리고 나와 함께한 오늘 하루가, 아직 다하지도 않은 하루가 왜 이렇게 멀게만 느껴지지, 까마득하게, 아주 오래 전의 어느 날처럼, 그가 중얼거린다. 간신히 떠올릴 수 있는 어린 시절의 어느 날처럼.

다시 두 사람은 아무 말 없이 한참 동안 꼼짝 않고 앉아 있다. 이제 그만 가도 되겠지, 그가 말한다. 노을까지 졌으니까. 하지만 그녀는 딴 생각에 빠져 있다. 이제 밤이 시작된 건가, 한참 후 그녀가 말한다. 하지만 이번에는 그가 딴 생각에 빠져 있다. 그 사이에도 두 사람은 계속해서 하늘을 쳐다보고 있다. 모든 날들이 일요일처럼 느껴져, 일요일밖에 없는 것처럼, 그가 중얼거린다.

달이 떠오르면 그때 일어나도록 하지, 완전히 어두워져 옆에 있는 사람조차 잘 보이지 않게 되었을 때, 어쩔 수 없다는 듯이, 그밖에 달리 도리는 없다는 듯이, 스스로 몸을 일으키는 것이 가능하다는 듯이, 그가 중얼거린다. 그런데 별은 없고, 달만 떠 있는 하늘은 어쩐지 이상해 보여. 그 하늘을 보고 있으면 기분이 이상해져. 마치 그 달이 하늘 깊은 곳에 파묻혀 있는 것 같아. 그래서 하늘이 거대한 무덤처럼 느껴지는 거야. 그리고 그 이상한 기분으로 하늘을 바라보면 그 하늘은 정말 이상하게 느껴지지. 그는 알아들을 수 없는 말을 계속해서 중얼거린다. 이제 물고기가 뛰어오르는 것 또한 더이상 보이지가 않아, 그의 중얼거림 위로 그녀의 중얼거림이 포개진다. 그런데도 계속해서 뛰어오르고 있을 것만 같아.

그런데 내가 지금 무슨 말을 하고 있는 거지, 그가 중얼거린다. 무슨 말을 하고 있는지는 알겠는데, 내가 하는 말소리가 들리지 않는군, 내 귀에는. 가끔은 이렇게 내가 하는, 나의 육성이 잘 들리지 않는 경우가 있어. 마치 다른 누군가가 내 귀에다 대고, 내 귓속까지는 들리지 않는 귓속말을 하는 것처럼. 심지어는, 과연, 내가 무슨 말인가를 하고나 있는지조차 모르겠어.

그녀는 그 사이 그가 하는 말을 듣지 못하고, 이제 어둠 속에 파묻혀 아무것도 보이지 않는 하늘을 계속해서 바라보고 있다. 그는 눈길을 들어 그녀가 바라보고 있는 하늘을 같이 바라본다. 바로 이 순간까지도, 일생을, 나는 딴청을 부리며 살아온 것 같아, 집중할 수 있었던 것이 아무것도 없었으니까, 그가 중얼거린다. 그런데도 지금까지의 삶이 구사일생처럼 여겨지는 것은 무슨 이유에서일까? 그는 잠시 생각에 잠긴다. 어쩌자고 계속해서 이렇게 중얼거리고 있는 거지? 마치 그 중얼거림 속으로 숨어들기라도 하려는 듯이. 잠시 그가 중얼거림을 멈춘다. 마치 체인이 벗겨진 페달을 밟고 있는 것처럼, 그래서 헛바퀴가 도는 것처럼, 모든 게 겉돌고 있는 것만 같아, 그가 다시 중얼거린다.

그때 서편 하늘 위로 그믐달이 떠오른다. 하지만 두 사람은 일어날 생각은 하지도 않고, 꿈쩍도 않고 그대로 앉아 있다. 하지만 이제 그들은 더이상 하늘을 바라보고 있지 않다. 그 사이 그들 위로, 어두운 하늘에는 또다른 기러기떼가 날아가고 있다, 그들은 볼 수 없게, 그들과는 아무 상관 없이.

# 정치적 좀비(zombi)

김형중(문학평론가)

정영문은 우리 문학사에서는 아직 낯선 것임에 분명한 죽음을 소설 속으로, 그것도 본격적으로 끌어들인다. 정영문만큼 '일관되게', 그리고 '순수하게', '죽음에 대해서만', 이야기한 작가는 없었다. 정영문의 주인공들은 모두 살아 있는 채로, 죽음을 앞당겨 누린다. 그들이 원하는 것, 그리고 실제로 유지하고 있는 상태가 바로 죽음과 별반 다를 바가 없으니 그들에게 죽음은, 혹은 죽음과 유사한 상태는 차라리 축복이다.

만약 우리가 살아 있는 모든 것은 '내적인' 이유로 인해서 죽는다—다시 한번 무기물이 된다—는 것을 하나의 예외 없는 진리로서 받아들인다면, 우리는 '모든 생명체의 목적은 죽음이다'라고, 또한 뒤를 돌아보면서 '무생물체가 생물체보다 먼저 존재했다'라고 말하지 않을 도리가 없다. (프로이트, 『쾌락원칙을 넘어서』)

죽음이란 존재에 의해 훼손되었던 무의 완전성을 회복하는 일, 그것이 죽음에 대한 나의 정의였다. (정영문, 『핏기 없는 독백』)

## 1. 죽음이라는 '문제'

죽음은, 항상은 아닐지라도(죽음이 삶과 사이좋던 시절도 있었을 것이니) 아주 오래 전부터 금기와 침묵의 영역으로 추방당한 채로만 존재해왔다. 죽음은 그 그림자만이라도 절대 우리의 삶 속에 나란히, 공공연하게 존재해서는 안 된다는 듯이, 척결하고 극복하고 퇴치하기 위해서만, 우리는 죽음에 대해 호들갑을 떨거나 쉬쉬해왔을 뿐이다. 매일매일의 교통사고 관련 소식, 재앙에 희생당한 사망자들의 숫자에 대한 과도하고도 과장된 관심, 혹은 유령담과 공포영화를 통해 죽은 자들에게 퍼부어지는 악의에 찬 경멸과 조롱으로 미루어 보건대, 죽음이란 뭔가 우리가 사는 세계에는 잘 어울리지 않는, 어색한, 화해할 수 없는, 어떤 것임에 분명하다.

그와 같은 배제에는 분명 이유가 없지 않았을 터인데, 근대 이후의 생산중심주의만큼 그에 대한 강력하고도 합당한 이유를 찾기는 힘들어 보인다. 죽음이란 무엇보다도 아무것도(그것이 이윤이 되었건, 종족의 새 구성원들이 되었건) 생산해내지 못하게 된 신체의 특정 상태를 일컫는 말에 다름아니기 때문이다. 그러니 '生者는 假借也라'와 같은 장자(莊子)류의 잠언들이 허무에 대한 찬양으로 배척받는 것도 예상 못 할 바는 아니다. 그처럼 삶이 죽음과 죽음의 연속 사이에 끼어든 한낱 소풍과 같은 것이 되어서야, 노동과 축적이 가치로울 이유란 없기 때문이다. 나아가 삶 전체가 공허의 다른 이름이 되기 십상이기 때문이다. 생동하는 신체, 정력적인 신체, 굳건한 신체만이 근대적 생산중심주의에 걸맞은 신체로서의 지위를 부여받는다. 그에 비하면 광인들, 부랑아들, 병자들, 그리고 주검들이란 일종의 비정상적인 상태를 지칭하는 다른 이름들일 뿐인데, 그리하여 훈육과 교정과 관리와 격리수용만이, 이제 그들 몫이다(어린 시절, 그 많던 부랑아들은 다 어디로 갔을까?).

이와 같은 이유로 죽음이란 그것을 거론하는 행위 자체만으로도 이미 '문제적'인데, 정영문의 소설들이 '문제적'인 것도 일차적으로는 바로 이런 이유 때문이다. 그는 우리 문학사에서는 아직 낯선 것임에 분명한 죽음을 소설 속으로, 그것도 본격적으로 끌어들인다. 장용학이나 손창섭, 박상륭 같은 선구자들이 아예 없었던 것은 아니나, 정영문만큼 '일관되게', 그리고 '순수하게', '죽음에 대해서만', 이야기한 작가는 없었다.

## 2. 앞당겨 죽음을 누리다

정영문의 주인공들은 모두 살아 있는 채로, 죽음을 앞당겨 누린다. '누린다'란 표현을 문제 삼을 필요는 없겠다. 그들이 원하는 것, 그리고 실제로 유지하고 있는 상태가 바로 죽음과 별반 다를 바가 없으니 그들에게 죽음은, 혹은 죽음과 유사한 상태는 차라리 축복이다.

앞당겨진 죽음은 우선 그들의 신체에, 명백한 화학적 변화의 증상으로 출현한다. 가령 작품 「후각 상실」의 다음과 같은 구절들을 보자.

널빤지에 박힌 커다란 못이 그의 신발에 박혀 있었다. 신발을 벗자 양말 밖으로 피가 흘러나왔다. 하지만 통증은 느껴지지 않았다. 신발에 박힌 못을 빼낸 후 그는 목재소를 나왔다.(202쪽)

그 음식에서는 그가 익숙하게 알고 있는 아무런 맛도 나지 않았다. 결국 그는 몇 숟갈을 떠먹다가 말았다. 그는 음식 위로 고개를 숙인 채로 코를 킁킁거리며 그가 알고 있는, 그 음식에서 나는 냄새를 떠올리려 했지만 소용이 없었다.(208쪽)

후각이 상실된 그 상태가 지속될 수도 있다는 생각에, 약간은 우려가 되기도 했지만 어떤 기대 또한 동시에 느꼈다. 그것은 그의 삶의 어떤 상태를 반영하는 것처럼 느껴졌다. 그는 음식점을 서둘러 나왔다.(213쪽)

내가 어떻게 이상해진 것 같아, 그가 물었다. 뭐랄까, 넋이 나간 사람 같아요, 여자가 말했다.(217쪽)

먼저 통각(痛覺)이 사라진다. 발이 못에 뚫려도 아프질 않다. 그리고 미각과 후각이 사라진다. 음식에서는 맛이 느껴지질 않으며, 냄새도 맡아지질 않는다. 흥미로운 것은 세번째 인용된 구절인데, 화자는 감각의 상실상태에 약간의 우려가 없는 것은 아니지만, 동시에 그 상태의 지속을 기대하기도 한다. 그와 같은 감각 상실이 '그의 삶이 처한 어떤 상태'를 반영하는 듯하기 때문인데, 그 어떤 상태란 당연히 주검이 처하게 되는 상태에 다름아니다. 육체에 감각이 없다는 것은 죽었다는, 혹은 거의 죽었다는 말과 같다. 그의 삶이 처한 어떤 상태란 그러므로 가사(假死)상태이다. 마지막 인용문은 옛 아내였던 여인의 목소리로 그 죽음의 상태를 확인하는 장면인데, "넋이 나간 사람 같아요"란 말은 사실상 전혀 비유가 아닐 것이다. 그는 실제로 '넋이 나간', 즉 이미 죽음을 누리고 있는 사람이기 때문이다.

정영문 소설에서 이런 예들은 아주 흔하다. 이르게는 「괴저」(『나를 두둔하는 악마에 대한 불온한 이야기』)로부터 시작된 죽음의 화학변화는, 이번 창작집의 경우 「배회」의 화자가 마치 유령처럼 눈길에 발자국마저 남기질 않는가 하면, 「불면증」의 화자는 자신이 "어떤 공간을 차지하고 있다는 게 신기"할 만큼 존재감을 느끼질 못한다는 식으로 다시 변주된다. 죽음과 삶의 경계가 무너짐과 동시에, 육체가 하나의 실체로서 존재하기 위해서는 필수적으로 지니고 있어야 할 무게, 혹은 체적마저 상실할 지경이라면, 확실히 그들은 죽은 자들이다.

게다가 다음과 같이 직접적으로 죽음을 향한 강렬한 충동을 화자가 고백하는 구절들 또한 헤아릴 수 없을 만큼 많아서 그것들로부터 프로이트의 타나토스(Thanatos) 개념을 연역해내려는 행위 자체가 되레 식상하고 번거로울 지경이다.

사파리 여행을 한 후, 초원 위에 누워 선잠이 든 상태에서 맹수들의 사냥감이 되어 죽고 싶어. 그런 죽음이라면 용인할 수 있을 것 같아. 가슴 벅찬 느낌일 것 같아. 차례를 기다린 하이에나와 독수리들에 의해 남김없이 없어지는 거야. 실제로 그런 일은 없겠지? 하지만 내 의식 속에서 그와 같은 일은 항상 일어나고 있지.(「불면증」, 152쪽)

여기에 그의 모든 소설의 주인공들이 병이나 자해로 인해 죽어가고 있거나, 죽을 지경으로 노쇠해 있거나, 심지어 죽어 있는 채로 말을 하는 경우까지 있다는 사실, 그들을 둘러싼 거주환경이 모두 관속과 같은 어둠과 밀폐로 특징지어진다는 사실을 더한다면, 그가 얼마나 일관되고도 순수하게 '죽음에 대해서만' 이야기하는 작가인지 더 거론하는 것은 다만 사족에 불과할 것이다.

정영문의 화자들(그들은 모두 주인공들이기도 하다)은 확실히 모두 살아 있는 시체들, 즉 좀비들이다.

## 3. 살아서 열반에 들다

그렇다면 이제 죽음의 어떤 점이 정영문의 화자들로 하여금 서둘러 그 상태를 흉내내고, 그 속에 들기를 동경(비록 이 단어가 정영문에게는 전혀 어울리지 않는 것이기는 하지만)해 마지않도록 했는가를 물을 차례다. 죽음은 미리 앞당겨 그 상태를 누리고 싶을 만큼 충분히 매혹적인가?

죽음에 매혹당했던 몇몇 근대인들에게, 특히 프로이트에겐 '그렇다'. 죽음은 사실상 우리가 그것이 주는 적지 않은 공포와, 그 상태에 이르기 위해서는 부수적으로 따를 수밖에 없는 또한 적지 않은 고통과, 남겨둔 것들에 대한 미련과, 사라짐에 대한 슬픔만 이겨낸다면 (다행히도 대개 이것들은 순간적인데), '과학적'으로 그리고 '객관적'으로 삶보다 우월한 존재의 양태이다. 화학적으로나 생물학적으로나 무생물이 생물보다 안정적이기 때문이다. 동물보다는 식물이, 식물보다는 광물이 더 불멸에 가까운 이유도 여기에 있는데, 그것들은 이미 죽어 있으므로, 아무런 동요도 긴장도, 그리하여 불안정한 에너지의 변동도 없다.

인간이 화학적으로 그 상태에 도달하는 방법이란 오로지 죽음 외에는 없겠다. 죽음의 상태, 즉 내·외적 자극과 반응의 아무런 드나듦이 없는 상태, 오로지 그것으로 인해서만 인간 존재(그런 상태에 처한 존재를 인간이라 부르기는 좀 뭣하긴 하지만)는 항상적인 안정의 상태를 회복하게 된다. 정영문이 "죽음이란 존재에 의해 훼손되었던 무의 완전성을 회복하는 일"(『핏기 없는 독백』)이라고 할 때 염두에 두었던 것도 아마 이런 의미였을 것이다. 죽음을 통해서만 인간이란 존재는 그 완전성, 즉 화학적으로나 물리적으로나 불안정한 에너지 변동에 휘말리는 일 없는, 안정된 상태로 되돌아간다.

프로이트는 이를 일러, "모든 생명체의 목적은 죽음이다"(『쾌락원칙을 넘어서』)라고 공언한 바 있으며, 나아가 "만약 우리가 살아 있는 모든 것은 '내적인' 이유로 인해서 죽는다—다시 한번 무기물이 된다—는 것을 하나의 예외 없는 진리로서 받아들인다면", 우리의 신체와 정신 과정 내부에는 그 무기물의 상태로 돌아가고자 하는 어떤 경향이 존재한다는 사실을, '이론적으로' 그리고 '임상적으로' 확인한다. 그 경향이란 그가 죽음의 신의 이름을 붙여준 소멸의 충동, 즉 타나토스다. 우리 삶을 지배하는 동일한 그 원리를 페히너는 '안정 추구 성향', 혹은 '항상성(恒常性)의 원칙'이라 불렀고, 바바라 로우는 조금 더 시적으로 '열반 원칙'이란 이름으로 불렀다.

이러한 경향은 심리학적으로도 마찬가지로 확인될 수 있다. 심리적으로 인간이 느끼는 모든 불쾌감은 사실상 충족되지 못한 욕망, 혹은 방출되지 못한 리비도 집중이 낳은 결과이며, 역으로 모든 쾌감은 리비도의 과도한 집중으로 인해 발생한 긴장의 격렬한 해소로부터 유래한다(가장 간단한 예로 몽정을 상기해보자). 죽음은 어떠한 양의 리비도도 대상에 집중하도록 하는 법이 없으며, 그리하여 어떠한 쾌감도 불쾌감도 만들어내지 않는다. 불쾌가 없으니 쾌감도 없다. 이처럼 모든 정서적 긴장은 리비도 집중에서 유래하는 것인데, 죽음은 완벽하고도 영원한 우울증(사랑하는 대상의 상실로 인해 그 대상에 집중되었던 리비도의 철회가 낳는 가공할 만한 공허, 침묵, 혹은 사후 애도)의 상태와 같아서 대상으로부터 모든 리비도 집중(cathexis)을 철회한다. 그리하여 원한도, 애정도, 증오도, 사랑도, 질시도, 욕망도 없어지는 것이니, 참 편안하겠다. 불교에서 말하는 해탈도 이런 것이 아닐까 싶다.

사실상 정영문의 주인공들이 '미리 앞당겨 죽음을 누린다'라고 할 때 염두에 둔 것은 그들이 모두 이런 상태를 동경하고, 부분적으로는 실현하기도 한다는 의미에 다름아니다. 그들은 열반 원칙의 소설적 실현자들이다. 그들은 소설 속에서 산 채로 무기물의 상태를 회복한다. 영원한 안정 상태를 누린다(최소한 누리려고 노력한다).

## 4. 최소 운동의 법칙

그러나 이미 예상할 수 있었던 바지만, 정영문의 주인공들이 제 아무리 미리 당겨 열반에 들고자 하더라도, 그것이 불완전한 열반에 그칠 것임은 당연한 이치다. 그들이 실제로는 아직 살아 있어서, 리비도 방출 0의 완벽한 안정상태에 들 수는 없는 노릇이기 때문이다. 산 채로 열반을 누리는 방법을 그들은 터득해야 할 판인데, 이제 그 방식엔 어떤 것들이 있는지를 살펴야 할 차례다.

첫째로 그들은 무감(無感)해진다. 모든 관계를 소멸시키고 소멸이 불가능한 관계는 부인하며, 그 관계로부터 야기되어야 마땅할 어떠한 관심이나 책임, 의무, 감동 등등과도 절연한다. 다시 말하자면 모든 대상 리비도를 '인위적으로'(실제적인 죽음만이 그것을 영원히, 자연스럽게 철회할 수 있을 뿐이다) 철회한다. 그들이 심각한 우울증의 상태와 유사한 과정을 겪는 것도 이런 이유인데, 어떠한 대상에 대해서도 아무런 감정을 가지지 않게 된 인간의 상태가 바로 우울이기 때문이다. 가령 작품 「끝」과 「무게 없는 부피」에서 발췌한 다음의 인용문들을 보자.

> 나는 깨어 있는 것을 견딜 수가 없었고, 그래서 거의 필사적으로 잠을 잤어. 하루의 거의 대부분을. 거의 아무것도 먹지 않았지. 거의 아무것도 먹지 않아 거의 기운이 없었고, 거의 기운이 없어 거의 잠만 잤고, 거의 잠만 자 거의 기운이 없었고, 거의 기운이 없어 거의 아무것도 먹지 않았지. 아무런 의욕이 없었던 거야. 하긴 언제나 그랬지.(23쪽)

> 사랑에 대한 나의 생각을 말하면, 사랑 같은 건 없다고, 단지 사랑이라는 것이 있다고 믿고 있는 사람들이 있을 뿐이라는 거지, 이 세상의 모든 관념들이 그런 것처럼.(25~26쪽)

> 그녀의 입술은 아무런 맛도 전해주지 않았어. 좋지도 나쁘지도 않았어. 정말로 아무렇지 않았어, 어떻게 이렇게까지 아무렇지 않을 수 있지, 하는 생각이 들 정도로. 그녀 또한 마찬가지인 것 같았어.(27쪽)

> 너를 낳은 건 실수로 점철된 나의 인생에서도 가장 큰 실수였다. 나의 실수는, 조금의 실수도 용납되어서는 안 되었던 상황에서 이루어진 것이었고, 그래서 그만큼 더, 실수로는 돋보이는 것이었다. 너는 적어도 나의 계산에는 없던 존재였다…….(60쪽)

식욕을 포함한 모든 의욕들과의 인위적인 절연, 사랑에 대한 위악적인 부인, 성적 불감증, 가족관계에 대한 혐오가 인용문들에 각각 나열되어 있거니와, 범위를 작품집 전체, 혹은 그의 모든 소설들로 확대할 경우, 인용문의 분량은 끝이 없어질 것이다. 이를 다른 말로 표현하자면 '정영문 소설의 화자들은 거의 편집증적으로 리비도의 방출을 자제한다'고 할 수도 있겠다. 마치 소설 전체가 방출되려는 리비도와의 전쟁으로 읽힐 지경이다. 감정이란 리비도의 효과이기 때문이다. 그렇게 고이는 리비도와의 무한한 전쟁을 통해서만, 그들은 무감하게, 겨우겨우, 산 채로 열반을 누린다.

정영문의 주인공들이 앞당겨 열반을 누리기 위해 강구하는 다른 방식으로는 '운동의 최소화'가 있다. 가급적 움직이지 않기, 한 자세를 일단 취했으면 그 자세를 가능하다면 영원히 유지하기. 그리고 이미 그 자세는 오래 전부터 우리에게 익숙한 정영문 특유의 자세이기도 하다. 『겨우 존재하는 인간』의 화자는 거의 소설 내내(장편임에도 불구하고) 공원 벤치에 앉아 움직이질 않는다. 『핏기 없는 독백』의 화자는 그 역시 장편임에도 불구하고 소설 내내 한 발짝도 떼지 않은 채로 어두운 어딘가에 누워 혼자 중얼거리고 있을 뿐이다. 마치 영원히 그럴 것처럼.

이번 창작집의 주인공들도 예외는 아니다. 그들은 그저 누워서 죽음을 기다리고 있거나(「끝」), 휠체어에 앉아서 무의미한 유언을 반복하고 있거나(「무게 없는 부피」), 고문실에 줄곧 마주 보고 앉아서 아무 사실도 밝혀내지 못한 채 의미 없는 대화만 계속하거나(「고문

하는 고문당하는 자」), 창 밖에 비가 오는지도 모르는 채로 비스듬히 누워 전화기를 하염없이 붙잡고 있거나(「불면증」), 수용소나 정신병원의 침대나 소파에서 누워 지내거나(「자폐증」「보이지 않는 균열」), 설사 어렵게 발을 움직여 걷는다 하더라도 그 걸음이 타인과의 접촉이나, 어떤 사건을 만들어내지 않는 범위 내에서만 이동할 뿐이다(「배회」「더없이 어렴풋한 일요일」).

아무래도 한 자세(특히 그들이 자주 그러듯이, 누워 있는 자세)의 고수가 열반의 상태를 유지하는 데 유리하긴 하겠다. 에너지의 유동이 없으니 말이다. 대상에 대해 무관하기에도 편한 자세일 듯하고, 관계를 만들지 않을 수도 있으며, 그리하여 삶에 아무런 변화도 일으키지 않을 테니 말이다. 그 끔찍한 안정만이 그들로 하여금 가까스로 의사 열반 상태를 누리게 하는 셈이다.

그러나 그럼에도 불구하고 그들이 이 '최소 운동의 법칙'을 보다 철저히 고수하기 위해서는 어떤 다른 수단의 도움이 필요하다. 그 이유는 다시 반복하거니와, 그들이 아직은 살아 있는 존재들이기 때문인데, 그들이 살아 있는 한 그렇게 '인위적으로' 거두어들인 대상 리비도를 소모하지 않을 도리가 없기 때문이다. 재소모되지 않는 한, 대상으로부터 철회되고, 최소운동의 법칙에 의해 소모를 중단당한, 그래서 남아돌게 된 리비도는 불쾌한 긴장을 낳고, 다시 그 긴장은 하다못해 자위행위로라도 분출되지 않고서는 '항상성의 원칙'을 배신하게 마련이다. 죽은 신체가 아니고서야 이 과정이 소멸될 수는 없다. 그리하여 정영문의 주인공들은 '말'의, 끊임없고 의미 없는 말의 도움을 받는다.

다소 멀리 돌아왔지만, 이제 정영문이 소설 쓰는 사연을 말할 차례가 된 셈이다. 요컨대 '말'(이제 살펴보겠지만, 대개의 경우 의미 없는)을 통해서만, 정영문의 주인공들은 최소한의 리비도를 방출함으로써 겨우겨우 의사 열반 상태를 유지하고, 바로 그렇게 뱉어낸 그들의 말이 정영문의 소설을 이룬다. 바꿔 말하자면, 항상성의 원칙이 지켜지기 위해 필수적인 리비도 양의 조절을 위해서는 어떤 배출 행위가 필요한데, 그것이 정영문의 주인공들에겐 무의미한 중얼거림으로서의 '말'이고, 그 말이 정영문의 손을 거쳐 문장을 이룬 후, 일군의 텍스트의 형태로 모일 때, 그토록 어둡고, 지루하며, 무의미하고, 동시에 형이상학적인 '이야기 사슬', 즉 소설(소설이라 부르는 외에 다른 도리가 없는 어떤 말들의 조합)이 탄생한다.

정영문의 소설이란 가까스로 살아 있는 좀비들의 중얼거림에 다름아니다.

## 5. 입만 살아 있는

> 그는 다시 줌 인 버튼을 끝까지 누른다. 이제 그의 입술이 텔레비전 화면 전체를 차지한다.(61쪽)

작품 「무게 없는 부피」에서 인용한 위 구절만큼 정영문의 주인공들이 처한 상황을 단숨에, 그러나 극명하게 보여주는 예도 달리 없다. 텔레비전 전체를 차지하고 있는 거대한 입의 이미지, 신체의 다른 부위는 전혀 중요하지 않다. 그 입은 먹는 입, 키스를 하는 입이 아니라 오로지 말하는 입이다. 게다가 그 입이 뱉는 말들은 부조리하며, 급기야 그 부조리한 말마저 녹화가 종료되는 순간 그 입의 주인에 의해 다시 지워진다.

그럼에도 정영문의 주인공들이 그 입을 통해 얻는 이득은 적은 것이 아니다. 그 입은, 그리고 그 입이 뱉어내는 부조리한 언어들은, 무엇보다도 그 입의 주인인 화자들에게 최소 운동 법칙의 최대 실현을 보장한다. 말을 통해, 혹은 말하는 행위를 통해 그들은 움직임을 줄인다. 다음의 인용문들을 보자.

> 끝내는 게 쉽지는 않겠죠, 하지만 나는 할 수 있을 거예요, 그녀가 말했어. 나는 수긍과 지지의 의미로 두 번 고개를 끄덕였어. 아무런 도움이 되지 않을게, 나의 어떤 도움도 아무런 소용이 없을 테니까, 내가 말했어.(「끝」, 30쪽)

> 내가 하게끔 되어 있는 것으로 내가 생각하는 것들 중에 내가 할 수 있는 것은 무엇이 있을까, 또는 꼭 해야 하는 건 아니지만 선심을 쓰듯 해볼 수는 있는 일에는 무엇이 있을까, 하고 나는 소리를 내어 말하지. 그리고 잠시 후면, 할 수 없는 것들을 하지 않는 것을 할 수는 있다라는 자연스런 결론에 이르게 되고, 그때부터 마음껏 아무것도

하지 않지. 아무것도 하지 않는 것을 할 수 있는 능력에서 나를 따를 사람은 없을 거야.(「무게 없는 부피」, 50~51쪽)

내 주를 가까이…… 그는 한 소절을 따라 한다. 하지만 그는 박자를 맞추지 못한다. 그는 노래를 따라 하기를 그만둔다. 반주가 시원찮아, 그가 중얼거린다. 그리고 내 주를 가까이하는 게 생각만큼 쉬운 일이 아냐. 가까이하려 하면 할수록 멀어질 뿐이야. 그건 주께서도 마찬가지겠지? 나를 가까이하는 게 쉽지 않을 거야.(「더없이 어렴풋한 일요일」, 260쪽)

쉽게 물러가지 않는 쥐를 쫓아버리기보다는 내가 자리를 피하는 게 낫겠지, 하고 나는 생각하며, 마치 그곳을 떠날 사람처럼 한 발을 떼다가 말고는 다시 발을 모았다.(「배회」, 91쪽)

발췌해온 작품들이 다르고 주인공들이 처한 상황도 다 다르지만, 그럼에도 이 여러 인용문들에서 '말'이 빚어내는 결과는 동일하다. 그 결과란 말에 의한 행위의 소멸, 혹은 입에 의한 사지운동의 유보이다. 첫번째 인용문의 경우 "아무런 도움이 되지 않을게, 아무런 소용이 없을 테니까"라는 '말'은 즉각 화자에게 아무런 도움의 '행위'를 보여주지 않아도 되는 상태를 보장해준다. 두번째 인용문의 경우, "내가 하게끔 되어 있는 것으로 내가 생각하는 것들 중에 내가 할 수 있는 것은 무엇이 있을까, 또는 꼭 해야 하는 건 아니지만 선심을 쓰듯 해볼 수는 있는 일에는 무엇이 있을까"라는 '말'은, 곧바로 "할 수 없는 것들을 하지 않는 것을 할 수는 있다는 자연스런 결론"으로 이어지고, 그 당연한 결과로 화자는 "마음 놓고 아무것도 하지 않는다". 세번째 인용문에서는 "반주가 시원찮아" "그리고 내 주를 가까이하는 게 생각만큼 쉬운 일이 아냐. 가까이하려 하면 할수록 멀어질 뿐이야. 그건 주께서도 마찬가지겠지? 나를 가까이하는 게 쉽지 않을 거야"란 장황한 '말'이, 박자를 맞추어 노래를 부르는 '행위'를 대신하며, 마지막 인용문에서도 역시 "쉽게 물러가지 않는 쥐를 쫓아버리기보다는 내가 자리를 피하는 게 낫겠지"라는 '말'이 쥐를 찾아 쫓는 '행위'로부터 화자를 면제시켜준다.

요컨대 정영문의 화자들에게 말이란 행위에 대한 면죄부이자, 행위를 지우는 수단이다. 말로 인해 행위는 유보되며, 사지는 운동을 멈추게 된다. 오로지 입만이 유일하게 살아 사지가 죽음의 상태를 유지할 수 있도록 돕는다. 만약 그렇게 하지 않으면 사지가 운동을 해야 하는 상황이 벌어지고, 육체가 이동해야 하며, 당연히 타인과의 접촉이 발생하고, 그로부터 관계가 형성되며, 최종적으로는 접촉한 대상에 대한 애정이나 증오, 원한과 질시가 생겨나게 될 것이기 때문이다. 즉 대상 리비도의 어쩔 수 없는 집중이 발생할 것이기 때문이다. 그 모든 불행한 사태에 반해서 그들을 의사 열반 상태에 묶어 두는 중차대한 임무를 예의 그 화면을 가득 메운 입이 수행하고 있는 셈이다.

## 6. 최소 의미의 법칙

그러나 입이 행위를 지우는 임무만을 수행하는 것은 아니다. 그 입은 이제 이중의 과제를 짊어지게 되는데, 나머지 하나의 과제란 행위를 지우기 위해 뱉은 그 말마저 지우는 것이다. 왜냐하면 그 말마저 지워지지 않는 한, 그래서 뱉어진 말이 어떤 의미를 가지게 되는 한, 리비도는 소멸하지 않기 때문이다.

어떤 말이 의미를 지닌다는 것은 그 말이 지시하는 지시대상과의 접촉을 유지한다는 말에 다름아니다. 지시대상과 그것을 지시하는 기호인 말의 결합만이 의미를 산출한다. 그러므로 의미 있는 말을 한다는 것은 지시대상과 화해로운 관계, 혹은 원한적인 관계를 유지한다는 말과 등가이다. 화해가 되었건 원한이 되었건 그것이 또 한 번의 리비도 집중을 필요로 하는 것은 당연한 일이다. 말에서 의미를 지우지 않는 한, 말은 또다시 리비도 집중을 요구한다. 설사 그것이 행위를 지우기 위해 고안된 말이라 할지라도 그렇다. 그리하여 정영문의 말들은 이번엔 스스로의 의미를 지우기 시작한다. 그래야만 그 말의 주인들이 의사 열반 상태를 유지할 수 있다.

그의 말들은 어떻게 스스로의 의미를 지우는가? 다음을 보자.

……그다지 집중해서 듣지는 않았는데, 그건 그 이야기들이 그다지 집중을 요구하는 이야기들이 아니었기 때문이었어. 그녀가 하는 이야기들은 대체로 두서없는 이야기들이었으니까. 그럼에도 그녀는

이야기를 마친 후면 번번이, 내가 하는 얘기 들었어요, 하고 묻곤 했어. 그러면 나는, 그래, 처음부터 끝까지 빠뜨리지 않고 들었어, 하고 말했지. 그러면 그녀는, 어땠어요, 하고 말했어. 그러면 나는, 당신이 하는, 당신의 얘기 같았어, 그래, 조금은 이상한 이야기기도 했어, 아니, 조금도 이상할 게 없는 이야기였어, 내게는, 하고 말했어. 그러면 그녀는, 내가 무슨 얘기를 한 거죠, 이렇게 얘기를 끝낸 후면 무슨 얘기를 했는지 기억이 안 나요, 내가 무슨 얘긴가를 했다는 건 알겠는데, 하고 말했어. 그러면 나는, 그냥 두서없는 얘기였어, 하고 말했어. 그러면 그녀는, 두서가 없었다고요, 하고 말했어. 그러면 나는, 그래, 두서가 없었어, 두서도, 두서라곤 없었지, 하고 말했어. 그러면 그녀는, 그래서 내가 그런 얘기를 할 수 있었을 거예요, 하고 말했어. 그러면 나는, 그렇지만 어쨌든 좋았어, 하고 말했어. 그러면 그녀는, 내가 왜 그런 얘기를 했는지 모르겠군요, 어쨌든 내 얘기를 끝까지 들어줘서 고마워요, 하고 말했어. 그러면 나는, 당신이 내게 이런 얘기를 해줘서 고마워, 하고 말했지.(「끝」, 24~25쪽)

가능할지 모르겠으되, 인용한 구절을 요약하자면 대강 이런 말이다. 자신이 무슨 말을 하는지도 모르고, 하고 난 후에도 또한 무슨 말을 했는지를 기억 못 하는 여자가 어떤 이야기를 했는데(여기서 그 말의 중요도는 형편없이 떨어진다, 화자 자신도 그 의미를 알 수 없는 말이기 때문이다), 이야기를 다 한 여자가 화자에게 내가 하는 얘기를 들었느냐고 묻자, 건성으로 그 두서없는 이야기를 듣는 척만 하고 있던 화자는 그 이야기는 당신이 하는 얘기 같았는데(청자의 답말에 대한 신뢰도 여기서 완전히 무너진다. 그가 듣지 않았기 때문이다), 조금은 이상하기도 하고 이상하지도 않은 두서도 두서라곤 없는 이야기였다고 답한다(이상하고도 이상하지 않다는 형용 모순에 의해 이 문장은 성립이 불가능하다. 이미 지워진 문장이다). 이에 대해 여자는 그래서 자신이 그런 이야기를 할 수 있었을 것이며, 그러면서도 왜 그런 이야기를 했는지 모르겠다고 말하고(이야기를 한 것과 하지 않은 것이 같아진다), 이어 화자는 또 그래도 좋은 이야기였다고 하니까(듣지 않은 이야기를 좋은 이야기라고 하니 이 문장 역시 이미 의미 없는 문장이다), 마지막으로 여자가 자신의 이야기를 끝까지 들어줘서 고맙다고 하고, 화자는 그에 대한 답례로, 그런 얘기를 해줘서 고맙다고 한다(원참!). 그 많은 말들을 했음에도 불구하고 말하자면 둘 다 아무 말도 하지 않은 것이나 다름없다는 얘기다. 다 하나마나 한 이야기들이었으니까.

며느리는 안방에서 낮잠을 즐기고 있겠지? 그녀는 잠을 자는데 내가 소리를 내 방해하면 몹시 싫어하지. 그런다고 내가 조심하는 건 아냐. 나는 누구의 눈치를 보며 뭘 하거나 하지 않거나 하지는 않아. 뭘 하거나 하지 않으면서 누구의 눈치를 보는 일이 없다고는 할 수 없지만. 어쨌든 나는 집 안에 있을 때면 될 수 있는 한 조용히 하려고 하지. 물론 가끔은 조용히 하려다보면, 그러한 노력의 결과로 나도 모르게 소리를 지르게 되는 일이 있긴 해. 목청을 다해, 목청이 부서질 것만 같은, 하지만 실제로는 아무 소리도 만들어내지 못하는 소리를 내지르기도 하지.(「무게 없는 부피」, 41쪽)

이 인용문 역시 마찬가지인데, 이 화자는 일단 며느리가 잠을 자는데 소리를 내 방해하는 것을 꺼린다. 그럼에도 그는 소리 내기를 마다하지 않는데(앞 문장 혹은 절의 의미를 지운다), 그가 누구의 눈치를 보지 않기 때문에, 아니 꼭 그렇다고는 할 수 없지만(앞 문장 혹은 절의 의미를 지운 문장 혹은 절의 의미를 지운다), 그와 무관하게 집 안에서는 소리를 내지 않는 편이라서 조용히 하는데, 물론 그 조용히 하려는 의지와는 무관하게 너무 조심하다보니 되레 소리를 버럭 지르는 일이 있긴 하다(다시 앞 문장 혹은 절의 의미를 지운 문장 혹은 절의 의미를 지운 문장 혹은 절의 의미를 지운다). 그 소리는 너무 커서 목청이 부서질 지경이긴 하지만, 실제로는 소리로 되어 나오지 못하는 소리다(문단 전체가 지워진다. 원참!). 읽고 나서도 읽지 않은 것과 아무 차이가 없는 문장들에 분명하다. 의미가(意味價) '0'의 문장들이 장황하게 나열되어 있어 결국 확인하는 건, 말을 위한 말을 이 자가 하고 있군 하는 느낌 외에는 남는 것이 없는 그런 문장들이다. 이런 예를 들자면 끝이 없거니와 인용 대신 이를 수식으로 간단하게 표현하자면 아마 이렇게 될 것이다 ; '(1−1)+(1−1)+(1−1)……＝0'

꼬리에 꼬리를 무는 무의미한 문장들의 나열은 결국 소설 전체를 무의미한 것으로 만든다. 그리하여 정영문의 소설은 끝없는 동어반복, 그저 시간을 지우고 의미를 지우는 순환적인 이야기 사슬 외에는 아무것도 아니게 된다. 덕분에 그의 화자들은 의사 열반 상태를 가까스로 유지한다. 항상성의 원칙을 유지하기 위해 그들이 방출해야 할 최소한의 리비도를 그 무의미한 말들이 대신 방출함으로써 입을 제외한 모든 사지들은 최소 운동의 법칙을 실현할 수 있게 되기 때문이다. '말' 덕분에 사지는 안정적으로 죽음을 누린다.

### 7. 좀비들의 배회

그러나 어떤 경우(잦지는 않지만), 입만 살아 있는 채로 관 속과 같은 어둠 안에 주검의 자세로 누워 있어야 할 정영문의 좀비들이 (가까스로) 거리를 배회하게 되는 경우가 있다. 그럴 때 그들의 배회는 의외로 살아 있는 자들의 세계에 어떤 희극적인, 그러나 정치적인 사건들을 몰고 오는데, 이제는 그 사건들을 살펴보아야 할 차례다. 정영문이 의도하지 않은 그 사건들을 말이다.

당연히 유폐되어 있어야 할 죽음이 청결과 위생으로 숨이 막힐 지경인 산 자들의 세계로 어슬렁어슬렁 산책을 나선다. 예기치 않은 접촉이 발생하고(원하지 않았다면 그들은 거리에 나서지 않았어야 했다) 모든 정치가 그렇듯이 그 접촉으로부터 정치적인 함의를 가진 어떤 '효과'(그러나 리비도 집중은 아닌)가 발생한다.

애국심만큼 못난 감정도 없다는, 그리고 애국심에 호소하는 것만

큼 못된 것도 없다는 생각을 하고 있었지.(「무게 없는 부피」, 62쪽)

이곳에서의 우리의 일과는 나름대로 규칙적이다. 그것은 식사 후의 휴식과 휴식 후의 식사와 식사 후의 휴식과 휴식 후의 식사와 식사 후의 휴식과 휴식 후의 수면으로 이루어져 있다.(「자폐증」, 179쪽)

정영문의 좀비들이 공동묘지에 출몰했을 때, 애국심이 처하게 된 지위를 보라. 혹은 그들이 병원이나 수용소에 출몰했을 때, 우리들 자신의 일상과 너무도 유사한 환자들의 일과가 얼마나 무미건조하고 권태로운 것으로 드러나게 되는지를 보라.

그러나 이보다 훨씬 통쾌하고 격렬한 정치는 아무래도 그들이 경찰서(!)에 들렀을 때 발생한다.

물론 평소에도 나는 길을 건던 중에 경찰관들의 숱한 제지를 받곤 했다. 경찰관뿐만이 아니었다. 경찰관을 비롯해 경비원, 공원지기, 간호사, 검표원 등 온갖 종류의 제복 착용자들이 나를 마주하기를, 그들의 명령과 설득과 윽박을 통해 나를 상대하기를 즐겨한 걸 보면 나는 그들에게 인기가 좋은 게 틀림없었다.(「배회」, 95쪽)

정영문의 좀비들은 지금 제복과 마찰을 일으키고 있거니와, 제복만큼 권위적인 의상을 우리는 알지 못한다.

좀 편한 의자에 앉을 수는 없나요, 내가 물었다. 편한 의자에 앉고 싶은 욕망은 거의 갈구에 가까운 것으로 바뀌었다. 여기가 자네 집 안방인 줄 알아, 그대로 가만있어, 그 말을 하면서도 그는 그의 옆에 있던, 비닐커버에 쿠션이 있는, 좀더 편한 의자를 밀어, 내가 거기에 앉도록 허락했다. 나는 그가 그렇게 하리라는 것을, 나를 쳐다보는 그의, 어쩐지 너그러운 시선에서 알 수 있었다. 하지만 그 의자는 좀더 편하긴 했지만 여전히 불편한 것이었다.(「배회」, 103쪽)

정영문의 좀비들은 지금 권력의 언어가 얼마나 번복이 잦고 실제 행위를 배신하는가를, 즉 바로 자신들의 언어와 얼마나 닮아 있는가를 경찰서에서 확인하거니와, 권력의 언어만큼 부조리한 언어를 우리는 알지 못한다.

그들의 배회는 여기서 멈추지 않는다.

아들놈은 세상을 헤쳐나가려면 힘을 가져야 한다고 생각하지. 그는 강한 것이야말로 아름답다고 생각해. 그 점에 있어 그는 그의 할아버지인 내 아버지를 닮기도 했지. 내 아버지만큼 내가 싫어하는 점을 그토록 골고루 갖춘 사람도 없었지. 그에게 바람직한 것이 내게도 바람직한 경우는 드물었어. 그는 항상 강해야 한다고 말했지, 강한 것만이 살아남는다고. 그에게 타자는 목적이 아닌 수단일 뿐인 존재였지, 그가 오르고자 하는 곳에 이르게 되는 데 있어 발판 같은. 그가 주장한 것은, 한마디로 강자의, 더 나아가, 가해자의 입장에 서보라는 것

이었어. 강자의 논리, 그것만큼 우습기 짝이 없는 것도 없지.(「무게 없는 부피」, 48쪽)

정영문의 좀비들은 신생아실의 유아들처럼 희망의 이데올로기에 즐겨 소용되는 모든 생기 있는 것들, 아카시아나무의 뿌리처럼 무시무시한 생명력으로 무장한 것들, 약육강식의 논리를 신봉하는 자들 모두를 '우습다'고 말하거니와, '자본'보다 생동하는, 번식력 강한, 강한 것을 찬양하는, 다른 것을, 우리는 알지 못한다.

그리하여 정영문의 좀비들은 스스로가 살아 있는 자들이 세운 법 밖에 있음을 인정받게 되는데, 법 안에서 법과 싸운다는 이들이 얼마나 법과 친근한 관계를 유지하는지, 법과 자신을 동일시하게 되는지, 누구나 누누이 목도해왔던 바, 그들만큼 '법 밖에서' '탈정치적으로' '정치적인' 주인공들을, 우리는 근래의 소설에서 만나본 적이 없다.

나는 잠시 아무 말도 하지 않았다. 하지만 조금 후 내 입에서 튀어나온 말은 내가 듣기에도 놀라운 것이었다. 나를 당신들의 법에 따라 처리해주시오, 라고 나는 말했던 것이다. 그 말이 그에게 어떤 감명을 준 모양이었다. 왜냐하면 그는, 아니 그 사이 내가 모르게, 내게 호기심을 느끼고 나를 바라보고 있던 옆 책상의 형사 두 명까지 웃음을 터뜨렸으니까. 그러고 싶지만 그럴 수가 없어, 형사가 아쉬운 듯 말했다. 그건 자네가 법의 위는 아니지만, 법의 옆에, 정확히 말해, 법의

바깥에 있기 때문이지.(「배회」, 105쪽)

……정영문 자신의 부인(否認)을 무릅쓰고 말하건대, 그토록 철저하게 지켜지는 열반 원칙의 실현에도 불구하고(정확히는 바로 그 이유로), 그가 생각하는 것보다 그의 소설들은 훨씬 더 정치적이다. 또한 그만큼 '의미' 심장하다.

문학동네 소설집
더없이 어렴풋한 일요일


1판 1쇄 2001년 7월 25일
1판 2쇄 2023년 12월 29일

지은이 정영문
책임편집 김현정 이수은 장한맘
저작권 박지영 형소진 최은진 서연주 오서영
마케팅 정민호 서지화 한민아 이민경 안남영 왕지경 황승현 김혜원 김하연 김예진
브랜딩 함유지 함근아 고보미 박민재 김희숙 박다솔 조다현 정승민 배진성
제작 강신은 김동욱 이순호 | 제작처 한영문화사

펴낸곳 (주)문학동네 | 펴낸이 김소영
출판등록 1993년 10월 22일 제2003-000045호
주소 10881 경기도 파주시 회동길 210
전자우편 editor@munhak.com | 대표전화 031)955-8888 | 팩스 031)955-8855
문의전화 031)955-3576(마케팅), 031)955-8864(편집)
문학동네카페 http://cafe.naver.com/mhdn
인스타그램 @munhakdongne | 트위터 @munhakdongne
북클럽문학동네 http://bookclubmunhak.com

ISBN 89-8281-410-8 03810



www.munhak.com